J. S. Wonda

VERY BAD CHOICE
Die Entscheidung
Zweites Semester

J. S. WONDA

VERY BAD CHOICE

KINGSTON UNIVERSITY

DIE ENTSCHEIDUNG

VERY BAD CHOICE
Kingston University
Die Entscheidung
2. Semester

Band 4 einer Reihe

2. Auflage

Bildmaterial: Shutterstock.com, freepik.com, rawpixel.com
Korrektorat: Carolina Fox, Annette Nenner, Vanessa Streng
Plotfee: Iris Gierga

Bestellung und Vertrieb: Nova MD GmbH, Vachendorf

ISBN: 978-3-96966-985-3

Druck: CPI books GmbH, Leck
Printed in the EU

Jane S. Wonda
Am Himmelkamp 10
30890 Barsinghausen
www.janeswonda.com
www.wondaversum.de

Du findest mich auf Facebook | Instagram | TikTok

FÜR ALLE, DIE EINEN WÄHLEN, UM NICHT ALLE ZU VERLIEREN.

Hier könnte ein fucking geiles Zitat stehen.
Oder ich.

JAXON

WARNUNG

MÖGLICHERWEISE WIRD ES EIN
BISSCHEN HÄRTER.
EIN BISSCHEN DUNKLER.
EIN BISSCHEN HEIẞER.
EIN BISSCHEN GRENZENLOSER.
EIN BISSCHEN MEHR.
SEI GEWARNT.

PROLOG

Ich sollte eine Wahl treffen, eine Entscheidung fällen. Ich sollte wählen zwischen meinem Herz, meinem Kopf und meiner Seele. Mir wurde einiges abverlangt.

Ich habe es selbst gewollt.

Ich wollte eine Wahl.

Es sollte alles leichter werden.

Ich habe einen gewählt, damit ich nicht alle verliere.

Doch wieso fühlt es sich so falsch an?

Wieso sind es nicht Glück und Zufriedenheit, die mich in diesem Moment erfüllen?

Ich wende meinen Kopf nach links, sehe ihn an. Den Mann, den ich glaube zu lieben.

Doch statt Liebe befällt mich Kälte und Leere.

»Geht es hierbei immer noch um ein Spiel?«, frage ich.

»Das Leben ist ein Spiel«, antwortet er und lächelt mich schief an. Es ist ein trügerisches Lächeln. Es ist immer noch nicht ganz *echt*.

Ich habe gewählt.
Aber es war die falsche Wahl.
Es wäre immer die falsche gewesen.

EINS

VANCE

Mable stolpert über die Türschwelle, als ich sie von hinten stoße. Mir gefällt nicht, dass ich dabei Befriedigung empfinde, sie so zu behandeln. Das ist nicht fair. Es ist scheiße. Sie hat nichts getan, außer mit den vier Menschen zu ficken, die ich auf diesem Planeten am meisten verabscheue. Und das ist kein Grund, sie zu bestrafen.

Ich rede mir ein, dass ich es wegen Clarisse tue. Damit sie glaubt, ich meine hiervon irgendetwas ernst. Die kleine Regina-Bitch schaut mir mit einem hässlichen Strahlen in ihrer hässlichen Fratze dabei zu, wie ich Mable misshandle.

Clarisse hasse ich noch so viel mehr. Jedes Mal, wenn ich mir vorstelle, dass Jaxon sie vögeln muss, um den Schein zu wahren, geht mir einer ab. Im positiven Sinne. Der Typ verdient eine giftige Schlange wie Clarisse. *Aber dass der exakt selbe Schwanz, der bereits in Clarisse' Pussy war, in Mable gesteckt hat, ist wie bitteres Gift für mich.*

Langsam entwickle ich mich zu einem echten Killer, so häufig, wie ich Mordgelüste in mir spüre.

Ich schubse Mable durch den mit Marmor gefliesten Flur, hinein in den verglasten Salon und leide so sehr mit ihr, wie ich mich daran aufgeile, ihr Schmerz zuzufügen. *Fuck, fuck, fuck, werd nicht wie Sylvian. Du willst nicht wie dieser kleine, dreckige Pisser sein.*

Was das angeht, bin ich es längst.

Die Kings haben mich so sehr abgefuckt, dass ich kaum noch weiß, was Moral ist. Oder Anstand. Oder gar Ehre. Wenn ich nicht Geld für die Scheiße bekäme, die ich tue, wäre ich genauso schlimm wie sie. Wenigstens das unterscheidet uns. Sie machen den Scheiß, obwohl sie es nicht tun müssten. Mich treibt der Hunger, meine Familie zu retten.

Natürlich gäbe es auch dafür bessere Wege …

Clarisse führt uns an einem gigantischen Blumenstrauß vorbei. Wer auch immer hier wohnt, er hat Stil und genug Kohle, ständig die Blumen auszutauschen. Im Raum, der einem riesigen Wohnzimmer gleicht, warten andere Studentinnen der Alpha-Regina-Verbindung. Sie haben sich wie kleine Nazibräute auf die zwei Sofas gesetzt. Ordentlich uniformiert, in derselben Haltung, mit hellbraun karierten Schottenmustern auf ihren Shorts.

Auf einem Stuhl, der frontal zu uns gerichtet ist, befindet sich eine weitere Person.

Für die winzige Millisekunde, in der mir ihr Blick begegnet, stocke ich in meinem Schritt.

Eleanore Williams sieht aus wie ein Schatten der Frau, die ich einmal zu kennen glaubte. Ihr Körper ist zerschunden, über ihr Gesicht ziehen sich schiefe Narben, ihre Unterarme wurden mehrmals aufgeschlitzt, und ihr Haar sieht aus, als bräuchte es eine deftige Vitaminpackung. Generell wirkt sie, als hätte sie seit Monaten nichts Anständiges gegessen. Ihr ehemals attraktiver Körper ist abgemagert und ihre damals so satten Augen sind tot und leer.

Das Ergebnis des Spiels.

Direkt vor mir.

Eleanore zuckt zusammen, als sie mich erkennt. Ich habe einen nicht gerade unerheblichen Teil dazu beigetragen, dass es ihr heute so geht, wie es ihr geht. Damals wusste ich noch nicht, was ich tue. Ich dachte, Zayn wäre mein Freund, und war so endlos dumm, ihm jede Lüge über Eleanore und die anderen Stipendiatinnen zu glauben ...

Verdammter Loser, Vance Buchanan. Jeden Tag frage ich mich von Neuem, warum nicht jeder Spiegel zerspringt, in den ich sehe, weil das, was ich tat, so unendlich hässlich war.

»Das ist Eleanore«, flötet Clarisse und zeigt an Eleanore herunter. »Sieht sie nicht ganz zauberhaft aus?«

Eleanore lächelt Mable an und ihr psychotisches Strahlen in den Augen dreht mir den Magen um. Warum ist sie hier?

Das wussten die Kings, oder?

Das ist der Scheißplan? Ich soll Clarisse Mable bringen, damit die Kings an Eleanore rankommen?

So muss es sein.

Sie tauschen. Mable gegen Eleanore. Denn Eleanore kann den Kings gefährlich werden, wenn das FBI sie fasst. Daher haben sie versucht, die ehemalige Stipendiatin zu finden. Ein paar Worte im Verhör zu viel und das FBI wird weitaus mehr unangenehme Fragen stellen. Besser, Eleanore wird niemals gefunden.

Wenn Clarisse sie in ihrer Gewalt hätte, hätte sie ein Druckmittel gegenüber Jaxon und den anderen. Mir ist klar, dass sie alles dafür tun, dieses Druckmittel zurückzuholen. Dafür setzen sie sogar Mable dieser Hölle aus.

Wundert mich irgendetwas an dem, was diese Arschgeigen tun?

»Und heute Nacht, Dole«, fährt Clarisse zuckersüß fort, »werden wir dir einen Vorgeschmack darauf geben, was passiert, wenn du nicht verschwindest. Keine Angst. Die Narben stammen nicht von uns. Das ist das, was Eleanore sich selbst angetan hat, *um den Schmerz zu verarbeiten*. Den Schmerz, den die Kings in ihren Kopf gepflanzt haben und den sie nie wieder vergessen wird. Meinst du nicht auch, es wäre besser gewesen, Kingston zu verlassen? Du hättest gehen sollen. *Und niemals wieder zurückkehren dürfen.*«

»Niemals.« Mable strafft selbstbewusst die Schultern. Ich bewundere sie für all ihre Stärke und frage mich, woher diese genau kommt. Ihre Mom kann ihr davon nicht viel mitgegeben haben, oder? Hat der Trailerpark sie stark gemacht? Oder liegt es ihr einfach in den Genen?

Clarisse sieht aus, als hätte sie gehofft, Mable würde sich ihr widersetzen. »Wie wunderbar, ich hatte schon befürchtet, wir müssten heute auf unser kleines Spiel verzichten.«

Die Reginas in ihrem Rücken kichern hässlich.

»Eleanore kommt aus einem Slum wie du. Ihr habt

aber noch mehr Ähnlichkeiten.« Clarisse geht durch den Raum und bleibt hinter Eleanores Stuhl stehen. »Zum Beispiel seid ihr beide in Sylvian verliebt. Und beide habt ihr euch von ihm ficken lassen. Böse, nicht wahr?«

Eleanores Augen verengen sich, als sie darauf hingewiesen wird, was zwischen Mable und Sylvian läuft.

»Eleanore hat im ersten Jahr knapp verloren.« Clarisse trägt das, was die Regina-Verbindungsstudentinnen immer tragen, wenn es nicht gerade arschkalt draußen ist. Kniestrümpfe, eine schottengemusterte Shorts, eine straffe Bluse und ein Tuch um den Kragen. Einige der Frauen der Regina-Verbindung sind dadurch echt scharf. Aber keine hätte auch nur die Chance, mich dazu zu bekommen, über ihren Charakter hinwegzusehen. »Unter anderem, weil Vance einfach ein zu starker Gegner für sie war. Sie war Sylvians Dame. Erkennst du die Spuren seines Handelns auf ihrem Körper?«

Eleanore ist längst zu durch, um sich darüber zu wundern, dass Clarisse über sie spricht, als wäre sie ein Zootier. Ihr Blick hat sich an Mable festgebissen, als wäre sie ihre einzige Gegnerin im Raum. Wer es wagte, Sylvian näherzukommen, schwebte schon immer in Lebensgefahr, wenn Eleanore es mitbekam.

»Ja, E«, raunt Clarisse in Eleanores Ohr, »sie hat sich von ihm ficken lassen. Ich glaube sogar, sie hat sich von ihm *entjungfern* lassen. Ist das nicht abartig? Wir sollten unsere Dole dafür bestrafen, nicht wahr? Sie sollte leiden für das, was sie zugelassen hat. Sie ist eine hässliche, kleine Bitch, die sich nicht nur an *einen* der Kings geschmissen hat. Sondern an alle. Was soll ich mit ihr tun?«

Eleanore fletscht die Zähne. »Ich werde dir das Gesicht zerkratzen, du dämliche Hure!«, zischt sie Mable entgegen.

Mable zuckt zusammen. Ihr ist die Übelkeit ins Gesicht geschrieben. Wenn sie dasteht wie jetzt, einfach nur schockiert und verstört davon, wie böse und schlecht die Welt ist, weckt sie den tiefen, urtiefen Instinkt in mir, sie beschützen zu wollen. Es kostet mich eine Menge Selbstbeherrschung, Clarisse nicht zu Brei zu schlagen und Mable für immer von ihnen wegzubringen.

In Sicherheit.

Bei mir.

Aber ich muss noch warten. Ich muss diese dämliche Show abwarten, bis ich endlich tun kann, wofür ich gekommen bin.

»Weißt du, *Amabelle*«, Clarisse zieht Mables Namen in die Länge, »ich will, dass du siehst, was geschieht, wenn du dich weiter auf die Kings einlässt. Und ich will, dass du siehst, was geschehen kann, wenn du nicht auf mich hörst. Setz dich.«

Mable reagiert nicht.

»Setz dich, verdammt!«, keift Clarisse und blickt mich herrisch an.

Unwillig trete ich vor und drücke Mable auf einen samtenen Sesselstuhl, der zwischen den Sofas steht. Alle Augen der Regina-Studentinnen liegen auf uns. Abwartend, wie Insekten. Sie werden sich auf Mable stürzen, so viel ist klar. Sie warten nur auf den richtigen Moment.

»Zuallererst habe ich ein paar Fragen an dich und du tätest gut daran, sie ehrlich zu beantworten.« Clarisse stemmt eine Hand in die Hüfte und wirft ihr blondes Haar zurück. »Wie oft hat Jaxon dich gefickt?«

Mable verschränkt demonstrativ die Arme vor der Brust.

»Sag mal, verstehst du das verdammte Spiel immer noch nicht?«, fährt Clarisse sie an, ihre Lippen abfällig verzogen. »Was glaubst du, was passiert, wenn du nicht antwortest?«

»Warum fragst du ihn nicht einfach selbst? Seid ihr etwa nicht mehr zusammen?«

»*Wie oft*«, zischt Clarisse.

»Ich weiß es nicht, ein paar Mal!«, zischt Mable zurück. Genugtuung schwingt in ihrer Stimme mit. Vermutlich der Grund, weshalb sie überhaupt antwortet. Sie kann Clarisse ins Gesicht spucken, dass Jaxon mit ihr geschlafen hat. Und ich weiß, dass Mable es wollte. Sie ist selbstbewusst genug, um sich den Sex zu nehmen, der ihr geboten wird. Sie würde es niemals nur für ihr Studium tun. Oder gar für Geld. Oder weil sie Jaxon von sich überzeugen will. Nein. Sie ist nicht wie die anderen und das ist ein verdammtes Problem. Denn dadurch ist sie zwar einerseits stark, aber andererseits zu gut für die dreckige Welt der Elite.

»Ein paarmal?«, äfft Clarisse sie nach. »Waren zu viele Schwänze dabei oder warum kannst du es nicht zusammenzählen?«

»Fünfmal!«, ruft Mable wütend und alles in mir spannt sich an.

Ja, es hätte deutlich häufiger sein können. Aber ich habe gehofft ... Der Scheißpart in mir, der Mable am liebsten von den Kings wegreißen würde, hat gehofft, sie würde es ihnen schwerer machen.

Stille breitet sich aus, während Clarisse nachzurechnen scheint. »Du bist so eine kleine, hässliche Schlampe. Habe ich dir nicht gesagt, dass du dich von Jaxon fernhalten sollst? Hast du sie alle gefickt? Sogar Zayn? Weißt du wenigstens, zu welchem Schwanz dieser Name gehört?«

Mables Schultern verspannen sich. »Ja. Und?«

»Das heißt, du weißt, wer Zayn ist?«

»Du nicht?«, fragt Mable ehrlich erstaunt.

»Aber du?!«, fährt Clarisse sie an. »Dann antworte, bevor ich die Geduld verliere!«

Mable wirft mir einen zweifelnden Blick zu.

Gosh. Soll sie den Wichser doch verraten. Warum zögert sie auch nur eine Sekunde?

»Was habe ich davon, wenn ich dir antworte?«, fragt Mable.

Clarisse lacht glockenhell, sodass es in meinen Ohren schmerzt. Auf ihr Zeichen hin stehen zwei der Mädchen auf und gehen synchron auf Eleanore zu. Jetzt weiß ich, warum sie hier im Raum gefesselt dasitzt, noch bevor die beiden Regina-Studentinnen nach Eleanores Haar gefasst und es grob nach hinten gezerrt haben. Die Reginas misshandeln sie, ohne ihr bleibenden Schaden zuzufügen, indem sie ihren Hals nach hinten dehnen und ihre Arme fast auskugeln, während sie sie überstrecken. Eleanore wimmert schmerzerfüllt und Mable springt auf.

»Hört sofort auf damit!«, schreit sie.

Clarisse zeigt eine Engelsgeduld, als sie sich langsam zu Mable umdreht. Ein Blick zu mir und ich weiß, dass ich Mable zurück auf den Stuhl drücken muss.

»Nein!«, keucht Mable und kämpft gegen mich an.

»Das kannst du nicht zulassen!«, schreit sie zu mir hoch. »Du bist stärker als sie alle! Das kannst du nicht wirklich zulassen wollen!«

Wie gerne würde ich ihr sagen, dass sie mir vertrauen soll. Aber dann wäre die Gefahr groß, dass sie es wirklich tut. Mable bekommt einfach zu schnell die Wahrheit heraus. Und wenn sie mir einmal vertraut, wird die Show, die sie Clarisse liefert, nicht mehr perfekt sein.

Eleanore schreit lauter, weshalb Mable unter Tränen nachgibt.

»Zayn ist Reece' Zwilling!«, wirft sie Clarisse entgegen. »Keine Ahnung, warum du das noch nicht geschnallt hast!«

»Was?«, fragt Clarisse lachend. Die Mädchen im Hintergrund lassen Eleanore los und steigen in ihr Lachen mit ein. »Gott, wie kann man so dumm sein. Hat er dir das erzählt? Dass er einen Zwilling hat?« Clarisse lacht so abturnend, dass mein Sack sich zusammenzieht. »Hast du ihr das erzählt?«, fragt Clarisse mich höhnisch. »Und sie hat dir geglaubt?«

»Ich kann ihr alles erzählen, was ich will«, entgegne ich tonlos. »Es gibt nichts, was sie durchschaut.«

Mable schnaubt, sie weiß es besser. Es gibt einiges, das sie durchschaut. Aber gerade schauspielere ich gut genug, um sie im Zweifel zu lassen, und nur darum geht es.

»Also weißt du es auch nicht«, seufzt Clarisse und beginnt, vor Mable auf und ab zu stolzieren. »Wie sieht es mit Sylvians Geheimnis aus?«

»Er vertickt Drogen am Campus«, entgegnet Mable emotionslos.

»Und mit ihm hast du dieses Semester auch gefickt? *Obwohl* er mit Harper verlobt war?«

»Vielmehr hat *sie* mit ihm geschlafen, *obwohl* er ist, wie er ist«, entgegnet Mable schlagfertig.

Clarisse' rechter Mundwinkel zuckt. »Da hast du natürlich recht. Ich konnte noch nie verstehen, was sie an ihm findet. Oder was *irgendjemand* an diesem Kleinkriminellen findet.«

Im Hintergrund bemerke ich, dass Clarisse mit ihrer Meinung allein ist. Die Regina-Studentinnen rutschen nervös auf ihren Plätzen herum, als wäre allein der Name Sylvian eine Art Sexsymbol. Auch Eleanores Miene hellt sich wieder auf, als ginge es bei Clarisse' und Mables Schlagabtausch darum, wie sehr Sylvian sie liebt.

Was ist es, das Sylvian mit diesen Mädchen tut? Wie tief reicht seine psychische Manipulation? Ich hoffe nur, Mable wird immer stark genug sein, um ihm zu widerstehen. Wenn Sylvian sie am Ende zu einer Eleanore verkommen lässt ...

Mein Magen dreht sich um.

»Weißt du was, Dole, es beruhigt mich einerseits, dass du nicht mehr weißt als wir, andererseits bist du nicht hier, um uns irgendwelche Geheimnisse anzuvertrauen. Du hast dich nicht ferngehalten und ich habe dir deutlich gemacht, was passiert, wenn du es nicht tust, nicht wahr?« Clarisse hebt säuselnd die Stimme und fährt mit ihrem Zeigefinger durch eine ihrer blonden Haarsträhnen. »Es bringt nichts, dass wir dich nur vom Campus vertreiben. Das ist längst nicht mehr ausreichend. Du musst auch lernen, dass du Jaxon, Sylvian und Reece nicht einmal mehr deinen fetten Hintern entgegenhalten wirst. Du musst lernen, sie wie Luft zu behandeln. Heute Abend dient als kleiner Vorgeschmack auf das, was noch kommt, wenn du nicht lernst, auf mich zu hören, Dole.« Clarisse tritt vor sie und spuckt ihr mitten ins Gesicht.

»Du gestörtes Miststück!«, zischt Mable, wischt sich die Augen sauber und springt auf. Bevor sie auf Clarisse losgehen kann, halte ich sie fest. Es kostet mich meine gesamte Selbstbeherrschung, sie nicht loszulassen und Clarisse ebenfalls zu verprügeln.

»Ich werde sie jetzt loslassen«, erkläre ich dumpf.

»Ganz bestimmt nicht, Vance.« Clarisse sieht mich auffordernd an, doch ich schüttle den Kopf.

»Ich habe dir gesagt, dass ich bei so was nicht mitmachen werde.«

»Gott, du hast sie doch erst hergebracht!«, faucht sie. »Du brauchst jetzt nicht den Moralischen zu markieren!«

»Das ist was anderes. Ich werde sie nicht festhalten, damit ihr ihr ins Gesicht spucken könnt. Das ... untergräbt selbst mein Niveau.«

Clarisse funkelt mich wütend an, bevor sie vor Mable tritt. »Siehst du, selbst Vance steht auf deine Pussy. Wie stellst du das nur an, hm? Was ist an dir, das so magisch ist?«

»Ich bin keine gestörte Zicke?«, rät Mable.

Ich lasse Mable los, als Clarisse den Arm hebt. Sie scheuert Mable eine, sodass ihr Kopf zur Seite fliegt.

Mable lässt es wortlos geschehen.

»Haltet sie fest«, befiehlt Clarisse. »Vance ist zu weich dafür.«

Drei der Reginas stehen auf. Mable werden die Arme auf dem Rücken festgehalten, während nacheinander weitere der Reginas vor sie treten und sie ebenfalls anspucken.

Es ist ... eine absolut banale Art der Erniedrigung und trotzdem unfassbar wirkungsvoll. Besonders für Mable. *Denn sie hat verdammt noch mal nichts getan.*

Wenn ich könnte, würde ich meinen Platz mit ihr tauschen. Aber ich kann nicht.

Sie sehen mich nicht als den einen Studenten mit dem Stipendium, mit dem sie perfide Spiele spielen können. Sie sehen mich als praktischen Handlanger, der sich die Hände schmutzig macht, wenn es sein muss. Was die Elite niemals tun würde.

Mir bleibt nichts anderes, als dabei zuzusehen, wie die Reginas damit beschäftigt sind, Mable herabzuwürdigen, zu beleidigen und anzuspucken.

Gosh, haben sie diese Zicken-Vibes aus dem Fernsehen? Wie können Mädchen so hässlich sein?

»Hast du schon genug, Dole?«, fragt Clarisse in hohem Ton und blickt zufrieden auf die zerzauste und bespuckte Mable hinunter, die von den Reginas wieder auf ihren Stuhl gezwungen wurde. »Was hältst du davon, wenn du uns zum Abschluss beweist, dass du nichts weiter als eine nach Schwänzen gierende Hure bist.« Clarisse lächelt süffisant. »Fick Vance.«

Mables Kopf fährt zu mir herum und ich versuche mir die Überraschung nicht anmerken zu lassen, die Clarisse' Worte in mir erzeugt haben. »Wie bitte?«, fragt Mable. »Wozu soll das gut sein?«

»Sie werden nicht anrühren wollen, was *Vance*

Buchanan«, sie spuckt meinen Namen, »mit Sperma vollgepumpt hat. Ganz einfach.« Clarisse zückt ihr Handy. »Los, los, kleine Bitch, lass uns daran teilhaben. Ich weiß, dass du auf ihn stehst. Sonst wärst du nicht mit ihm mitgefahren. Du vertraust ihm und der Sex mit seinem riesigen, schwarzen Schwanz wird bestimmt ganz großartig sein, meinst du nicht?«

Mable sieht mich verzweifelt an und ich überlege fieberhaft, wie ich uns aus dieser Situation manövriere.

»Tu es«, zischt Clarisse, die linke Hand in die Hüfte gestemmt. »Zieh dich aus und setz dich auf ihn.«

Weil Mable nicht sofort reagiert, widmen sich die Regina-Girls wieder Eleanore. Kaum schreit Eleanore schmerzerfüllt, springt Mable vom Stuhl auf. Sie sieht mich an und es steht nicht ganz die Abneigung in ihrem Blick, die ich erwartet hätte.

Für einen Moment öffne ich den Mund und erliege dem Strom aus Gefühlen, die mich packen, weil es so greifbar scheint, sie endlich zu spüren. Weil sie es tun *muss*, wird sie sich dazu durchringen. Vielleicht meine einzige Chance darauf, sie jemals …

Vergiss es. So schwach bist du nicht, Buchanan. Du bist kein Loser. Und du würdest so eine Situation niemals *ausnutzen. Wenn doch, brauchst du deine Mom auch nicht mehr zu retten. Sie würde sich noch im Grab für die Schande umdrehen, die du ihr bescherst.*

Immer wenn in mir das Gefühl hochkommt, mich ihr nähern zu wollen, denke ich daran, wen sie eigentlich will – Jaxon, Sylvian, selbst Reece und Zayn –, und ich bin wieder geheilt.

Mit etwas Mühe verziehe ich die Lippen, aber dann

sitzt mein Pokerface perfekt. »Ich werde mich ganz sicher nicht ficken lassen«, sage ich angewidert und trete einen Schritt zurück. »Bin ich hier, weil das dein Plan war?«, frage ich Clarisse.

Sie verengt die Augen.

»Ich habe es nicht nötig, von einer Trailerparkschlampe geritten zu werden. Am Campus stehen die Chicks Schlange bei mir. Was bringt dich dazu, zu glauben, ich würde ein King-Flittchen über meinen Schwanz rutschen lassen?«

Mable ist bleich im Gesicht geworden, und ich frage mich unwillkürlich, wieso ich sie mit meinen Worten überhaupt verletzen kann. Ihr muss doch vollkommen egal sein, was ich über sie denke. Und wenn ich sie tausendmal schlimmer beleidigen würde. Es sind nur Worte. Dahingesagte, dämliche Worte … die scheinbar dennoch eine Art Schmerz in ihr auslösen.

Clarisse hingegen sieht mich an, als hätte ich ihr offenbart, dass ich eigentlich eine Frau wäre.

»Du willst sie nicht?!«, keift sie. »Das glaube ich dir nicht! *Jeder* will sie! Du würdest sie allein deswegen wollen, um den Kings eins auszuwischen!«

»Selbst ich kann nicht so tief sinken«, knurre ich.

»Dann eben nicht«, sagt sie schnippisch, doch ihre Augen blitzen böse. »Dann werden die Jungs meiner Mädchen sie vögeln.«

Fast wäre mir mein Pokerface entglitten, aber nur fast. Ich weiß, dass sie es nicht tun würden. Niemals. Vergewaltigungen – egal welcher Art – sind ein Ausschlusskriterium für den Zirkel. Und so, wie ich es bisher mitbekommen habe, halten sich alle Anwärter auf den elitären Club der Mächtigen an die strengen Aufnahmeregeln. Selbst wenn sie glauben, sie wären unbeobachtet.

»Natürlich nicht hier«, flüstert Clarisse. »Und wirklich … *zwingen* können wir niemanden.«

Alles in mir spannt sich an, als Clarisse locker die Hand in meine Richtung bewegt. »Nimm sie mit, Vance«, verlangt sie und geht vor, Richtung Flur.

Purer Widerwillen packt mich, als ich Mables Arm umfasse. Mable versucht meine Hand abzuschütteln, aber sie hat keine Chance. Ich weiß nicht, was Clarisse plant, aber ich bin froh, hier zu sein, um sie vor dem Schlimmsten beschützen zu können.

Clarisse öffnet uns die Tür in eine Art Wintergarten. Zigarrenrauch strömt uns entgegen, Gelächter von ein paar jungen Männern. Sechs sitzen um einen Tisch herum und scheinen ein Trinkspiel zu spielen.

Die meisten von ihnen kenne ich aus meinen Vorlesungen. Einige sind jünger.

»Vance weigert sich, von unserer kleinen Dole geritten zu werden«, ruft Clarisse zufrieden in den Raum. »Aber ihr würdet doch zu unserer süßen Schlampe nicht Nein sagen, oder?«

Einige der Typen grinsen, stellen ihre Gläser ab, drücken die Zigaretten aus und stehen auf.

»Natürlich würden wir nicht Nein sagen, Clarisse«, sagt der vorderste mit einem besonders schäbigen Grinsen.

Clarisse klimpert verzückt mit den Wimpern, bevor sie sich zu uns umdreht. »In den Keller.«

Kaum haben wir den Wintergarten hinter uns gelassen, reißt Mable sich von mir los. Sie hechtet zur Haustür und für einen Moment wünschte ich, ich könnte sie entkommen lassen. Nur würde das absolut keinen Sinn ergeben und sie ist bei mir sicherer als bei irgendjemandem sonst. Noch bevor sie die Tür erreicht, habe ich sie zurückgerissen. Ihr Puls ist kräftig unter meinen Handflächen zu spüren und es wird mit jeder Sekunde unerträglicher, sie in dem Glauben zu lassen, ich würde für fucking Bitch Clarisse arbeiten.

»Ich hoffe, deine ganze Familie erfährt, was du bereit bist zu tun, und darf erleben, wie du vor ihnen stirbst«, zischt sie zu mir hoch.

Sie löst in mir einen Stich des Schmerzes aus. »Das wird schwer«, antworte ich nur und schiebe sie die Treppe in den Keller hinunter.

Die Studenten gehen in eine Kellerbar. Was auch immer Clarisse vorhat, die Typen sind hilflose Wichte im Vergleich zu mir. Wenn sie nicht gerade eine Waffe auf mich richten – und das wird nicht passieren –, kann ich Mable vor ihnen beschützen.

Aber Clarisse stellt sich mir in den Weg, bevor ich ihnen, mit Mable im Griff, folgen kann.

»Du hast die Wahl, Dole.« Sie lächelt so zärtlich, dass ich ihr fast abnehme, sie hätte etwas Gutes im Sinn. »Du verbringst die nächsten Stunden mit Gabe und den anderen in diesem wunderbaren, schalldichten Partykeller. Oder du fickst Vance. Ich denke, du kannst ihn überzeugen, auch wenn er das Gegenteil behauptet.«

Mein Griff um Mables Oberarm wird fester. Mir ist klar, was in dem Partykeller geschehen wird. Niemand von den Typen hat überhaupt nur eine Chance, Mitglied im Zirkel zu werden. Und Clarisse zwingt niemanden von ihnen, zu tun, was sie tun werden.

Und wenn Mable mit mir schläft, ist das auch kein Zwang. Gewissermaßen. Auch wenn sie damit nur etwas weitaus Schlimmeres vermeidet.

Mir ist nicht klar, ob hinter dem Ganzen ein Plan der Kings steckt, aber ich kann mir fast vorstellen, dass es so ist. Jaxon würde wissen wollen, ob Mable wirklich bereit ist, mich zu ficken.

Er würde wissen wollen, nach wie vielen Stunden sie einknickt.

Mable wirft mir einen Blick zu, der so voller Hass ist, dass es mich nicht wundert zu sehen, wie sie einen Schritt auf den Partykeller zu machen will. Aber ich reiße sie zurück.

»Nein«, knurre ich. »Sie werden dich zerfetzen.«

»Na und? Sie haben wenigstens Schwänze. Du würdest bestimmt nicht mal einen hochkriegen, so armselig, wie du bist, oder?«

Clarisse lacht über Mables Witz und ich weiß, dass es nur darum gehen kann, Zeit zu schinden. Das ist alles, wofür ich jetzt noch sorgen kann. Dass wir Zeit gewinnen.

»Sperr mich auch in einen Raum mit ihr«, verlange ich von Clarisse.

Ihre Braue hebt sich.

»Sie wird mich nicht freiwillig ficken. Aber wenn du mich mit ihr allein lässt und wir es so aussehen lassen, als wäre es ... freiwillig. Wir beide«, betone ich. »Auch vor den Kingsfuckern. Dann verzichte ich auf einen Teil des Geldes.«

»Du willst auf einen Teil von zwei Millionen Dollar verzichten, damit du Amabelle vergewaltigen kannst?«, fragt Clarisse zweifelnd.

»Die Genugtuung ist es mir wert.«

Sie lächelt wissend. »Ich wusste es. Du willst sie für dich, Buchanan. Mir egal, ob du sie zwingen musst oder ob sie es doch freiwillig hinbekommt. Der Deal steht. Alles, was ich am Ende will, ist ein Beweis. Ich will ein Video davon, wie du in ihr steckst.« Sie öffnet die Tür rechts von uns. Dahinter befindet sich ein Badezimmer, eines von diesen hypermodernen Teilen mit offener Glasdusche, freistehender Wanne und abgetrenntem Toilettenbereich.

»Viel Spaß euch«, zwitschert Clarisse, als ich Mable in den Raum stoße, und schließt hinter uns die Tür.

Mable macht sich sofort von mir frei und sieht mich von unten herauf an, als wäre ich die armseligste Kreatur, die ihr jemals begegnet ist. »Und? Wie hättest du es gerne, Vance? Soll ich mich auf dich setzen oder willst du mich lieber von hinten vögeln? Ich denke dabei ja auch an die Kameraperspektive. Man muss ja gut sehen können, wie du mich vergewaltigst.«

Ich hole mein Handy hervor, um zu überprüfen, ob ich Empfang habe. Natürlich habe ich keinen. »Ganz ruhig, ja?« Meine Augen gleiten durch das Bad. Viele bequeme Sitzgelegenheiten gibt es hier nicht. »Ich tue dir gerade nur einen Gefallen.«

»Ah, so nennen wir das also? Ja, stimmt, ich sollte dir danken, dass mich statt sechs Typen nur einer vergewaltigen wird.«

Ich ignoriere ihre Worte, lasse mich gegen die Tür

sinken und öffne mein Fotoalbum. Irgendeinen Porno werde ich wohl finden, den ich Clarisse unter die Nase halten kann.

Mable setzt sich nach einer Weile ebenfalls und beobachtet mich misstrauisch. »Was hast du jetzt genau vor?«

»Uns hier rausbringen, ohne dass wir uns berühren müssen. Was dagegen?«

Sie zögert mit der Antwort. »Nein. Aber warum sollte ich dir glauben?«

»Musst du nicht. Ob du mir glaubst oder nicht, ich werde dich nicht anrühren.«

»Aber ist es nicht das, was du willst?«

Ich sehe auf, in das zarte Braun ihrer wissbegierigen Augen, und es überkommt mich einfach. Als wäre es unaufhaltsam, dass ich ihr die verdammte Wahrheit vor die Füße kotze. »Natürlich *will* ich es. Seitdem du ins Wohnheim eingezogen bist, *will* ich es. Aber damit reihe ich mich nur in eine Schlange viel schlimmerer Wichser mit einer ganzen Menge mehr Kohle ein und falle damit wohl unten durch, was?«

»Du fällst durch, weil du ihr elendiger Handlanger bist, der keinerlei Rückgrat beweist!«

»Bin ich überhaupt nicht!«, knurre ich sie an. »Alles, was ich dir angetan habe, tat ich aus freien Stücken.«

»Oh, das macht es natürlich besser«, erwidert sie zynisch.

»Nein«, knurre ich. »Es war das Schäbigste, was ich jemals getan habe, aber ich weiß, *warum* ich es tat.«

»Warum?«, fragt sie sofort.

Ich lehne den Kopf nach hinten und schließe die Augen. »Willst du das wirklich hören?«

»Wenn es keine weitere Lüge ist …«

»Nein.«

»Dann versuch es. Vielleicht werde ich dich dann nicht kastrieren, sobald wir hier rauskommen.«

Ich muss schmunzeln und denke an all die Male zurück, in denen ich sie beobachtet oder Gerüchte über sie gehört habe, die meine Gefühle nur stärker werden ließen. Da sitze ich und spüre den Impuls in mir, das Handy zur Seite zu legen und sie einfach zu packen. Vermutlich … vermutlich gibt es sogar einen Teil in ihr, der auf mich reagieren würde. Wie vorhin im Jeep.

Einem Teil in ihr würde es vielleicht sogar gefallen. Nur wäre mir das genug?

Was hat dieses Mädchen, dass jeder von uns auf sie abfährt? Oder liegt es vielmehr daran, dass die Kings gleich ticken? Und ich langsam wie einer dieser Bastarde denke?

Dass mich all die Oberflächlichkeit, all das Gelaber von Frauen, all der bedeutungslose Sex einfach nicht mehr kicken? Welches Mädchen an der Uni kenne ich, das sich nicht mit irgendeinem Hintergedanken auf mich eingelassen hat? Weil ich *der* Sportler des Teams bin? Weil ich *die* richtigen Freunde habe? Wie viele von ihnen haben mich nur gefickt, um an einen anderen aus der Mannschaft – der ein reicher Erbe ist – ranzukommen?

Ja, davon gibt es einige.

Und dann kommt Mable.

Sie ist gleichzeitig so selbstbewusst, wie sie schwach

ist. Sie lacht über die dämlichen Scherze der Bauern und zeigt Jaxon den Mittelfinger. Sie kümmert sich nicht darum, was andere über sie denken, und bleibt nur sich selbst treu. Sie verfolgt klar ihre Ziele und sie hat ein offenes Herz.

Das ist es. Ihr Herz ist wie ein Anker, an das man sich als Mann zu gerne bindet. Sie hat uns nicht mit ihrem Körper überzeugt. Oder ihrem Intellekt. Sie nimmt *jeden* von uns wahr, wie wir wirklich sind. Sie schafft es, unter *unsere Masken* zu blicken. Genauso wie die Kings bin ich längst auch einer derjenigen, die diese fucking Masken tragen.

Und genauso wie die Kings bin ich nicht ganz so schlecht, wie ich nach außen hin wirke.

Dieser Widerspruch triggert Mable. Sie will mehr darüber erfahren. Sie will wissen, warum es immer noch einen Teil in ihr gibt, der positiv auf uns reagiert. Und ich weiß, warum das so ist.

Warum sie sich sogar von Zayn ficken lässt. All diese Typen sind *nicht* durch und durch Wichser. Jeder von ihnen hat etwas in sich, das man nicht verurteilen kann. Selbst Jaxon. Selbst er strebt nicht *nur* nach grenzenloser Macht, um mit dieser die Welt endgültig schwarz zu färben.

Er will sie verbessern.

Tief in sich drin ist das der wahre Antrieb.

Er will siegen, um die fucking Scheißwelt nicht sich selbst zu überlassen.

Und das ist der wahre Grund, weshalb ich für die Kings arbeite.

Weil ich weiß, dass es um so viel mehr geht. Und dieses *Mehr* nicht unbedingt schlecht ist.

Auch wenn ich die Methoden der Kings verabscheue. Auch wenn ich *sie* verabscheue. Der Plan hinter allem ... ist ... vielleicht nicht so übel, wie es scheint.

Mable betrachtet mich mit versteinerter Miene und ich verstehe ihren Hass. Ich verstehe, warum Sylvian alles dafür tut, damit sie sich von ihm fernhält. Etwas in mir ist genauso überzeugt, dass ich ihr nicht guttun würde. Das ist nun mal das verdammte Problem an Liebe.

»Also?«, fragt Mable mit gehobener Braue.

»Ich wollte dich bestrafen.« Es auszusprechen, ist fast genauso schmerzhaft, wie der Tatsache ins Gesicht zu sehen, dass ich sie niemals bekommen werde. Niemals. Gegen die Kings habe ich keine Chance, vor allem dann nicht, wenn auch nur einer von ihnen gute Absichten verfolgt. »Für ein paar Wochen im Dezember letztes Jahr dachte ich, du wärst wie alle anderen. Dumm und nur auf deinen Vorteil aus. Deswegen habe ich es getan. Nachdem du mit den Kings im Verbindungshaus gefickt hast, war ich davon überzeugt, dass du mich getäuscht hattest. Dass du es nur getan hast, um einen Vorteil daraus zu schlagen. So wie die meisten Frauen auf dem Campus – die meisten Typen übrigens auch. So gut wie niemand kann es sich leisten, Sex aus freien Stücken zu haben. Sie prostituieren sich alle füreinander. Denn sie wollen mehr voneinander als Liebe oder Sex. Sie wollen die *richtige Partie* finden. Ich dachte, du wärst genauso. Dass ich dich vor den Bauern beschützt habe –

auch wenn du es nie mitbekommen hast –, obwohl du mich getäuscht ...«

»Wie zur Hölle soll ich dich getäuscht haben?!«, fährt sie mich an. »Ich kannte dich überhaupt nicht!«

»Lass mich ausreden«, brumme ich.

»Dann red gefälligst keinen Blödsinn!«

Mein Kiefer verkrampft und ich bringe kein weiteres Wort hervor. Blödsinn, genau. Das ist es. Es ist fucking Blödsinn. Wieso wollte ich ihr die Wahrheit erzählen? Es ist besser, wenn sie weiter mit einer Lüge lebt. Es ist besser für *mich.* »Ich bin wie sie«, bringe ich spröde hervor. »Ich bin nicht besser und nicht schlechter. Für mich war es einfach nur Genugtuung, dich an diesen Stuhl zu fesseln und Jaxon Tyrell dabei zuzusehen, wie er dich vor aller Augen psychisch fickt.«

»Als ob!«, herrscht sie mich an. »Eben wolltest du noch was komplett anderes sagen!«

»Ja, und was?!«, blaffe ich zurück. »Was willst du hören, Mable? Dass du mir mehr bedeutest, als gut für mich ist? Und es absolut keinen fucking Sinn macht? Dass ich die Scheiße nur abgezogen habe, weil alles in mir bei dem Gedanken brennt, dass du dich ausgerechnet auf die vier größten Wichser dieses Planeten eingelassen hast? Auf die Männer, die ich am meisten verabscheue?«

Sie starrt mich an, und ich hasse es, in ihre weit aufgerissenen Augen zu sehen.

Erbärmlich.

Ein Loser.

Dumm.

Das sind die Worte, die sie gerade denken muss. Um mich davon abzulenken, wie sie auf mein Geständnis reagieren könnte, scrolle ich wieder durch meine Videos. Mein Puls hat sich beschleunigt und mir wird die Enge des Raumes plötzlich bewusst.

Niemand wusste bisher, was ich empfinde. Die Kings haben es vielleicht geahnt, weil sie nicht endlos dumm sind. Aber niemand *wusste es wirklich*. Ausgerechnet Mable meine Gefühle zu offenbaren ... die mich Dinge aus Eifersucht und niederster Genugtuung tun ließen, die ich niemals wieder rückgängig machen kann ...

Es fühlt sich an, als säße ich nackt und verwundbar vor ihr. Zu all dem Schmerz, weil sie lieber Jaxon fickt anstatt eines anständigen Kerls – womit ich definitiv nicht mich meine –, kommt ein weiterer dazu. Für sie bin ich ein erbärmlicher Handlanger.

Aber sie ist für mich verdammt noch mal alles.

Ich finde ein altes Sextape von mir. Irgendeine Schlampe fand es mal geil, dass ich uns beim Sex filme. Einige der Sequenzen eignen sich, um etwas daraus zusammenzuschneiden. Während Mable schweigt, schneide ich den Film in einer App. Wenn ich Mable jetzt noch filme, wie sie gebeugt vor mir steht, könnte ich das Video Clarisse präsentieren und sie bräuchte einen Profi, um festzustellen, dass es gefaket ist.

»Hier.« Ich reiche ihr das, was ich bisher zusammengeschnitten habe. »Ich habe eine Idee, wie man es mit ein paar Aufnahmen so aussehen lassen kann, als wärst du das Mädchen.«

Mable nimmt mir das Handy aus der Hand, darauf bedacht, mich nicht zu berühren. »Bist du das?«, fragt sie mich leise.

»Ja. Und?«

Sie wird knallrot und schickt damit Blut in meinen Schwanz. Dass sie so reagiert, wenn sie ein Video von mir sieht, wie ich eine andere Frau ficke ...

Okay, beruhig dich, Buchanan. Sie wird rot, weil sie so ein Tape eben erröten lässt. Nicht weil sie deinen Schwanz geil findet.

»Und was soll ich tun?«, fragt sie mich.

Ich weiche ihrem Blick aus und spreche dafür mit ihrer Stirn. »Du solltest dich vielleicht hier an die Badewanne stellen. Es muss nur so aussehen, als wäre es *dein* Hinterkopf. Ich schneide das dann mit Effekten und Filtern zusammen. Fürs Erste sollte das ausreichen.«

»Soll ich schreien oder stöhnen?«

Ich schlucke hart, als ich ihr dabei zusehe, wie sie sich mit beiden Händen auf die Badewanne stützt.

»Ich warne dich«, murmelt sie. »Wenn du auch nur auf die Idee kommst, mich anzurühren ...«

»Nein.«

Bevor ich das Video aufnehmen kann, geht die Tür in meinem Rücken auf und ich stecke das Handy schnell in meine Tasche.

Clarisse starrt mich mit wutverzerrtem Gesicht an, bevor sie auf Mable hinabblickt. »Was auch immer du hier drin vorhattest, Vance, wir haben keine Zeit mehr. Fick sie jetzt.«

»Was ist passiert?«, frage ich beunruhigt. »Warum der verdammte Sinneswandel?«

»Das kann dir egal sein, Buchanan. Fick sie.«

Ich hebe eine Braue. »Nein.«

»Dann war heute der letzte Tag, an dem deine bescheuerte Familie medizinische Versorgung erhält!«

»So viel Macht hast du nicht.«

»Willst du das wirklich herausfinden?«, fragt Clarisse lieblich. Hinter ihr reihen sich die anderen Studenten auf, gemeinsam mit den Reginas. Sie alle scheinen auf die Show einer Vergewaltigung zu warten. »Und du.« Clarisse tritt auf Mable zu. »Deine kleine Schwester lebt unbehelligt ihr süßes Leben. Willst du nicht, dass das so bleibt?«

»Warum ist es dir so verdammt wichtig, dass ich ausgerechnet mit ihm schlafe?!«, ruft Mable wütend. »Das wird auch nicht rückgängig machen, dass Jaxon dich aufs Abstellgleis gestellt hat! Und wenn du mich zwingst, wird er auch nicht glauben, ich hätte ihn betrogen oder keine Ahnung, was dir vorschwebt!«

»Fick ihn einfach!«, kreischt Clarisse.

»Das ist lächerlich!«

»Schön!« Clarisse tritt zur Seite und die Studenten kommen mit gierigen Blicken auf uns zu. Es ist klar, was passieren wird, wenn Mable sich verweigert. Dann wird ihr keine Wahl mehr gelassen und sie wird von mehreren Typen mitgenommen.

Ich fühle mich wie der verabscheuungswürdigste Mensch der Welt, als ich sie an mich ziehe. In ihren Augen schimmern Tränen und ich wünschte, ich könnte etwas tun, um uns aus dieser Situation zu bringen. Aber ich war dumm, als ich glaubte, die Kings würden ihr Wort halten.

Dass sie schnell genug hier wären, um Schlimmeres zu verhindern.

Dass es nur darum gehen sollte, Clarisse für den Anfang zu täuschen.

Ich habe geglaubt, ich könne Zeit schinden. Aber wir haben keine Zeit mehr. Entweder sie lässt sich auf mich ein oder die anderen Typen tun sonst was mit ihr.

»Ich werde sanft sein«, raune ich, was sie in meinem Griff erstarren lässt. »Sie nicht.«

»Genau«, säuselt Clarisse. »Sei doch nicht dumm, Dole. Vance ist heiß, nicht wahr? Fick ihn.«

Tränen rinnen ihr über die Wangen, als sie mir ihre Hand entreißt.

Ich schlucke hart. Vielleicht können wir es hinauszögern. Wenn Clarisse Druck macht, muss etwas dahinterstecken. Vielleicht sind die Kings doch schon auf dem Weg und sie fürchtet, dass sie das Ganze unterbrechen werden?

»Es muss echt sein, Dole, weißt du?«, säuselt Clarisse und tritt nah an Mable heran. »Du musst es wollen. Du musst Vance wollen, weil sonst Schlimmeres auf dich wartet. Du wirst ihn ficken, weil sonst andere dich ficken, und im Vergleich ist Vance die bessere Wahl, oder?«

Mable schnaubt und greift an ihren Jeansknopf. »Im Gegensatz zu dir will mich jemand wie er, Clarisse. Wenn du unbedingt dabei zusehen willst, was du nie haben wirst, bitte.«

Ich schaffe es gerade so, meine Augen nicht aufzureißen.

»Meinst du, die Bank wird uns aushalten?«, fragt sie kühl und zeigt auf eine Ablagebank, auf der Handtücher kunstvoll gestapelt sind. »Wenn ja, dann zieh dich aus und setz dich.«

Alles in mir will sich verweigern. Letztendlich werde ich hier auch vergewaltigt, right? Ich muss es zulassen, um Schlimmeres für ein Mädchen zu vermeiden, das ich mag. Aber freiwilliger Sex ist etwas anderes. Mit aller Macht konzentriere ich mich darauf, nicht wieder hart zu werden.

Die Reginas kichern und die anderen Studenten lachen, da sie sehen, dass ich schlaff bin, als ich meine Hose bis zu den Kniekehlen schiebe und mich auf die Bank setze.

Clarisse greift in Mables Nacken. »Er tut nur so. Mach ihn geil, Dole. Zeig ihm deine Pussy und er wird nicht widerstehen können.«

Mable schenkt ihr einen Killerblick, bevor sie sich die Jeans auszieht und auf mich zukommt. Alles in mir wird kalt und leer, was meiner Erektion zugutekommt. Mein Schwanz bleibt schlaff, als Mable sich auf meinen Schoß setzt, auch wenn sich ihre Schenkel in meinen Händen himmlisch anfühlen.

Ich kann das eine vom anderen trennen. Ihr nahe zu sein, befriedigt meine Sehnsucht, aber sie zu ficken, erfüllt mich mit Abscheu. Sie bleibt auf meinem Schoß sitzen, sieht mir direkt in die Augen und ich stelle wieder einmal fest, wie hübsch sie ist.

Auf natürliche, ungefakte Art ist sie hübsch. Ihre braunen Augen enthalten Sprenkel von Bernstein, ihre Lippen sind voll, aber zart. Ihre weichen Wangen und die helle Haut wecken in mir den Wunsch, meine dunkle Hand an ihren Hals zu legen, um zu sehen, wie perfekt unsere Hauttöne harmonieren. Wie ein Schatten, der das Licht einfängt, um es zu beschützen.

Ich versuche, nicht daran zu denken, wie sie halb nackt auf mir sitzt. Denn das hat keinerlei Bedeutung. Es geht hierbei nach wie vor nur um Zeit. Wir schinden Zeit. Vielleicht ist selbst Mable das jetzt klar.

Wir müssen Clarisse und den anderen eine Show bieten, bis die fucking Kings endlich kommen und das Ganze unterbrechen.

Mables Atem bebt und wieder schimmern Tränen in ihren Augen. »Ich will das nicht tun«, wispert sie.

»Oh Gott, wie rührend«, ruft Clarisse und wieder lachen unsere Zuschauer, die über die verschiedenen Spiegel im Bad etwas sehen, ohne dass sie in den Raum treten müssen. »Warum willst du denn nicht, Dole? Vance hat nun wirklich das hübscheste schwarze Gesicht, das ich kenne. Und sein Körper ist so stark und heiß ... Stehst du etwa nur auf weiße Männer, hm? Das ist aber ganz schön rassistisch von dir.«

Mable rollt mit den Augen und ich muss lachen.

»Du kleine Rassistin«, murmle ich und für einen Moment lächelt sie. In dieser Sekunde fühle ich eine Verbindung, die nichts damit zu tun hat, dass wir nackt aufeinandersitzen und ihre Pussy meinen Schoß berührt. Ich schaffe es, sie selbst in diesem grausamen Moment zu beschützen. Ich schaffe es, sie davor zu bewahren, was die Typen ihr sonst antun würden. Ich verschaffe uns Zeit.

Und nebenbei nehme ich jedes einzelne Wort von Clarisse auf.

»Gerade ist da sowieso nichts zu machen.« Ich blicke an mir herunter und Mable atmet erleichtert durch, weil mein Schwanz noch immer schlaff ist. »Ich lasse mich nicht gern vergewaltigen, weißt du?«, flüstere ich.

»Ich auch nicht«, flüstert sie zurück und lächelt noch etwas breiter. »Und nun?«

Clarisse stöhnt. »Du verdammter Loser, Buchanan! Wie auch immer du es hinkriegst, ich weiß, dass du kein Eunuch bist! Geh auf die Knie, Mable!« Sie zerrt an Mables Kopf, aber ich schlage ihre Hand beiseite.

»Es reicht«, knurre ich.

»Ach ja?«, fragt Clarisse. »Jetzt willst du sie also plötzlich beschützen, hm?«

»Ja, du verfickte Schlampe, ich beschütze sie schon die ganze Zeit. Glaubst du wirklich, ich hätte sie für das Geld hierhergebracht? Ich bin nur hier, weil die *Kings* es von mir verlangt haben. Damit du siehst, dass sie dir gegenüber loyal sind, oder was für eine Scheiße sie sich auch überlegt haben. Ich mache deinen Scheiß mit, bis sie kommen. Ihr werdet mich schon töten müssen, damit ich zulasse, dass Mable etwas angetan wird.«

Clarisse verzieht ihre Miene zu der hässlichsten Fratze, die ich jemals gesehen habe. All das Blond, all das Make-up, all die schicke Kleidung kann nicht darüber hinwegtäuschen, wer sie wirklich ist. »Oh, das ist das Erste, was ich tun werde, wenn ich die Gelegenheit dazu bekomme, keine Angst«, zischt sie. »Los, Dole! Geh von ihm herunter!«

Mehrere Dinge passieren gleichzeitig. Clarisse zerrt an Mable, drei der Typen kommen rein. Sie werfen sich mehr oder weniger auf mich, während Clarisse und eine ihrer Reginas Mable zur Toilette schleifen.

»Vance!«, ruft sie panisch, als sie mich unter den Typen sieht.

Dann verschwindet sie kurz aus meinem Blickfeld. Zum Glück bin ich es vom Football gewohnt, dass Kerle auf mir liegen.

Und es kommt selten vor, dass ich mich nicht befreien kann.

Reece

Besondere Umstände erfordern besondere Maßnahmen. Ich weiß, dass es nicht die beste Idee ist, die wir jemals hatten, aber es scheint gerade keinen anderen Weg zu geben. Die Frage ist nur: Bin ich der Einzige, der nicht will, dass du leidest?

Was passiert in den Köpfen meiner Freunde?

Wie tief befriedigt es Zayn wirklich, zu wissen, was dir zustoßen wird?

Wie sehr hofft Jaxon, dass Clarisse sich an dir rächt?

Und was ist mit Sylvian? Bekommt er überhaupt mit, was dir angetan werden wird, oder liegt sein Fokus allein auf Eleanore?

Tja. Ich weiß es nicht, Mable.

Fakt ist, dass ich froh bin, ein Teil der Kings zu sein. Denn wenn nicht, würde ich mir ernsthafte Sorgen um dich machen.

ZWEI

MABLE

Ich bin gewappnet. Was auch immer Clarisse vorhat, ich werde mich nicht beugen. Ob sie mich noch einmal anspuckt, mich schlägt, mir sonst was androht, ich bleibe stark. Ja, irgendwo in mir gibt es einen Teil, der sich zutiefst schämt und leidet, aber die Fuck-you-Mable ist zurück.

Sie ist an meiner statt dort, in diesem Badezimmer, und lässt alles mit sich machen, denn sie weiß, dass ihr Moment der Rache kommen wird.

Ich weiß es einfach.

Vielleicht ist diese Sicherheit ein Trugschluss, um mich vor noch mehr Schmerz zu schützen, weil ich nicht akzeptieren will, dass Vance die Wahrheit gesagt haben könnte.

Hat er nicht.

Die Kings würden mich dieser Tortur niemals aussetzen.

Sie hassen Vance. Sie würden ihm nicht einmal zutrauen, dass er tut, was sie verlangen. Vance muss gelogen haben, als er meinte, er würde das hier alles für die Kings tun. Er hat gelogen. Punkt.

Clarisse zerrt mich mit sich. Sie ist so furchtbar dämlich, dass sie nicht einen Tag im Trailerpark überlebt hätte, in dem ich aufgewachsen bin. Sie wäre verhungert, vergewaltigt oder zu Tode gewürgt worden, einfach, weil sie blond, hübsch und hässlich im Innern ist. Vermutlich hätte sie jemand von der Straße weggeschnappt und an einen Menschenhändlerring verkauft.

Und dort hätte sie ihre gerechte Strafe erhalten.

All das stelle ich mir vor, als die Reginas und Clarisse mich zur Toilette schleifen.

Die Kälte in mir lässt keine Gefühlsregung zu. Da ist nur Leere und die Genugtuung, dass Clarisse bereits verloren hat, weil Jaxon ihr den Laufpass gab.

»Was du tust, wird ihn dir niemals zurückbringen«, spucke ich aus, als ich auf allen vieren vor ihnen lande. Was auch immer Vance tut, im abgetrennten Bereich des Bads kann ich ihn nicht sehen, und das Blut in meinen Ohren rauscht zu laut, um ihn zu hören.

»Du glaubst, ich will deinen neuen Ficker nach allem noch?«, fragt sie abfällig. »Jaxon hat mich noch nie verdient. Aber er verdient eine kleine, hässliche, arme Schlampe wie dich. Und ich will ihm unbedingt beweisen, dass du das bist. Eine Schlampe. Die ganze Welt soll es wissen, weißt du, Dole?« Sie fasst in meinen Pferdeschwanz und zieht grob daran. Ihr Gesicht landet direkt vor meinem. »Ich werde dich dazu bringen, dass du Vance *anflehst*, seinen verdammten Schwanz lutschen zu dürfen. Dass du ihn *anflehst*, ihn ficken zu dürfen. Du wirst *ihn* wählen. *Er* ist deine *perfekte Partie*. Er kommt aus dem Slum wie du. Ihr könnt kleine hässliche Mischlingsbabys machen und euch sogar ein Haus am Stadtrand kaufen, eines mit Veranda, Doppelgarage und hübschem Vorgarten. Aber ihr werdet *niemals* Teil der Elite sein.«

Ich lasse mir nicht anmerken, was ich über ihre Worte denke, frage mich aber im Stillen, wie sie mich dazu zwingen will. Werden die Reginas mir so lange ins Gesicht spucken, bis ich darum bitte, Vance vögeln zu dürfen?

»Vance Buchanan ist doch nicht gerade von schlechten Eltern, hm? Wenn du mich fragst, könnte er sogar mit einem der Kings mithalten, wäre er nicht schwarz.«

Obwohl es mich nicht tangieren sollte, triggert mich ihr offener Rassismus, und mir liegt fast eine Bemerkung auf den Lippen, die Vance verteidigt. Aber auch nur fast. Vance ist wirklich nicht die Person, für die ich in dieser Situation Mitleid entwickeln sollte.

Selbst nach seinem Geständnis nicht.

Schon gar nicht nach seinem Geständnis.

»Nein?«, säuselt Clarisse.

»Ich werde niemals darum betteln, mit ihm schlafen zu ›dürfen‹«, zische ich.

»Na, dann wollen wir mal sehen, wie lange du an dieser Meinung festhältst.« Alles an ihr wird so teuflisch, dass ich mich zum ersten Mal *wirklich* fürchte, dann zerrt sie meinen Kopf nach vorn.

Richtung Toilette.

Mir bleibt der Atem weg und ich versuche mich mit aller Kraft zu wehren, doch drei Frauen halten mich fest.

Der Klodeckel wird aufgerissen, mein Kopf in die Schüssel gedrückt. Ich bin panisch und angewidert gleichermaßen, schreie, winde und wehre mich, aber ich habe keine Chance.

Jemand betätigt die Spülung und mein Gesicht wird tief auf die Keramik der Toilette gedrückt. Das Wasser umspült meine Ohren, Mund und Nase werden ins stehende Wasser gehalten. Meine Stirn prallt gegen die Wölbung des Abflussrohres. Mir wird schlecht bei dem Gedanken daran, was normalerweise in dieser Schüssel landet, und ich spüre einen Brechreiz. Jedenfalls so lange, bis die Atemnot einsetzt.

Wieder wird gespült und ich kann die Körper, die mich nach unten drücken, nicht loswerden. Ich versuche Luft zu holen, schlucke nur Wasser, spüre jede vergehende Sekunde wie in Endlosschleife, und dann endet es schlagartig.

Jemand zerrt mich zurück, ich hole tief Luft.

»Willst du ihm jetzt einen blasen?«, fragt Clarisse freudig an meinem Ohr.

Ihre grenzenlose Brutalität schockt mich, bringt mich aber erst recht dazu, nicht einfach aufzugeben. Keine Luft zu bekommen, ist nichts gegen die Folter, ausgerechnet Vance vor aller Augen vögeln zu müssen.

Ich schüttle nur abfällig den Kopf.

Clarisse lacht, als hätte ich ihr gerade gesagt, dass ich es liebe, ins stehende Wasser eines Klos geschubst zu werden, dann drücken sie mich wieder gemeinsam nach vorn.

Dieses Mal bin ich gewappnet. Ich weiß, dass ich

nicht sterben werde, halte die Luft an und bete mir vor, durchzuhalten.

Es sind Kinder. Die Reginas und die Kings und fucking Vance haben den Ernst des Lebens nicht verstanden. Mich wie in der High School bei einem Mobbingattentat ins Klo zu tauchen, gehört eben zu ihrem unfassbar kindischen Verhalten dazu.

Was erwarte ich auch?

Diese Leute kennen *nichts*. Nur Luxus, Macht und Privilegien.

Zwar wurde ich zuvor nie gefoltert, aber mein Leben war im Gegensatz zu ihrem hart und herausfordernd. Ich musste meiner Mom beim Vögeln mit ihren Freiern zusehen, da war ich sieben. Wenn sie manchmal zu zugedröhnt war, hat sie nicht mitbekommen, wie diese Typen mich nach dem Sex angefasst haben. Über den Kopf gestreichelt, die Wange entlang, mal über meine flache Brust.

Und das war alles besser als die Tage, an denen sie mit Olives Dad wieder zusammenkam. Olives Dad, der sie verprügelt hat, sobald sie als Kleinkind schrie. So lange, bis sie zu erschöpft war, um noch zu weinen. Zwar hat meine Mom ihn nach diesen Vorfällen sofort rausgeworfen, aber sie hat ihm immer wieder verziehen.

Und ich habe das Gleiche mit mir machen lassen.

Ich habe den verdammten Kings verziehen.

Trotz allem.

Ich bin genauso schwach wie meine Mom.

Und das Ergebnis davon ist, dass ich jetzt in dieses Klo gedrückt werde und nach Luft betteln will. *Du musst nur durchhalten. Es ist gleich vorbei. Sie werden dich nicht sterben lassen. Sie werden nicht* ... Als die Panik wieder einsetzt und ich mir sicher bin, nun *doch* zu ertrinken, lösen sich die Griffe an meinem Körper.

Als ich jetzt nach oben gezerrt werde, ist etwas anders.

Die Hand an meinem Kopf ist kraftvoller.

Ich werde zurückgezogen, während ich noch kämpfe und pruste, und zur Seite fallen gelassen. Mit allen vieren komme ich auf den Fliesen des edlen Badezimmers auf und sehe Vance direkt vor mir.

Etwas an dem Bild, das sich mir bietet, ist so unerwartet und verstörend, dass ich einen Moment brauche, um es zu erfassen.

Die anderen Reginas liegen neben mir am Boden.

Eine blutet am Kopf, eine andere stöhnt gequält. Vance hat Clarisse gepackt.

So gepackt, wie sie mich zuvor gegriffen hat. Er stößt ihren Kopf Richtung Toilette. Gegen seinen massigen Körper hat sie keine Chance.

Ihr blondes Haar verschwindet in der Schüssel, sie schreit kreischend auf, dann spült auch er.

Völlig perplex sehe ich ihm dabei zu, wie er Clarisse die Folter zuteilwerden lässt, die ich zuvor erdulden musste.

Es ist abartig und gleichzeitig faszinierend, mit welch spielender Leichtigkeit er die sich windende und wehrende Clarisse in die Kloschlüssel drückt, während er in seine Hosentasche greift. »Lass dir dieses Handy von niemandem abnehmen. Von niemandem, hörst du? Der Pin ist 147258.«

Vance drückt mir sein Handy in die Hand und wird

noch einmal eine ganze Spur härter, als er Clarisse quält. Wenn er sie gleich umgebracht hat, würde es mich nicht wundern.

Mit zitternden Fingern blicke ich auf sein Smartphone und spiele das Video ab, das er aufgenommen hat. Clarisse und zwei weitere Reginas drücken mich in die Kloschüssel.

»Du kannst es gegen sie verwenden«, knurrt Vance. »Es ist das perfekte Druckmittel für alles. Ich habe alles von zuvor aufgenommen, aber das Video toppt es. Ich weiß, ich hätte es nicht zulassen dürfen, aber als ich gesehen habe, wie Clarisse dich ins Klo drückt ... Ich konnte nicht anders, als daran zu denken, wie lange ich auf eine solche Gelegenheit warte. Eine Gelegenheit, sie für alles bezahlen zu lassen, was sie mir und jedem sonst angetan hat, der ihr vermeintlich im Weg steht.«

»Du hast ... du hast zugesehen ... und mich gefilmt ...« Ich beginne zu zittern, als würde mir die Folter erst noch bevorstehen, während ich meine Jeans vom Boden klaube und gehetzt anziehe.

Vance lässt Clarisse endlich los, die keuchend und prustend zu Boden sinkt und für ein paar Sekunden damit beschäftigt ist, wieder zu Luft zu kommen.

Als Vance auf mich zukommt, die Augen blutrot unterlaufen wie die eines Killers, schrecke ich hoch und hechte zur Tür. Am Boden liegen die anderen drei Typen, die sich bereits wieder bewegen und jede Sekunde wach genug sein könnten, mich aufzuhalten.

Natürlich ist die Tür abgeschlossen. Verdammt.

»Lass mich verdammt noch mal raus!«, rufe ich Vance zu. Nicht sicher, ob er gerade für oder gegen mich handelt. Was passiert hier? Was soll das alles? Was soll dieses bescheuerte Video? Warum tut er das?

Vance gibt Clarisse unverfroren einen Faustschlag, der sie endgültig zusammensacken lässt, bevor er sich zu voller Statur aufrichtet. »Du kannst nicht ohne mich da raus. Sie werden dir sonst was tun. Wenn wir rausgehen, dann nur mit Clarisse als Pfand.«

»Stehst du auf meiner Seite?«, frage ich ihn hilflos.

»Ich stehe *immer* auf deiner Seite. Das habe ich dir versprochen.« Seine dunkle Miene wird von so vielen seiner Lügen verhüllt und es fällt mir schwer, die Wahrheit zu erkennen. »Alles, was ich eben zu dir sagte, ist wahr. Du bedeutest mir zu viel, als dass ich zulassen würde, dass dir wirklich etwas passiert. Es war alles eine Show. Die ganze Entführung ist eine verdammte Show gewesen, Mable.«

»Aber warum ... warum hast du ... warum hast du das alles zugelassen ...«

»Ich habe *nichts* zugelassen. Nichts bis auf ihren albernen Spuckangriff.«

»Du hast mich dabei gefilmt, wie ich gefoltert werde!«, schreie ich ihn an und Tränen strömen über meine Wangen. Vermutlich stehe ich unter Schock. Vance tut gut daran, sich mir nicht weiter zu nähern.

»Ich weiß«, raunt er. »Ich weiß nicht, ob du mir das noch mal danken wirst oder nicht. Aber ... ich kenne diese Leute besser als du. Ohne Druckmittel und ohne Erpressung wirst du immer verlieren. Es ... tut mir leid, dass du das heute Abend alles durchstehen musstest. Als Clarisse diese ganze Scheiße erzählt hat, dass ich dich ficken soll. Auch davon habe ich jedes Wort aufgenommen. Daher habe ich es so lange hinausgezögert. Ich wollte sie dazu bringen, noch Schlimmeres zu sagen. Weil ich wusste, dass ich hier bin und dir nichts geschehen wird.«

Mein Herz rast und ich schlucke kräftig.

»Bleib liegen, Arschloch«, knurrt Vance plötzlich und tritt gegen einen der Kerle, der sich aufrichten wollte. Er sackt zurück. »Lass uns von hier verschwinden«, murmelt Vance. »Ich hole Clarisse und sie werden uns hoffentlich gehen lassen, wenn ich ihnen klarmache, dass ich ihr notfalls etwas brechen werde.«

»Du verdammtes Arschloch!«, keift Clarisse ihn an, sobald er auf sie zugetreten ist. Ihre Stimme klingt nicht mehr ganz so fest wie zuvor. Clarisse zittert am gesamten Körper. Ihr Make-up ist verschmiert, ihr Gesicht eine hässliche, wenn auch mitleiderregende Maske. »Was zur Hölle ist in dich gefahren, Buchanan? Das wirst du nicht überleben! Niemals!«

»Ja?«, fragt Vance laut, macht einen deutlichen Schritt auf Clarisse zu, was sie zusammenzucken lässt. Dann greift er plötzlich nach links, zerrt eine der Reginas hoch und stößt sie in Clarisse' Richtung. Es ist, als würde er Puppen durch die Gegend werfen. Auch die andere zerrt er hoch und schubst sie zu ihrer Anführerin. »Du meinst, ich werde das nicht überleben? Du meinst, ich warte nicht seit vier Jahren auf diesen einen Moment, in dem ich das hier tun kann, und es doch überleben werde?« Sein massiger Körper wirft einen Schatten auf die zusammengepferchten Reginas.

»Mein Vater wird dich ins Gefängnis bringen«, zischt Clarisse. »Und dort wird dich einer von den Insassen so lange in den Arsch ficken, bis du daran verblutest!«

Vance lacht rau. »Ach ja? Dein Daddy, hm? Was er wohl alles tun wird, wenn ich ihm das Video zeige, das ich eben gemacht habe? Was ist die Regel für euren heiligen Zirkel? Lass dich beim Morden und Foltern nicht erwischen? Wie schade, dass du diese Regel ausgerechnet in meinem Beisein gebrochen hast.«

Clarisse sieht aus, als würde sie im nächsten Moment in Flammen aufgehen. »Dieses Video nützt dir gar nichts!«, schreit sie ihn an. »Du kannst es nicht verwenden, ohne dein eigenes Leben zu zerstören! Deine ganze Familie wird am Ende hinter Gittern landen, wenn du es wagst, mich auf diese billige Tour zu erpressen!«

Da Vance mit dem Rücken zu mir steht, kann ich nicht sehen, ob er lächelt. Aber sein sonores Lachen kann ich hören. »Weißt du, wie lange ich auf diesen Moment warte? Auf diesen Moment, wenn dir klar wird, dass du so sehr überzeugt von deinem Scheiß warst, dass du einen Fehler begehst, der dich alles kosten kann. Und ich darf das Druckmittel in der Hand halten. Nicht Jaxon. Nicht Sylvian. Sondern ich. Ich kann darüber entscheiden, ob du Mitglied im Zirkel wirst oder nicht. Ich kann von dir all die Dinge verlangen, die ich schon immer verlangen wollte. Ich kann deinen Kopf in dieses Klo tauchen und weiß, dass du nichts dagegen unternehmen kannst.«

»Und warum das alles?«, keift sie. »Tust du es für sie? Für diese hässliche Schlampe? Hoffst du, sie würde irgendwann mehr in dir sehen als einen verarmten Loser aus der Bronx?«

»Ich tue es für *mich.*«

»Die Kings werden dir niemals verzeihen, dass du Mable zu mir gebracht hast! Ohne meinen Schutz werden sie dich vernichten!«

»Es war Jaxons Idee.«

Clarisse lacht schäbig auf. »Diese Story war eben schon dämlich!«

»Er wusste, was du vorhast, und er überredete mich, Mable dem Ganzen auszusetzen. Damit haben sie *dich* vernichtet. Nicht andersherum. Die fünf Kings, Mable und ich. Sieben Personen, die alle ein großes Interesse daran haben, dass du leidest. Du wurdest gerade von deinem Thron gestoßen, Clarisse. Und ich war verdammt gerne daran beteiligt.«

Clarisse schweigt Vance demonstrativ an.

»Gib mir mein Handy, Mable.« Ohne sich zu mir umzudrehen, streckt er die Hand nach mir aus. »Vertrau mir.«

Ich lache kalt.

Er dreht sich zu mir um und plötzlich habe ich einen vollkommen anderen Vance vor mir. Einen Vance, vor dem ich mich gleichsam fürchte, wie er mich fasziniert. Seine gesamte körperliche Präsenz tränkt das Badezimmer, und mir wird mit einem Mal klar, dass ich ihn bisher unterschätzt habe.

So wie ihn vermutlich jeder unterschätzt hat. Noch kann ich nicht zusammenbringen, was das alles zu bedeuten hat. Wollte er mich nur entführen, um dieses Video machen zu können und Clarisse letztendlich zu erpressen? War alles eine weitere große Lüge? Was hat

Eleanore damit zu tun? Und war es wirklich die Idee der Kings?

Vance lässt absolut keinen Einblick in seine Gedanken zu, als er auf mich zukommt. Den Arm um meine Schultern gelegt, schiebt er mich in die Mitte des Badezimmers, das nebenbei erwähnt doppelt so groß ist wie mein Wohnheimzimmer, und lässt seine Hand entspannt auf meiner rechten Schulter liegen. »Du willst das Video, nicht wahr, Clarisse? Ich gebe es dir. Denn es gibt etwas, das mir noch viel mehr bedeutet als dieses lächerliche Druckmittel.«

Sie verzieht angewidert die Lippen. »Und was?«

»Ich will, dass *du* mir einen bläst.«

Ich zucke zusammen und bin froh, dass Vance mich in diesem Moment loslässt.

»Was?«, fragt Clarisse ihn verstört.

Vance greift sich an den Gürtel. »Ich gebe dir das Handy, und du kannst dir sicher sein, dass alles gelöscht wird. Wenn du mir einen bläst. Jetzt.«

Für einen Moment regt sich niemand im Raum. Mein Kopf explodiert allmählich. Dass Vance zu vielen Dingen in der Lage wäre, ist mir mittlerweile klar, aber Clarisse aufzufordern, ihm einen zu blasen und im Gegenzug das Video zurückzugeben, toppt alles. Das ist einfach nur ... armselig.

Was zur Hölle hätte er davon außer Genugtuung?

»Du willst, dass ich deinen hässlichen, schwarzen Schwanz in den Mund nehme?«, fragt Clarisse ihn spöttisch. »Das ist alles? Gibt es so wenige hübsche Frauen, die dir einen blasen wollen, dass dir sogar dein gerade frisch erlangtes Erpresservideo das Ganze wert ist?«

»Mir bedeutet es nichts, ob du vom Zirkel aufgenommen wirst oder nicht«, erklärt Vance ruhig. »Aber dich auf den Knien vor mir zu sehen ... ja. Darauf warte ich seit Jahren.«

Clarisse sieht ihn hasserfüllt an, aber dann rutscht sie über dem Boden auf ihn zu.

»Gott, tu es nicht, Clarisse«, flüstert eine der Reginas bestürzt, aber Clarisse schlägt nur ihr Haar zurück.

»Du wirst so oder so mehr wollen, Buchanan«, säuselt Clarisse zuckersüß. »Gib mir das Handy.«

»Hinterher.«

»Du glaubst, dass ich dir vertraue? Hältst du mich für so dumm?«

»Probier es aus. Du hast keine große Wahl.«

Sie verzieht mit einem hässlichen Lachen die Lippen und sieht ihn triumphierend an. »Glaub mir, ein Blowjob von mir ist das Ganze wert.«

Vance öffnet seinen Gürtel und Clarisse rückt tatsächlich an ihn heran. In mir zieht sich alles vor Ekel zusammen, als ich nur daran denke, was gleich geschehen wird.

Wie krank ist Vance wirklich?

Wie armselig?

Wo bin ich hier nur hineingeraten?

Bevor sich allerdings meine schlimmsten Befürchtungen bewahrheiten, wendet sich erneut das Blatt. Clarisse hat nach seinem Reißverschluss gegriffen und seine Boxershorts heruntergezerrt. Bevor sie allerdings seinen Schwanz freilegen kann, greift Vance an ihre Hände und starrt auf sie hinab.

Die beiden sehen sich an, und ich spüre den Hass, der zwischen ihnen aufflammt, als wäre er greifbar.

»Du würdest es wirklich tun, hm?«, fragt Vance brummend. »Wer ist jetzt die Hure, Clarisse?« Er schiebt ihre Hände von sich, nimmt einen Schritt Abstand und schließt seine Hose. Dann dreht er sich halb in meine Richtung. »Geht es dir gut, Mable?«

Seine Frage klingt so aufrichtig, dass ich für einen Moment vergesse, was gerade geschehen ist, und einfach dumm nicke.

»Natürlich geht es ihr gut«, zischt Clarisse. »Ihr ist ein weiterer Vollidiot verfallen. Bald kann sie einen Harem gründen. Wie viele Kerle wollen jetzt ihre Pussy? Vier? Fünf?«

»Kannst du bitte einfach die Tür aufschließen, Vance?«, wispere ich.

Vance macht sich nicht die Mühe, die Tür zu öffnen. Er zerrt Clarisse vom Boden in den Stand und tritt mit voller Wucht gegen die Türzarge. Das kleine Schloss gibt nach und die Tür kracht auf. Vance schiebt Clarisse vor sich her, eine Hand an ihrem Genick. »Ich will kein Teil eures dämlichen Zirkels werden, also weißt du, wie weit ich gehen werde, richtig?«, raunt er in ihr Ohr und es läuft mir eiskalt den Rücken hinunter.

Hinter dem Raum warten die anderen und sehen uns geschockt an.

»Was ist passiert, C?«, keucht eine der wenigen Brünetten in der Anhängerschaft der Reginas.

»Bleibt, wo ihr seid«, knurrt Vance. »Sonst breche ich eurer Königin mehr als nur den Arm.«

Clarisse sieht aus, als könnte sie auch noch mit gebrochenen Armen Vance erwürgen.

»Bleibt im Keller«, brummt Vance.

»Wir können ihn nicht einfach mit ihr gehen lassen«, ruft einer der Typen, der nicht mit ins Bad gekommen ist.

»Und was willst du tun? Ich hab keine Waffe dabei, du?«

Ich finde es erstaunlich, dass zwei Frauen und zwei Typen sich nicht trauen, Vance anzugreifen. Vielleicht mögen sie Clarisse selbst gar nicht so sehr, um ihre Haut für sie zu riskieren.

Ich folge Vance die Treppe nach oben. Wie genau ich es schaffe, weiß ich nicht, denn alles unterhalb meiner Hüfte scheint taub. Wenigstens funktionieren meine Füße noch, aber auch sie wollen mich nicht mehr richtig halten, als wir in den Salon treten.

»Mable!« Reece drückt sich mit seinem sorgenvollen Ruf in mein Gehör, aber mein Blick haftet an den anderen.

Sylvian, der bei Eleanore steht und ruhig mit ihr spricht.

Jaxon, der mit Schatten in der Miene Vance betrachtet. Sein Gesicht eine kalte Maske, die mich nicht gerade Erleichterung fühlen lässt. Vielmehr Angst.

Romeo, der sich mit den übrigen Reginas unterhält, als wäre nichts geschehen.

Und dann Reece, der auf mich zukommt.

Was ist Wahrheit, was ist Lüge? Haben die Kings alles geplant? Woher wussten sie sonst, wo wir sind?

Hat Vance mit ihnen telefoniert?

Mit wem sonst?

Vance stößt Clarisse von sich. »Wollt ihr mich verarschen?!«, brüllt er und befriedigt damit einen Teil des aufkommenden Zorns in mir. »Ihr wart die ganze Zeit hier oben?!«

»Wir sind gerade erst angekommen«, entgegnet Jaxon mit einer Kälte in der Stimme, die mich überall dort frösteln lässt, wo ich meinen Körper noch spüre. »Was zur Hölle ist passiert?«

Clarisse stolpert weinend auf ihn zu und ich beobachte mit purer Fassungslosigkeit, wie Jaxon irritiert die Arme hebt, um sie aufzufangen – statt sie von sich zu stoßen.

Meine Beine geben nach.

»Mable«, keucht Reece und fängt mich auf.

»Reece«, murmle ich erschöpft. Ich lasse mich von ihm in den Arm nehmen. Für diesen einen Moment will ich, dass er mich rettet. Mich vor Clarisse und Vance rettet und vor Jaxons ausdruckslosem Gesicht. Reece umschließt mich fest. So fest und gut, dass mein Herzschlag sich für einen Moment beruhigt und ich nichts anderes fühle als Sicherheit.

»Was hast du den Frauen angetan, Vance?«, fragt Jaxon hart und betrachtet Clarisse' zerstörtes Aussehen.

»Er hat mich ... Vance hat ...« Clarisse lässt echte Tränen in ihren Augen entstehen und schmiegt sich an Jaxons Brust. Mir wird so übel, dass es nur an meinem leeren Magen liegen kann, dass ich Reece nicht aufs Hemd kotze. »Vance hat sich auf Doles verdammte Seite geschlagen. Er ist absolut dumm und will gerne sterben.«

Vance in meinem Rücken lacht rau, aber ich habe nur Augen für Jaxon und Clarisse.

Und vielleicht hätte ich nicht allzu genau hinsehen dürfen.

Vielleicht hätte ich für immer in Reece' Armen dastehen und mir einbilden sollen, alles wäre gut. Niemand will mir schaden. Ich wurde gerettet. Aber das tue ich nicht. Mein Blick haftet an Jaxon und an seiner Hand.

Die er langsam, ganz langsam nach Clarisse' Gesicht ausstreckt. Zärtlich streicht er eine ihrer feuchten Strähnen beiseite. »Was hat Vance dir angetan?«, fragt er sanft und alles in mir bricht.

So tief, laut und allumfassend, dass ich nur noch durch Reece' Griffe gehalten werde.

Clarisse verzieht den Mund und sieht hasserfüllt in meine Richtung. »Er wollte Dole rächen und hat mich dabei beinahe umgebracht. Er arbeitet nicht länger für uns. Er hat die verdammten Seiten gewechselt, weil er auf Doles hässliche Pussy steht.«

Jaxons Blick flackert in meine Richtung, aber er scheint keinerlei Notiz von mir zu nehmen, dann wandert er zu Vance. »Stimmt das, Buchanan?«, fragt er kühl.

»Ich arbeite für euch«, erklärt er spröde. »Nicht für Clarisse. Und ihr habt vergessen, zu erwähnen, dass ich ihr nichts tun darf, wenn ich die Gelegenheit dazu bekomme.«

»Vergessen zu erwähnen?!«, schreit Clarisse ihn an. »Wir werden dich vernichten, du dreckiger Hund! Du wirst nicht einmal mehr wissen, mit welchem Namen du an welchem Tag geboren wurdest!«

»Schsch«, macht Jaxon und streicht beruhigend über Clarisse' Schultern. »Wir sprechen später darüber.«

Tiefste Enttäuschung brandet in mir auf, weil er sie nicht von sich stößt, sondern einen Arm um sie legt und sie mit leisen Worten beruhigt.

Ich löse mich von Reece und versuche zu ergründen, ob er noch auf meiner Seite steht oder nicht. »Was soll das alles bedeuten?«, frage ich ihn emotionslos.

»Was es eben heißt, Dole!«, zischt Clarisse. »Vance hat dich hierhergebracht, weil wir *alle* es so wollten. Und wenn er nicht so ein Loser wäre, hättest du die Strafe erhalten, die du verdienst!«

Reece' Miene ist absolut leer. »Nein. Wir hatten klare Regeln. Und du hast dich scheinbar darüber hinweggesetzt, Clarisse.«

»Und wenn schon!«, kreischt Clarisse ihn an, aber ich höre nicht mehr, wie sie zetert.

Reece hat es zugegeben. Er hat es einfach zugegeben. Vance hat mich im Auftrag der anderen entführt. Er sollte mich hierherbringen. Warum auch immer. Was auch immer sie vorhaben.

»Was soll das alles?«, frage ich Reece bebend.

»Dir wird nichts weiter geschehen«, gibt er ruhig zurück. »Ich bin jetzt hier. Niemand wird dir etwas antun, solange ich hier bin.«

»Du willst sie wirklich, Reece?«, fährt Clarisse ihn an. »Nach allem, was sie getan hat, willst du ausgerechnet *sie*?«

»Es hat dich absolut *nichts* anzugehen, Clarisse, was ich will«, entgegnet Reece mit einer Schärfe, die den Raum durchtrennt. »Wir sind hier, weil wir eine Vereinbarung getroffen haben. Nicht, damit du oder irgendjemand sonst Mable quält. Das werde ich nicht zulassen.«

Es ist nicht Clarisse' Reaktion, die einen Stich in mein Herz treibt, sondern das genervte Augenrollen Jaxons. »Wie auch immer«, entgegnet er. »Reece hat seine Dame und wir werden ihn diese unsinnige Entscheidung einfach treffen lassen. Und du, Vance? Hast du wirklich geglaubt, du könntest einfach mitspielen, oder welche deiner Synapsen ist durchgebrannt?«

»Ich habe Clarisse ihre eigene Medizin kosten lassen«, entgegnet Vance. »Das ist alles. Wollt ihr die kleine Schlampe jetzt trösten? Dann lasst mich Mable nach Hause bringen. Clarisse passt perfekt zu euch. Und Mable sollte endlich verstehen, wer ihr seid.«

Wütend fahre ich herum. »Du! Hast mich hierhergebracht und mich in dem Glauben gelassen, du würdest das alles wollen! Du hast zugesehen und mich dabei gefilmt, statt mir zu helfen! Ich habe dich *nie* um irgendetwas gebeten! Ich hasse dich, Vance! Glaub niemals wieder, dass ich in dein verficktes Auto steige!«

Er lächelt blasiert. Ich habe mir nicht einmal *vorstellen* können, dass er genauso schäbig grinsen kann wie einer der Scheißkings, wenn sie sich im Vorteil wähnen. »Wenn du mich hasst, dann wirst du mich ja bald lieben so wie Jax, nicht wahr? Also habe ich alles richtig gemacht.«

»Du bist die armseligste Kreatur, die mir je begegnet ist«, wispere ich.

Clarisse und die anderen Reginas, die noch immer auf dem Sofa sitzen, lachen, aber Vance scheint nicht einmal gehört zu haben, dass ich ihn beleidigt habe. Sein dunkles Gesicht ist starr und ausdruckslos.

»Gut«, sagt Reece hinter mir gedehnt. »Ich denke, wir haben einiges zu besprechen.«

»Besprechen?!«, fahre ich ihn an. »Ihr wollt euch nicht wirklich mit den Reginas unterhalten, oder?« Herausfordernd wende ich mich an Jaxon, der noch immer viel zu dicht neben Clarisse steht. »Du lässt dich nicht wirklich auf dieses jämmerliche Niveau der Reginas hinab, oder?«

Jaxon verzieht abfällig eine Augenbraue. »Wer bist du, dass du glaubst, ich würde mit dir über meine Pläne reden?«

Ich will schreien. Das ist nicht er. Und doch ist es genau der Tyrell, den ich kenne. Die Art, wie er mit Clarisse spricht. Wie er dasteht, die Hand noch immer auf ihrer Schulter. Vance, der sich als der größte Machoarsch mit Wahrnehmungsstörung überhaupt entpuppt, und Reece, der mir nicht sofort versichert, die Kings würden nicht hinter meiner Entführung stecken.

»Reece, bring Dole raus. Vielleicht gibst du deiner Dame etwas zu trinken, bevor sie dehydriert.« Jaxon lässt Clarisse endlich los und wendet sich an Sylvian. Sie tut dasselbe, nicht ohne mir zuvor einen siegesgewissen Blick zuzuwerfen. Reece fasst nach meiner Hand und ich lasse mich mit ihm ziehen, weil ich Abstand brauche, um meine Flucht zu planen. Vance bleibt zurück. Er sieht mich so voller falscher Sorge an, dass ich ihn am liebsten erschießen würde.

»Was genau ... hat Vance gefilmt?«, fragt Reece mich im Gehen.

»Nichts Schlimmes«, lüge ich. »Er hat das Ganze schnell unterbrochen.«

Reece runzelt die Stirn und ich bin froh, dass ich ihn verwirre. So wie sie mich die ganze Zeit über verwirren! Als wir im Eingangsflur angekommen sind, bleibe ich in der Nähe der Haustür stehen.

»Gib mir einen Moment, bitte.« Mit großen Augen und vorgeschobener Lippe sehe ich Reece an.

Sein Blick wird immer skeptischer.

»Ich muss kurz allein sein. Bitte.«

Reece sieht aus, als würde ich von ihm verlangen, dass er mit mir in eine Rakete zum Mond steigt. »Ich kann dich nicht allein lassen«, sagt er leise und tritt näher. »Eleanore befindet sich hier im Haus. Es könnte alles eine Falle sein«, raunt Reece erklärend. Seine blauen Augen sind warm und ich weiß, dass er seine Worte ernst meint. »Wir können nicht einfach das FBI rufen und Eleanore ist gefährlich. Bleib bitte in meiner Nähe, ja?«

»Okay«, murmle ich, warte, bis Vance die Tür zum Salon geschlossen hat, dann trete ich auf Reece zu. Ich schlinge meine Hände um seinen Hals und küsse ihn, was er überrumpelt geschehen lässt. Kurz frage ich mich, woher ich weiß, dass es wirklich Reece ist, der vor mir steht, aber dann wird es mir einfach egal.

Ich ziehe mein Knie hoch und genieße zu spüren, wie er sich noch während unseres Kusses zusammenkrümmt. Er stöhnt schmerzerfüllt auf, als ich durch die Tür husche und direkt auf Vance' Auto zulaufe. Die Wagen der Kings parken neben dem heruntergekommenen Jeep. Hunderttausende von Dollar neben einem Blechhaufen.

»Was hast du vor?«, ruft Reece keuchend hinter mir und ich freue mich, dass zum ersten Mal nicht ich die Naivität in Persona bin.

Ich bücke mich nach einem faustgroßen Stein und donnere ihn in das Beifahrerfenster des Jeeps.

»Mable!« Reece humpelt in meine Richtung, die Hand auf seinem schmerzenden Schritt. »Ich verstehe, dass du wütend bist, aber wir sollten reingehen …«

»Ja?!«, fahre ich ihn an. »Warum?« Ich greife durch das zerbrochene Fenster an den Türgriff, öffne den Jeep, steige ein und rutsche hinter das Lenkrad. Ein Vorteil, wenn man im Trailerpark aufgewachsen ist: Irgendjemand hat einem irgendwann beigebracht, wie man ein herrenloses Auto kurzschließt.

»Was zur Hölle hast du vor?!« Reece bleibt neben dem Wagen stehen. Ich liebe es, wie hilflos er aussieht. »Mable, du musst hierbleiben. Nirgends ist es gerade sicher für dich.«

Nachdem ich die Abdeckung unterm Lenkrad abgerissen und die Kabel hervorgezerrt habe, halte ich für eine Sekunde inne und sehe ihn an. Reece Crescent. Der Mann, mit dem ich so guten Sex wie noch nie zuvor hatte. Der mich mit seinem Zwillingsbruder – von dem er mir nichts erzählt – geteilt hat, ohne dass ich es mit eigenen Augen gesehen hätte. Reece Crescent, der bildschön ist, über alle Maßen attraktiv und von dem ich mir niemals auch nur ausgemalt hätte, er würde mehr von mir wollen als den Sieg einer Wette.

Ausgerechnet er will mir sagen, dass es nirgends sicher für mich ist und ich deshalb in einem Haus bleiben soll, in dem Vance, Clarisse und Jaxon sich aufhalten?

Ich zögere nicht länger, sondern schließe Vance' Jeep kurz.

»Mable!« Reece scheint endlich zu kapieren, wie ernst es mir ist, und versucht neben mir einzusteigen, aber ich trete voll aufs Gas und schieße vor. Mit voller Wucht ramme ich den Rückwärtsgang rein, um zu wenden, und drücke etwas zu fest aufs Pedal.

Vance' Jeep prallt am Heck scheppernd gegen einen Widerstand.

Jaxons roter Sportwagen.

»Hups!«, rufe ich durchs offene Fenster und winke Reece zu. Dann schieße ich davon und lasse ihn wie einen Trottel stehen. Einen verdammt ansehnlichen, wahnsinnig attraktiven Trottel.

Aber einen Trottel.

Sollen sie sich mit Clarisse, den Reginas, Eleanore und Vance herumärgern, ich habe genug. Und zum ersten Mal, seitdem diese furchtbare Woche begonnen hat, fühle ich mich wirklich frei.

DREI

JAXON

Als wir uns in dem Salon mit seinem asiatisch aufgepeppten Einrichtungsstil, den vielen leeren Vasen, den Teakholzverzierungen und den schlichten, schmalen Fenstern Clarisse' Erzählungen widmen, fühle ich endlose Langeweile in mir. Vielleicht hätte ich angespannter sein sollen. Vielleicht hätte mir Eleanores Anwesenheit Sorge bereiten müssen.

Aber sie vor mir zu sehen, ihre geschundene Haut, die Narben, den leeren Blick, es erzeugt nichts weiter als Gleichgültigkeit in meinem Inneren. Niemand wird es mir glauben, aber dieses Mädchen war schon lange vor unserer ersten Begegnung verrückt. Auch wenn Sylvian und die anderen Kings es gerne anders sehen; Psychosen entstehen in der Kindheit. Niemand, der nicht einen ordentlichen Schaden hat, benimmt sich so, wie Eleanore sich von Anfang an benommen hat.

Und Psychosen langweilen mich. Sie sind die schrägste Form menschlichen Verfalls, den es in Gesellschaften gibt.

Ja, ich weiß, du wirst dich sicher fragen, warum ich

dann ausgerechnet mit Zayn, Romeo und Sylvian befreundet bin. Sie können ihre Ausbrüche aber kontrollieren, verstehst du, Belle? Eleanore nicht.

Als Clarisse endlich aufhört zu sprechen, schenke ich ihr eines meiner echtesten Lächeln und denke im Geiste daran, wie ich ihr die Luft abschnüre. Einfach so, aus Spaß an der Freude. Weil ich sie noch nie mochte. Weil sie mich genauso nervt wie alles andere.

Sie steht meinen Plänen im Weg.

Schafft es, mich in unangenehme Situationen zu zwingen.

Ihre Macht missfällt mir, und dass sie – obwohl sie offensichtlich dumm ist – so weit kommt, macht mich wahnsinnig. Wenn sie im Zirkel aufgenommen wird und ich sie ständig um mich haben muss, werde ich noch viel öfter daran denken müssen, wie ich meine Daumen auf ihre Luftröhre lege und ihr am besten, während ich sie ficke, langsam die Luft abschnüre.

Langsam und immer langsamer, bis sie tot unter mir daliegt.

Dann werde ich kommen.

»Ich verstehe«, sage ich sanft und werfe Vance einen gespielt hasserfüllten Blick zu. »Er wird bezahlen für das, was er getan hat, Darling. Glaub mir.«

»Das hoffe ich«, entgegnet Clarisse herablassend. Dafür, dass Vance sie gefoltert hat, ist sie ziemlich gesprächig. Dabei ist Vance sicher nicht zurückhaltend gewesen.

Vance verdreht die Augen. Er weiß, dass ich Clarisse nur etwas vormache, und ich weiß nicht, ob mir das gefällt. Natürlich ist er *unser* Söldner und er hat getan, was er tun sollte, aber gewissermaßen versetze ich solche Leute wie ihn lieber in Angst und Schrecken. Dass ausgerechnet Vance Buchanan mich vollständig durchschaut, ist etwas, das mir noch gefährlich werden könnte.

Selbst Amabelle schafft es nicht, hinter meine Maske zu sehen.

Wer ist Vance, dass er es hinbekommt?

Ich sehe zu Sylvian, der hinter Eleanore an der Wand lehnt, die Arme vor der Brust verschränkt, düster auf ihren Hinterkopf hinabblickend, und warte, bis er mich bemerkt.

Er sieht auf und ich wünschte, wir könnten uns ohne Worte verständigen.

Vielleicht konnten wir das früher einmal. Aber jetzt gerade verschleiert sein Selbsthass seine Sicht der Dinge. Dass wir Amabelle verarschen mussten, um an Eleanore heranzukommen, wird er sich niemals verzeihen.

Der arme, arme Sylvian.

Wie könnte man sein unnötiges Leid nur eindämmen?

Unwillkürlich halte ich Ausschau nach dir. Ein wenig quält es mich, dass Reece bei dir sein kann und nicht ich. Aber wir müssen uns Clarisse' Vertrauen nun einmal erschleichen. Ich bin mir sicher, dass du das verstehst, wenn wir es dir erklären, nicht wahr?

Du wolltest Teil von uns sein, statt nur eine Spielfigur auf dem Brett. Und das sind die Opfer, die jeder von uns ab und zu bringen muss, um am Tisch sitzen zu bleiben. Leid, Schmerz, Scham und … ja, manchmal auch ein wenig Folter.

»Wer hat Eleanore hierhergebracht?«, frage ich in die Runde.

»Wir«, antwortet Clarisse und zeigt stolz auf drei ihrer Schwestern. »Ich habe Rachel angeboten, ihr Informationen abzukaufen, wenn sie welche für mich hat. Und als heute Vormittag Eleanore bei ihr aufgetaucht ist, in der Hoffnung, Rachel würde ihr helfen, hat sie sie sofort gehorsam an mich ausgeliefert.«

»Du hast Rachel Geld gezahlt?« Romeo. Er sitzt auf dem Sofa, gegenüber dem der Reginas, die ihm alle in ihrer gleichen Uniform mit überschlagenen Beinen entgegenstarren.

»Ja«, blafft Clarisse ihn an. »Was ist dir an meiner Erklärung nicht klar?«

Romeo hebt die Schultern. Er macht sich nichts daraus, dass Clarisse ihn herablassend behandelt. Ihm sind ihre Worte genauso wie mir vollkommen egal.

»Wir müssen schnell eine Lösung finden«, gebe ich vor und trete in den Raum. Auf der einen Seite die Verbindung der Frauen, auf der anderen die unsere. Unser Schachzug war optimal. Wie Sylvian richtig vermutet hat, hat Eleanore bei Rachel Schutz gesucht. Rachel durfte genauso wie wir anderen die Halbinsel von Maryland nicht verlassen. Da sie aber gut daran tat, nicht auf dem Campus aufzukreuzen, hat sie sich von ihrem restlichen Geld irgendein billiges Motel genommen und abgewartet. Warum auch immer Eleanore dachte, Rachel würde bei ihrem Scheiß mitmachen und sie decken …

Jedenfalls war es ungünstig, dass Rachel glaubte, sie könne bei Clarisse mehr Profit rausschlagen, und sie angerufen hat statt uns. Wir mussten schnell reagieren und gerade spielt es uns in die Karten, wenn Clarisse glaubt, Amabelle hätten wir nur wegen des Spiels gefickt. Clarisse vertraut uns wieder. Sie wird mit uns kooperieren. Sie wird uns Eleanore vermutlich überlassen. Und nur darum geht es.

»Die Lösung könnte sein, dass wir ...«, führe ich aus, mich vergewissernd, dass keiner der anderen Typen, die die Reginas als Schoßhündchen in ihrer Nähe dulden, mit im Raum ist. Ein lautes Scheppern von draußen unterbricht mich. Ich fahre herum, so wie es mir ein paar Köpfe der Reginas gleichtun, und trete ans bodentiefe Fenster.

Unten in der Einfahrt hat Vance' Jeep gewendet und ist gegen meinen Ferrari gecrasht. Reece steht wie ein Trottel daneben und sieht zu, wie der Wagen Richtung Wald verschwindet.

»Fuck«, raunt Vance.

Wir sehen uns in diesem einen Moment an wie zwei Männer, die einfach nicht glauben können, dass das, was sie sehen, wirklich passiert. Und die denselben Impuls haben: Amabelle sofort hinterherzufahren.

»Hast du deinen verdammten Schlüssel stecken lassen, Buchanan?«, schnauze ich ihn an.

Seine Braue rutscht abfällig nach oben, als er in seine Hosentasche greift und mir seinen Autoschlüssel zeigt.

»Ihr wollt mir nicht sagen, dass die kleine Bitch gerade abgehauen ist, oder?« Clarisse sieht nach dem, was Vance mit ihr gemacht hat, ziemlich mitgenommen aus. Aber die Empörung über Amabelles Flucht entstellt ihre Fratze vollends.

»Scheint so«, gebe ich gedehnt zu. In Vance' Augen

bemerke ich eine Art anerkennendes Blitzen und auch ich muss zugeben, dass mich Amabelles Flucht beeindruckt.

Wie hast du es geschafft, Reece zu linken? Und hast du wirklich Vance' Jeep kurzgeschlossen?

»Jemand muss ihr hinterherfahren!«, keift Clarisse und stemmt eine Hand in die Hüfte.

Mein Blick geht zurück zu Eleanore. Sie ist gerade hier. Alles spricht dafür, dass sie der Kopf der irren ›Widerstandsbewegung‹ ist. Wenn sie allerdings Gefolgsleute hat, die nur darauf warten, sie zu befreien, werden sie bei Amabelle aufkreuzen und sie vielleicht ebenfalls entführen.

Sie wissen ja, was sie uns bedeutet. Oder?

»Nein«, entgegne ich und lächle in mich hinein. »Ich denke, wir können sie fahren lassen. Wir brauchen sie nicht mehr und es ist sowieso besser, wenn sie nichts davon mitbekommt, was wir besprechen.«

»Sie könnte direkt zur Polizei gehen!« Clarisse blickt mich vorwurfsvoll an.

»Wird sie nicht«, schaltet sich Vance ein. »Und wenn doch: Sie hat mein Handy. Und wenn sie es nicht ausschaltet, kann ich jederzeit sehen, wo sie sich befindet.«

»Dann wäre das geklärt.« Ich nicke Romeo zu, der sofort versteht, dass er ein paar unauffällige Personenschützer zu Amabelles Trailer schicken soll, und wende mich wieder an Eleanore, die noch immer dasitzt, als würde nichts von dem, was um sie herum geschieht, wirklich passieren. »Am besten wäre es, wir würden Eleanore beiseiteschaffen. Irgendwelche Vorschläge, wie wir das realisieren?«

JAXON

Sieh es als Geschenk, Belle.

Wir zeigen dir, wozu die Elite fähig ist. Wir lassen zu, dass du die emotionslose Peinigung erfährst. Wie eine Prüfung. Bestehst du, kommst du eine Runde weiter. Das ist das Leben in den reichsten Familien Amerikas, in den besten Schulen des Landes und schließlich an der teuersten Universität. Etwas, das wir anderen längst gelernt haben. Wovor uns unsere Eltern warnen wollten und wovor sie uns oft nicht beschützen konnten. Du bist jetzt ein Teil davon. Ein Teil dieses Spiels und es wäre an der Zeit, die richtigen Karten auf den Tisch zu legen.

Vance ist kein Gegner.

Die anderen Frauen sind es.

Ich glaube … das haben wir dir von Anfang an gesagt, nicht wahr?

VIER

MABLE

Es ist bereits zehn Uhr, als ich Vance' Jeep neben unserem Trailer parke. In der Nacht hat mich eine solche Müdigkeit und Erschöpfung überkommen, dass ich allen Gefahren zum Trotz am Fahrbahnrand gehalten und mir eine Pause gegönnt habe. Dass ich daraufhin gleich mehrere Stunden schlafen würde, hätte ich nicht gedacht.

Als meine Mom mich aussteigen sieht, steht sie von ihrem Terrassenstuhl auf und starrt mich an.

»Ist nur geliehen«, rufe ich zur Begrüßung, damit sie nicht denkt, ich hätte den Wagen geklaut. Damit das zerstörte Fenster nicht auffällt, habe ich das angebrochene Glas vollständig entfernt. So sieht es danach aus, als wäre die Scheibe heruntergefahren.

Meine Mom lässt nicht erkennen, ob sie mir glaubt. Wir sprechen selten miteinander, da sie oft zu abwesend dafür ist. Ich schicke ihr Geld und manchmal Nachrichten. Sie schickt mir nichts.

Aber als sie mich heute kommen sieht, ist etwas anders in ihren Augen. Sie betrachtet mich, als wäre sie zum ersten Mal seit Monaten wieder *nah*. Als wäre sie *hier. Bei mir*.

Als ich an ihr vorbeigehen will, stellt sie sich mir in den Weg und schließt mich fest in den Arm. Sie weiß, dass das FBI uns nicht erlaubt hat, Kingston während der ersten Tage der Ermittlungen zu verlassen. Aber dass sie sich Sorgen machen würde, war mir bis eben nicht klar.

»Meine kleine Prinzessin«, sagt sie leise in mein Ohr und weckt damit viele alte Gefühle. Prinzessin. So nennt sie mich, wenn sie es schafft, hinter dem Schleier aus Medikamenten, psychischer Abwesenheit und geistigem Verfall zu mir hervorzutreten. »Es tut mir so leid.«

Wie oft hat sich meine Mom schon entschuldigt? Wie oft habe ich ihr verziehen? Zu oft.

»Es ist okay«, sage ich auch dieses Mal und warte, bis sie mich loslässt. Penelope Weaver sieht aus wie eine ältere Version von mir. Auch wenn ihr Gesicht in sich zusammengefallen ist, lässt sich dieselbe Form von Nase, Mund und Augen noch erahnen. Ihr dunkelblondes Haar fällt ihr strähnig an den Wangen hinab. Etwas in ihr ist so zerbrochen, dass es mich schmerzt, sie überhaupt anzusehen.

Und plötzlich weiß ich, dass ich Jaxons Geld auf meinem PayPal-Konto behalten muss. Auch wenn es mir sehr viel lieber wäre, wenn ich es ihm mit Stolz zurückschicken könnte – und mit einem virtuellen Fuck-Finger noch dazu. Ich kann die Gelegenheit, meine Mom und meine Schwester aus dem Elend herauszuholen, nicht einfach verstreichen lassen.

»Geht es dir gut?«, fragt Mom.

»Ja, alles bestens.«

Sie hakt nicht nach, obwohl sie es tun müsste. Sie müsste mich fragen, wie es mir in Kingston geht. Sie müsste sich dafür interessieren, was an Spring Break geschehen ist. Woher ich komme. Von wem das Auto ist. Stattdessen lässt sie mich vollkommen in Ruhe, sodass ich nach drinnen gehen und meine Sachen ablegen kann.

Meine Schwester hat bei ihrer Freundin übernachtet, also habe ich unser gemeinsames Bett für mich. Zuallererst speichere ich Vance' Videos von Clarisse auf einem USB-Stick. Währenddessen sehe ich sie mir mehrmals an. Clarisse' Gesicht ist darauf gut zu sehen und ihre Stimme klar zu hören. Wenn man das Video an den richtigen Stellen zusammenschneidet, wird man mich hingegen nicht identifizieren können.

Das Video wieder und wieder anzusehen, heilt mich überraschend schnell von den Geschehnissen. Die Erinnerung an das eklige Gefühl, in den Lauf eines Klos gedrückt zu werden, verschwimmt und wird durch Wut ersetzt. Wie können sich die Reginas so etwas herausnehmen? Müssten sie nicht viel zu glücklich sein, um so etwas tun zu wollen? Mit ihrem perfekten, reichen Leben voller Privilegien und Möglichkeiten? Warum konzentrieren sie sich nicht darauf, sondern beneiden ausgerechnet eine wie mich?

Was wollte Clarisse mir überhaupt beweisen?

Jaxon scheint doch auf ihrer verdammten Seite zu stehen.

Jaxon hat wieder und wieder gelogen und weil ich mich trotz allem nicht für ihn entschieden habe, hat er sich diese bescheuerte Strafe für mich überlegt. Mit ihr gemeinsam.

Zorn überkommt mich wie eine Welle aus Lava. Meine Hände beginnen zu zittern und ich fasse einen vollkommen irren Plan.

Wobei er so irre gar nicht ist. Er ist die logische Konsequenz aus allem, was mir angetan wurde. Was ich erdulden musste. Und dass mein Kinn den Keramiklauf einer Toilette berührt hat und ich im Wasser um mein Leben gekämpft habe, ist der nötige Rest, der gefehlt hat.

Ich gehe ins Bad. Dusche mich. Trage Make-up auf. Dann greife ich nach Vance' Telefon.

Seine Kamera ist um ein Vielfaches besser als meine.

Zum Glück sind noch ein paar Stunden Ferien.

So gut wie jeder Kingston-Student verbringt das Wochenende außerhalb des Campus und hat damit Zugriff auf Social Media. Ich lächle, als ich den ersten Clip aufnehme.

Es ist Zeit, dass ganz Amerika erfährt, was am besten Elitecollege der Welt geschieht.

Und wer Clarisse Cunningham wirklich ist.

FÜNF

ZAYN

Die Pussy vor meinem Gesicht schmeckt scheiße. Ich habe drei Frauen abgeschleppt und irgendwie riechen sie alle nach Plastik. Nach irgendeinem künstlichen, aphrodisierenden Gel, nach Selbstbräuner und nach billiger Body Lotion. Zum Glück sind die Mädchen auf Koks oder so was und kriegen nicht mit, dass ich die eine von ihnen von mir schiebe. Sie sollen sich um meinen Schwanz kümmern und sich ficken lassen und sich einfach gegenseitig zum Orgasmus lecken. Entspannt sehe ich dabei zu, wie die eine mich reitet, während die anderen zwei ihre Nippel und ihren Arsch lecken.

Mein Schwanz stößt tief in ihre kleine Pussy und ich muss mich trotz allem anstrengen, das hier genauso geil zu finden wie den Sex gestern. Es ist hart.

Ich hasse mein Gehirn dafür.

Mein Gehirn, meinen Schwanz, meine Seele, whatever.

Wie kann ich es verdammt noch mal geiler finden,

mir mit meinem fehlerlosen Langweilerbruder ein Chick zu teilen, als von dreien gefickt zu werden?

Ich werde es niemals verstehen.

Als sich die drei mit ihren gierigen Mündern um meinen Schwanz scharen, spritze ich zwar ab, aber es fühlt sich an, als würde ich es mir zu einem Porno selbst besorgen – statt echten Sex zu haben.

So viel dazu.

Während sich die Mädchen kichernd in ihre kurzen Kleider pressen, zünde ich mir eine Zigarette an und bleibe nackt sitzen. Es ist heiß in Ford Lauderdale und jeder hier ist heiß auf Sex. Eigentlich der perfekte Ort, um Spring Break ausklingen zu lassen. Aber ohne Reece fühle ich mich einfach nicht mehr ganz.

Ich habe mich ohne ihn noch nie ganz gefühlt.

Obwohl ich es nicht einmal verstehe.

Der Typ ist so wenig ich und teilt nicht eines meiner Interessen, sodass diese Verbundenheit nur eine tiefe Psychose sein kann. Irgendein Trennungsschmerzscheiß aus der Kindheit oder ein ähnlicher Bullshit, den ich nie wieder loswerde.

Aber was waren seine Worte?

Das College endet, nicht wahr?

Werd erwachsen, Zayn. Wir können nicht ewig so weitermachen, Zayn. Es war klar, dass ich irgendwann eine hässliche, kleine Trailerparkschlampe finde und mit 'nem Ring an ihrem Finger poppen will, um schreiende hässliche Babys zu machen. Das war dir doch klar, Zayn, nicht wahr? Irgendwann wird es so kommen, Zayn. Wir können nicht für immer zusammen sein.

Nicht für immer *eins* sein.

Scheiß Wichser.

Entweder ist Reece zu blöd, um mitzubekommen, dass ich ohne ihn gar nicht überlebensfähig bin, oder er ist zu blind, weil er unbedingt gegen Jaxon ihr dämliches Spiel gewinnen will.

Ich weiß, was sie Dole erzählen werden. ›Wir mussten dich entführen lassen, damit Clarisse glaubt, wir stünden auf ihrer Seite. Das sollte alles ›echt‹ wirken und es hätte nicht echt gewirkt, wärst du eingeweiht gewesen.‹

Bullshit.

Jaxon und Reece wollten Dole bestrafen, weil sie sich nicht entschieden hatte. Da kam es ihnen gelegen, sie zusätzlich für ihren Plan missbrauchen zu können, damit sie am Ende trotz allem als Samariter dastehen. Sylvian will Amabelle sowieso immer leiden sehen und Romeo hasst sie. Und Vance hat gerne mitgemacht, weil er eine sadistische Ader hat, die er noch verleugnet, die aber da ist und nur darauf wartet, endlich ganz auszubrechen.

Egal. Jedenfalls werden sie dem armen kleinen Mädchen eine weitere Lüge auftischen. Eine weitere Intrige um sie herum spinnen. Und sie wird sie wieder schlucken. Sich wieder hingeben. Sie wird sich so lange einwickeln lassen, bis sie von Kopf bis Fuß von der Unwahrheit verschlungen wird.

Das ist es, was ihr bevorsteht.

Arme, arme, kleine Dole.

Eine halbe Stunde später liege ich wieder am Pool. Da ich ein Crescent bin und als Reece Crescent eingecheckt habe und auch die Kreditkarte von Reece Crescent benutze, habe ich mehr oder weniger vom

Hotelmanagement selbst die Präsidentensuite aufgezwungen bekommen. Aber am Pool bin ich für einen Moment einer der anderen Gäste. Ein ganz normaler Typ, der Sonnencreme mit Schutzfaktor fünfzig aufgetragen hat, damit mich meine Bräune in Kingston im Vergleich zu Reece nicht verrät.

»Hi. Ist hier noch frei?« Ein Mädchen mit großen Brüsten, sportlicher Figur, in High Heels und superknappem Bikini deutet auf die Liege neben mir.

»Nein, da schläft mein imaginärer Freund, siehst du ihn etwa nicht?«

Sie lacht mich fröhlich an und lässt sich nicht so leicht vergraulen. »Darf ich mit ihm kuscheln?«

»Tu dir keinen Zwang an.« Ich schließe die Augen und genieße das heiße Kribbeln der Sonne auf meiner Haut.

»Wo kommst du her? Du hast einen leichten britischen Akzent, oder?«

»Aus dem Gefängnis.«

»Was?«, fragt sie lachend.

»Das ist ein schwedischer Akzent.«

»Du bist Schwede?«

Ich schweige für eine Weile und überlege, welche Antwort der Wahrheit entspricht. Ich bin halb Schwede, halb Engländer. Aufgewachsen bei meiner schwedischen Mutter in London. Mit so viel Gold im Arsch, dass ich noch immer Verstopfung davon habe. Während Reece mit unserem Vater in die USA gegangen ist, wurde ich in London unter Verschluss gehalten. Ich habe nie viel von der Stadt gesehen. Geschweige denn viel britisches Englisch gehört. Alles um uns herum war schwedisch. Eine schwedische Enklave in einem Penthouse mit Blick über ein fremdes Land.

Jeden einzelnen Tag habe ich meine Mom gefragt, wann ich Reece wiedersehen werde.

Jeden Tag erhielt ich dieselbe Antwort.

›Niemals wieder. So wie ich ihn nie wiedersehen werde.‹

Als ich vierzehn wurde, zogen wir aus der Stadt aufs Land. Ich hatte wohl ein paar Mal zu häufig darum gebeten, rausgehen zu dürfen. Auf dem Land – ich wusste lange Zeit nicht, dass wir uns in Frankreich befanden – durfte ich endlich das Haus verlassen. Aber ich begegnete dabei keiner Menschenseele weit und breit. Bis mein Privatlehrer seine Stelle aufgab und eine neue aus der Stadt zu uns kam. Mitten aus Paris. Eine Französin. Ich weiß es noch genau. Sie betrat das Zimmer und ich wurde sofort hart. Das erste weibliche Wesen, das vor mir stand und vom Alter her nicht meine Mutter hätte sein können.

Madame Roussini.

Ich hatte keine Scheu, sie zu fragen, ob sie mir das Vögeln beibringen würde. Und sie tat es. Nach ein paar Wochen zwar erst, aber es kam so, und ich lernte dabei viel. Von dem Moment an jedoch, als ich erfuhr, dass sie verheiratet war, hasste ich sie. Wieso können Leute nicht mal ihren verdammten Arsch zusammenhalten, wenn sie jemandem etwas versprochen haben?

Ich klaute ihr Auto, fuhr in die Stadt, und verlor mich darin, bis ich zwei Monate später von der Polizei aufgegriffen wurde. Ich hatte ein bisschen zu viel geklaut und ein wenig zu häufig behauptet, ich wäre mein

Bruder Reece. Meine Mutter hatte noch nie gewollt, dass ich ein normales Leben in Freiheit lebe, und während sie ihre Designs entwarf und weiter stur vor sich hinarbeitete, ohne Sinn und Verstand, kam ich in eine Art Anstalt für schwer erziehbare Rich Kids mitten auf einem abgeschiedenen Berg in der Schweiz.

Dort verbrachte ich zwei Jahre meines armseligen Lebens, bis ich die Chance ergriff, in Schweden zur Armee zu gehen. Ich wurde Soldat und das Töten gefiel mir.

Leider tötete ich dann im Einsatz etwas zu viel und man steckte mich in eine Klapse. Dort verbrachte ich eine wundervolle Zeit, bis Reece mich endlich rettete. Wegen ein paar Zahlungen, die er tätigte, denkt meine Mom noch immer, ich sei dort und würde irre vor mich hinvegetieren.

Das ist meine Lebensgeschichte.

Bin ich also Schwede? Identifiziere ich mich mit dem Land, in dem ich geboren wurde? Oder bin ich Engländer, Franzose, Schweizer? Who cares? Wenigstens rede ich nicht, als würde mir ein Kaugummi zwischen den Zähnen hängen, wie es die meisten Amerikaner tun.

»Ich bin zumindest nicht an einem Fick interessiert«, antworte ich auf die Frage des Mädchens und lächle vor mich hin.

»So?«, fragt eine männliche Stimme.

Ich neige den Kopf, damit die Sonnenbrille auf meine Nase fällt, und blicke in den Schatten neben meinem Schirm. Ein Anzugträger steht vor mir. Das Mädchen ist verschwunden. »Und Sie sind?«

»Das ist nicht wichtig. Wir sollten an der Bar sprechen.«

Ich lache ihn aus. »Nope, kein Interesse.«

»Ich glaube nicht, dass Sie sich fehlendes Interesse erlauben können, Zayn.«

Ich lasse mir nicht anmerken, wie ich innerlich verspanne. »Und Sie sind?«, frage ich wieder, erhalte wieder keine Antwort. Schlecht gelaunt stehe ich auf. Wer ist der Typ? Jemand aus meiner Vergangenheit? Ist meine Deckung doch aufgeflogen? Lässt meine Mom nach mir fahnden? Oder die Anstalt?

Der Mann geht wortlos zur Bar und ich muss ihm gezwungenermaßen folgen. Dort bestelle ich mir einen Cocktail und mustere den Typen. Er hat ein Gesicht, das mir vage bekannt vorkommt und doch irgendwie durchschnittlich ist. Es ist das typische Gesicht eines Versicherungsvertreters aus der Werbung oder eines Bankers, der einem die neue Kreditkarte auf einem Plakat vorstellt.

»Ich will, dass Sie etwas für mich tun, Zayn.«

»Sie verwechseln mich. Zayn ist der Name meines Bruders.«

Der Allerweltstyp lässt für eine Sekunde ein schiefes Lächeln auf seinen Mundwinkeln entstehen, bevor er wieder ernst wird. »Es ist auch ganz egal, welcher der beiden Crescents Sie sind. Sie scheinen der Vernünftigere zu sein und sich nicht an die Fersen eines verarmten Mädchens zu heften, als ob sie ein unerreichtes Supermodel wäre, das irgendeinen Reiz bieten würde.«

»Wer zur Hölle sind Sie?«, frage ich ihn kalt.

»Ich will, dass Sie sicherstellen, dass Amabelle

Weaver ihr Studium noch vor Ende dieses Studienjahres abbricht. Das ist alles. Sorgen Sie dafür.«

Ich hebe eine Braue. »Sonst was?«

»Sonst könnte es sein, dass jemandem im Ivarson Center auffällt, dass Sie nicht mehr dort sind ... oder Ihr Bruder. Wer auch immer von Ihnen der wahre Zayn Crescent ist.«

Mein Kiefer verspannt, und ich verspüre große Lust, dem Typen eins auf die Fresse zu geben. »Sind Sie vom Zirkel?«

Seine blauen Augen blitzen auf. »Was für ein Zirkel?« Er lächelt, als würde er wissen, wie sehr ich ihn dafür hasse, dass er einfach hierherkommt und mich erpresst. »Schönen Tag noch, Mr. Crescent.«

Damit verlässt er die Bar und schlendert in seinem nichtssagenden Anzug über den Poolbereich zum Ausgang.

Der Cocktail schmeckt nun nach billigem Alkohol. Mit einem Blick über die Poollandschaft stelle ich fest, dass die Schnecke von vorhin sich 'nen anderen blonden Typen geangelt hat, dem sie jetzt ihre Brüste ins Gesicht hält. Sie hätte eine gute Möglichkeit geboten, mich abzureagieren, bevor ich Reece anrufe.

Mit großem Widerwillen hole ich mein Handy hervor und schalte es an. Ich war so sauer auf Reece, da wir nicht einmal übers Wochenende verreist sind, dass ich mein Handy zum ersten Mal, seitdem ich es besitze, ausgeschaltet habe. Kaum hat das Teil Empfang, ploppen zig verpasste Anrufe auf meinem Display auf. Ich ignoriere sie. Checke erst mal meine Mails, dann Reece' Social-Media-Account – zu dem ich selbstverständlich den

Zugang habe –, um zu wissen, wo er gerade abhängt, auch wenn mein Bruder das selten teilt.

Vielleicht habe ich erwartet, dass er wenigstens auf einer Party mit den Kings hockt und sich besäuft, aber nicht mal das.

Dafür erscheint Amabelles Gesicht auf seiner Startseite. Sie lächelt bildhübsch in die Kamera, als hätte sie sich eigens für das Video aufgedonnert, und lässt dann eine Warnung aufblinken. Vollkommen unvorbereitet sehe ich im nächsten Moment Clarisse dabei zu, wie sie Amabelle mit dem Gesicht voran in eine Kloschüssel presst.

Mir wird schlecht.

Aus vielerlei Gründen.

Und ich rufe sofort unseren Piloten an.

Fuck it. Das war das behämmertste Spring Break überhaupt. Aber ganz offensichtlich hat es einige noch schlimmer getroffen.

Habe ich jetzt Mitleid mit dem kleinen Trailerparkmädchen?

Ja. Ich habe Mitleid.

Und ich empfinde unfassbare Wut, dass die verfickten Kings nicht da waren, um sie vor diesem Scheiß zu bewahren. Niemand von uns verdient dieses Mädchen. Jemals wieder.

Und das sollte ihr endlich klar werden.

SECHS

SYLVIAN

Die Sonne erhellt die schwarzweiß geflieste Küche, als ich zurücktrete und erkennen muss, dass ich aus Eleanore nichts herausbekommen werde. Ich habe jedes Register meines Manipulationstalents gezogen. Habe sie mit Lügen eingesponnen, ihr Zuneigung versprochen, war zärtlich und verständnisvoll, grob und sanft, geduldig und wütend, doch nichts hat sie dazu verleitet, mir mehr über den Anschlag auf die Wasservilla zu verraten. Geschweige denn darüber, wer hinter der Organisation steht.

Was ich weiß, ist, dass sie das Geld, das sie mir immer wieder abgenommen hat und von dem ich glaubte, es würde ihre Drogensucht oder ihren Hunger stillen, für den Sprengstoff ausgegeben hat, den sie angeblich von Schwarzmarktdealern erhielt.

Niemand schafft eine solche Menge Sprengstoff ran, ohne aufzufallen. Dafür braucht es Kontakte, die weit nach oben reichen. Selbst ein illegaler Waffenschmuggler würde nicht einfach einer Verrückten

Sprengstoff im eigenen Land verkaufen. Die Spuren würden irgendwann zurück zu ihm führen.

Wer steht also wirklich dahinter?

Wer benutzt Eleanore, um der Elite – oder den Erben der Elite – zu schaden?

»Ich wusste, dass du es nicht schaffen wirst.« Clarisse taucht hinter mir auf und lehnt sich mit verschränkten Armen an die Wand. Das Haus gehört den Eltern einer ihrer Reginas. Es ist abgeschieden und eignet sich perfekt für alles, was sie hier drin vorhatte.

Eleanore grinst mich auf Clarisse' Worte hin an, als würde sie ihr recht geben wollen. Sie ist wieder an ihren Stuhl gefesselt. Es ist besser, wenn sie es bleibt.

»Du kannst gern versuchen, mehr aus ihr herauszubekommen«, biete ich Clarisse an, streiche mir durchs Haar und will an ihr vorbei in den Salon gehen.

Aber sie stellt sich mir in den Weg. »Warum bist du so zart zu ihr?«, fragt sie mich leise, die Lippen abfällig verzogen. »Zwar sind es nur Gerüchte, aber man erzählt sich, dass du dein Messer gerne für Spielchen benutzt, die Narben verursachen. Wieso versuchst du es ausgerechnet bei Eleanore nur mit Worten?«

Clarisse ist die letzte Person, der ich meine Gedanken mitteilen will. Ich greife in meine Hosentasche, ziehe das Butterfly hervor und drücke es ihr in die Hand. »Bitte. Wenn du keine Skrupel hast, tu es.«

»Es ist wegen des Zirkels?«, flüstert sie. »Ihr glaubt, dass sie niemanden von uns aufnehmen, wenn rauskommt, dass wir Eleanore gefoltert haben?«

Nicht ich antworte ihr, sondern Jaxon, der in der Tür erscheint. »Möglich.«

Clarisse atmet frustriert Luft aus. »Dann bitten wir eben den Zirkel um Hilfe. Sollen sie sich dem Problem annehmen.«

»Bist du verrückt?«, zischt Jaxon sie an. »Wenn wir das tun, kommen wir wie Loser rüber. Wir sind so kurz davor, das College abzuschließen. Bis dahin können wir Eleanore einfach in einen Keller sperren und sie sich selbst überlassen. Das ist das Ungefährlichste für uns alle.«

»Gut.« Clarisse löst die Verschränkung ihrer Arme und nickt. »Dann kümmere ich mich darum.«

»Du?«, frage ich sie. »Warum du? Wir sind diejenigen, die unauffindbare Kellerräume vorweisen können.«

»Aber euch vertraue ich nicht! *Ich* habe sie Rachel abgekauft. Also werde *ich* Eleanore bis zur Graduation Gala verwahren.«

Jaxon lächelt sie umsorgend an, sodass mir schlecht wird. Ich habe schon verlernt, zu unterscheiden, wann er gezwungenermaßen nett ist und wann er es wirklich sein will. Seitdem er das Ziel verfolgt, Mable für sich zu gewinnen, ist seine Maske so undurchschaubar wie nie zuvor. »Ich bitte dich, Clarisse«, sagt er säuselnd. »Das ist unsinnig und gefährlich. Du kannst vielleicht nicht Sylvian und Reece vertrauen – aber mir. Und noch tun sie, was ich sage. Du hast dir schon zu viele Fehler erlaubt. Wenn das Video viral geht, das Vance von dir gemacht hat, ist es vorbei.«

Clarisse verdreht die Augen. Ich weiß nicht, ob sie ihm zustimmen will oder nicht, als plötzlich ein Aufschrei die Stille unterbricht.

Jaxon fährt herum, ich reiße Clarisse das Messer wieder aus der Hand.

»Was zur Hölle ist passiert?«, ruft Reece. »Scheiße, ist sie ohnmächtig? Was war auf ihrem Handy zu sehen? Wie jemand ein Designerkleid bekleckert?«

Wir hören Vance dunkel lachen. Clarisse reißt empört den Mund auf und stürmt aus der Küche. Ich will ihr folgen.

»Warte.«

Als ich Jaxons Hand auf meiner Schulter spüre, will ich sie am liebsten sofort abschütteln.

»Seit wann hassen wir beide uns so sehr?«, fragt er mich leise.

»Hasst du mich, ja?«, entgegne ich schmal lächelnd. »Ich dachte bisher, es beruhe nicht auf Gegenseitigkeit.«

»Ist das alles wegen Amabelle?« Jaxons Augen scannen jede Regung meiner Miene. Er versucht zu verstehen, was er nicht verstehen kann. Und dann wird es mir wieder klar.

Ich liebe diesen Kerl, Mable. Wie man den nervigen, gestörten Bruder liebt. Wie Reece und Zayn sich lieben. Jaxon hat mich gerettet, mich aufgezogen, mir eine Familie gegeben und mich dennoch immer mich selbst sein lassen. Er war da, während andere nicht da waren, er hat mir zugehört, wenn niemand sonst mich verstand. Er ist das, was man einen besten Freund nennt, und ausgerechnet ihn lüge ich seit Monaten – seit Jahren – an. Jaxon ist die verfickte Seele, die meine braucht. Aber ich kenne ihn auch. Ich weiß, was er will. Dass seine Ziele über allem stehen. Über dir, über mir, selbst über sich selbst. Er würde niemals etwas wie persönliches Glück oder simple Zufriedenheit wertschätzen, solange er der mächtigste Mann der Welt werden kann. Irgendjemand hat auch ihn so sehr gefickt, dass er gar nicht mehr glücklich sein will. *Und was jetzt, Mable? Hoffen wir beide wirklich, wir hätten genügend Einfluss, ihn zu verändern?*

»Ich werde dich niemals hassen«, antworte ich ihm und sehe eine Art kindlichen Schmerz über seine Miene zucken. »Das weißt du, Jax. Aber es braucht keinen Hass, um mich dir in den Weg zu stellen. Also tu nichts, was das erfordert.«

Er presst die Lippen zusammen und lässt mich los. »Wenn du Harper wirklich nicht gefickt hast, warum gehst du dann nicht zu Amabelle und sagst ihr das einfach? Zayn hat recht. Ihr seid wie ... füreinander geschaffen. Du könntest glücklich mit ihr werden.«

Er kapiert es einfach nicht, Mable. Er kapiert nicht, dass ich nicht glücklich mit dir werden kann, wenn ich nicht weiß, ob ich mich jemals so weit kontrollieren kann, wie ich es muss.

»Diese Verantwortung werde ich nicht übernehmen.«

»Die Verantwortung ...?«, fragt Jaxon ratlos. »Für was?«

»Sie nicht zu zerstören.«

Jaxon runzelt die Stirn. »Hör einfach auf mit dem Scheiß, Sylvian. Niemand glaubt, dass du sie verletzen würdest, außer dir selbst.«

Meine Hände ballen sich unwillkürlich zu Fäusten. »Siehst du sie?«, zische ich und deute auf Eleanores Hinterkopf. Die Küche ist groß genug, dass sie unser gedämpftes Gespräch nicht hören kann, weil schon seit zwei Stunden das Radio die Küche mit plärrender Musik erfüllt. »Du weißt, wozu ich in der Lage bin. Lassen wir das also besser.«

Jaxon wirkt müde, als er meinen Oberarm umfasst und mich vor sich zieht. »Das. Warst. Nicht. Du. Allein. Vance, Zayn, wir alle haben Eleanore zerstört, weil wir dachten, *sie* wäre das Mädchen, für das mein Vater das Stipendiatenprogramm überhaupt ins Leben gerufen hat.«

»Ja«, knurre ich. »Aber nur *ich* habe sie gefickt. Okay? Ich habe jede einzelne ihrer Tränen genossen. Sie ist ein Wrack, weil ich nicht aufgehört habe. Ihr wart nur die Zünder. *Ich* war das verdammte Inferno.«

Er sieht mich brüderlich an, als wäre es nicht absoluter Abfuck, was ich sage. »Weißt du, Silvano, ich sehe Amabelle durchaus gerne beim Brennen zu. Feuer muss nicht immer etwas Schlechtes sein. Vielleicht sollten wir alle mal lernen, wie wir die Flammen beherrschen, statt aus allem ständig Asche werden zu lassen. Ist das nicht genial metaphorisch ausgedrückt?«

»Ich bin beeindruckt, Jax. Und was willst du eigentlich sagen?«

»Vielleicht sollten wir ...« Er beugt sich vor, sodass seine Lippen vor meinem Ohr landen. »Wenn du sie so sehr liebst und auch wir anderen eine Art ... nun ja, Passion verspüren, dann ... sollten wir sie vielleicht einfach zu unserem Phönix machen, meinst du nicht?«

»Phönix?«, frage ich genervt. »Wie wäre es mit einer

Metapher, die nicht einschließt, dass sie ständig verglüht und stirbt?«

Jaxon lacht rau. »Wie zum Beispiel: Königin? Unsere Königin? Wie klingt das in deinen Ohren, mein Freund?«

Unsere Königin ...

»Leute ...« Reece erscheint neben uns, sein Handy in der Hand. Jaxon nimmt sofort Abstand. »Ihr glaubt nicht, was Mable getan hat.«

»Was?«, fragt Jaxon ungeduldig.

Ohne ein Wort zu sagen, hält Reece uns sein Display entgegen. Einiges in mir verändert sich, als ich die Bilder sehe. Mitgefühl, Hass, Wut, Verzweiflung, Genugtuung und schließlich Stolz überfluten mich. Es gefällt mir, dass Mable sich dieses Mal nicht mehr gefallen ließ, was unser Täuschungsmanöver ihr angetan hat.

»Sie hat Vance' Video einfach online gestellt?«, fragt Jaxon Reece, als würde er es nicht selbst sehen können.

»Scheint so.«

»Das ist ... gewagt.«

»Es ist das einzig Richtige, was sie hätte tun können.« Vance tritt neben uns und feixt breit. »Clarisse hat seit fünf Minuten keinen Ton mehr hervorgebracht. Was glaubt ihr, was jetzt passiert? Vor allem mit ihr?«

»Du hast Mable für deine perverse Rache benutzt«, knurre ich und lasse mein Messer aufspringen. »Wage es nicht, in unserem Beisein deine verfickte Freude darüber zu teilen.«

Vance hebt abwehrend die Arme. »Sorry. Wenigstens hat sie mal sinnvoll gelitten. Ich erinnere mich daran, dass es Momente gab, in denen es euch rein um ihre psychische Zerstörung ging.«

»Halt einfach deine Fresse, Vance«, fährt Reece ihn an. »Das Wichtigste wird sein«, sagt er raunend, »Clarisse davon abzuhalten, etwas zu tun, was sie normalerweise nicht tun würde, jetzt, da sie Gefahr läuft, niemals im Zirkel aufgenommen zu werden. Sie könnte Mable einfach töten wollen. Unter diesen Aspekten war es nicht klug, das Ganze zuzulassen.«

Jaxon hebt gelassen eine Schulter. »Lassen wir unser Kätzchen spielen. Das gehört zu einer guten Partie Schach eben dazu. Das Leben ist immer ein Stück weit der Einsatz. Belle wird es lernen.«

»Was werden wir jetzt konkret tun?«, fragt Reece. »Sie erwähnt unsere Namen. Wenn wir nicht einschreiten, könnten ihre Angriffe gegen uns noch schlimmer ausfallen.«

Jaxon sieht erst mich an, dann Reece, schließlich sogar Vance. »Amabelle gewinnen lassen, was sonst? Sie soll ihren Sieg auskosten. Jeder darf glauben, die Kings wären gefallen. Alles, was wir bisher getan haben, wird ... noch ein wenig ... netter. Sie wird nicht einmal den Hauch von Zorn spüren.«

»Ich werde ihr die gesamte Wahrheit erzählen, wenn sie mich fragen sollte«, knurrt Vance. »Kein Geld der Welt kann mich davon abhalten.«

»Tu das, Vance.« Jaxon schlägt ihm herablassend auf die mächtige Schulter. »Tu das. Sie wird trotzdem niemals mehr in dir sehen als den Wurm, der du bist. Und jetzt werde ich mich um Clarisse kümmern. Sie braucht meinen ... seelischen Beistand.«

Reece und ich sehen uns an, als hätte Jaxon völlig den Verstand verloren.

»Er scheint sich ziemlich sicher zu sein, dass sie am Ende ihn wählt, hm?«, fragt Vance und spricht damit einen Gedanken aus, der still in der Luft hängt.

Wirst du ihn wählen, Mable?

Trotz allem?

Vance

Es ist schon komisch, dass ich so etwas wie Stolz empfinde. Eigentlich bin ich ein Bastard, aber ich habe dir dabei geholfen, das Richtige zu tun. Clarisse wird diesen Angriff nicht so einfach wegstecken. Sie schwört Rache, ja, aber wie soll diese aussehen?

Jaxon und die anderen haben einen zu großen Narren an dir gefressen, um dich nur wegen Clarisse' Zickereien fallen zu lassen. Das sage ich zwar nicht gerne, aber es ist wahr.

Du bist mutig. Unerschrocken. Und du gibst niemals auf.

Die kleinen Könige sollten sich ein Beispiel an dir nehmen.

Und das werden sie auch tun. Wetten?

SIEBEN

MABLE

Nachdem ich die Videos hochgeladen hatte, fühlte ich mich für mehrere Stunden unfassbar befreit. Ich bekam erst keine, dann schockierte und schließlich auch beleidigende Reaktionen. Aber das Video ging viral und erhielt hunderttausende Views.

Ich fühle mich wie eine Märtyrerin. Was auch immer ich getan habe, es wird mich vermutlich mehr kosten, als ich mir vorstellen kann. Aber noch ist es so, dass ich mein Handy weglegen kann und das Gefühl habe, es sei absolut nichts passiert.

Am Sonntagabend erhalte ich eine SMS auf Vance' Handy. Ich habe kein schlechtes Gewissen dabei, seine Nachrichten zu lesen und sein Social Media zu durchforsten. Meine Neugierde darf vorhanden sein, schließlich ist er ein perverser Penner, der mich schon zum zweiten Mal für die Kings entführt hat. Problematischer dabei ist, dass ich durch seine Nachrichten nichts von diesem Penner erfahre. Er schreibt viel mit seiner Familie, mit seinen Schwestern und Verwandten. Es gibt hunderte Fotos von ihm und seinen Freunden in New York.

Der Vance, dessen Handy ich durchforste, und der Vance, der mich entführt, gepackt, geküsst und beleidigt hat, scheinen zwei vollkommen unterschiedliche Personen zu sein.

Aber diese Schizophrenie bin ich von den Kings und eigentlich allen Kingston-Studenten inklusive Harper ja bereits gewöhnt.

Schlimmer ist, dass ich in einem heimlichen Moment gestern Nacht sein Fotoalbum so lange durchforstet habe, bis ich auf das Amateurvideo gestoßen bin, das er von sich und einer anderen gemacht hat. Leider wurde mir nach dem Anschauen ziemlich ... heiß. Für einen Moment konnte ich sogar vergessen, dass er mich bei meiner Folter gefilmt hat, statt mir sofort zu helfen. Er wollte mir etwas in die Hand geben, um mich an Clarisse zu rächen, richtig?

Er hat es für mich getan ...

Dieses Mal ist die SMS von ihm direkt an mich.

Hi, ich schreibe dir mit dem Handy meiner Schwester. Ein Freund bringt mich heute zu dir und ich würde den Jeep mitnehmen. Falls du ihn noch nicht hast verschrotten lassen. ;-) Irgendwelche Einwände, Madame Fatale?

Dass seine Nachricht mich kurz schmunzeln lässt, hasse ich besonders. *Wage es nicht, nett zu mir zu sein, Arsch.*

Nett sein entspricht absolut nicht meinem Wesen. Kriege ich … mein Handy auch zurück?

Nö.

…. ;-) *wenigstens die Karte mit meiner Nummer?*

Fuck, du glaubst, das ist alles ein großer Scherz, oder?

Absolut nicht. Es hat mich alle Überwindung gekostet, nicht sofort einzugreifen. Aber du hast Clarisse vernichtet. Dir ist es noch nicht klar, aber das hast du getan. Und dafür brauchtest du dieses Video. Irgendwann wirst du mir danken.

Hat es dich auch Überwindung gekostet, mich grob im Auto nach unten zu pressen und mich vor Clarisse durch die Gegend zu schubsen?

Er antwortet für eine ganze Weile nicht, und ich glaube, dass es da noch mehr gibt in ihm als nur den Kerl, der Clarisse und die Kings hasst und es daher begrüßt, wenn ich ihnen schade. Hat er es … genossen, mich zu misshandeln? Ist Vance die unberechenbarste Konstante in dem Spiel an der Kingston?

Ich bin um acht da.

Ich bin nicht mehr um acht da. Lass dich von deinem Freund nach Kingston bringen. Ich fahre mit dem Jeep. Allein.

Er schickt einen Augen-roll-Smiley und unsere Kommunikation endet. Kurz darauf erhalte ich auf mein eigenes Handy eine SMS. Erst denke ich, es wäre Vance, der mir nochmals schreibt, aber dann ist es ausgerechnet Sylvian.

Ich wusste bisher nicht, dass er meine Nummer hat, aber klar, wenn Reece meine PayPal-E-Mail-Adresse weitergegeben hat, dann sicher auch meine Handynummer.

Komm bitte raus.

Oh nein. Er ist hier. Hätte ich damit rechnen müssen?

Kein Interesse, antworte ich und bleibe neben meiner Schwester im Bett liegen. Meine Mom schläft längst und Olive chattet seit Stunden mit ihrem Freund. Es fühlt sich gut an. So friedlich und normal. Wie früher an lauen Wochenenden, wenn der Trailer mit seinen dünnen Wänden und seinem wenigen Platz Gemütlichkeit ausgestrahlt hat und wir einfach nur zusammen waren.

Olive und ich.

»Mit wem schreibst du?« Sie legt ihr Handy zur Seite und betrachtet mich neugierig.

»Wieso?«, frage ich, eine Spur zu atemlos.

»Weil du ... irgendwie angefangen hast, hektisch zu atmen und rot zu werden.« Olives Hautton ist noch einmal um einiges heller als meiner, aber im Gegensatz zu mir läuft sie so gut wie nie rot an. Sie kann lügen, ohne dass man es ihr anmerkt, und sie wird selten nervös. Während sie ein Talent dafür hat, sich nicht in die Karten sehen zu lassen, lässt es sich in mir lesen wie in einem offenen Buch.

Ich seufze und werfe meinen Kopf zurück. »Ein totaler Arsch von der Uni steht draußen vor dem Trailer und will mit mir sprechen. Weißt du noch, der Typ, der schon mal mit meiner Freundin Harper hier war. Im Grunde ihr Ex.«

Olive betrachtet mich stirnrunzelnd. »Dieser mega hotte Typ mit den schwarzen Haaren?«

Auch sie ist längst in der Pubertät angekommen und kann offenbar feststellen, dass Sylvian alles andere als unattraktiv ist. »Ja.«

»Was will er von dir?«

»Ich weiß es nicht.«

Olive schiebt neugierig die Unterlippe hervor. »Und er kommt extra hierher? Und du willst ihn einfach abblitzen lassen?«

»Willst du mit ihm sprechen?«, frage ich sie genervt und weiß im nächsten Moment, dass ich es nicht hätte tun dürfen.

»Klar!« Meine mittlerweile vierzehnjährige Schwester springt auf, greift nach ihrer Sweatshirtjacke, streift sie sich über und öffnet die Tür unseres Trailers, bevor ich sie davon abhalten kann. Statt hinauszugehen, bleibt sie auf der Türschwelle stehen und zieht die Tür nach fünf geschlagenen Sekunden wieder zu.

Ihre Augen haben sich zu Untertassen geweitet.

»Was?«, frage ich sie alarmiert und setze mich auf.

»Da ist nicht ... da ist nicht nur ein Typ draußen. Sondern fünf. Einer sitzt noch im Auto. Aber ... ja. Ehm. Fünf Typen.«

Fünf? Mein Puls schlägt mir sofort bis zum Hals. Wieso fünf? Romeo, Jaxon, Sylvian, Reece ... Vance kann nicht hier sein. Zayn? Von Neugierde und Panik getrieben stürme ich zum Fenster und reiße das Rollo hoch. Sie hat nicht gelogen. Überstürzt lege ich ihr Vance' Handy in die Hand.

»Nimm alles auf«, flüstere ich. »Aber lass dich auf keinen Fall dabei erwischen.«

Auf diese Worte hin reiße ich unsere Tür auf. Es ist, als hätte sich mein Herz entschieden, von nun an fünf Meter unter dem Erdboden weiterzuschlagen. Absolute Leere füllt meinen Kopf, als ich sie alle vor mir sehe.

Und zwar wirklich alle.

Drei Autos parken quer vor dem Trailer. Eines davon ist an der Stoßstange ziemlich eingedellt. Insgesamt zwei Zigaretten glühen in der Abenddämmerung, aber Sylvian schnipst seine zur Seite, als er meinen Blick einfängt.

Jaxon steht mit verschränkten Armen gegen sein Cabrio gelehnt, Romeo sitzt hinterm Steuer des Spiders, die Fenster zu beiden Seiten heruntergelassen. Sylvian steht zwischen den Wagen und blickt mich düster an, und dann sind da noch ...

Zwei vollkommen gleich aussehende Männer.

Es fühlt sich wie eine Fata Morgana an und gleichzeitig wie eine große Erleichterung. Ich habe recht gehabt. Vance hat in diesem Punkt nicht gelogen. Meine Wahrnehmung ist nicht völlig gestört. Die Crescents sind Zwillinge. Zwillinge, die sich kaum mehr gleichen könnten.

Reece – ich identifiziere ihn als Reece, weil er freundlich lächelt – lehnt an seinem Tesla, die Hände in den Taschen seiner Chino. Und auf der Motorhaube, das Bein locker hinunter baumelnd, sitzt Zayn. Er raucht lässig und scheint mich als Einziger nicht zu registrieren. Sein Desinteresse irritiert mich – wenn es mich nicht sogar verletzt. Das ist bescheuert, weil mir schon seit einer Ewigkeit klar sein sollte, dass er mich hasst, und trotzdem hat der Sex ein bleibendes Gefühl hinterlassen. Es ist keine hundert Stunden her.

»Hallo, Belle.« Jaxon zieht meine Aufmerksamkeit auf sich. Sein selbstgefälliger Tonfall macht mich krank. »Ich denke, ich spreche für uns alle, wenn ich sage: Wir sind froh, zu sehen, dass es dir gutgeht.«

Ich frage mich, was passieren muss, damit er endlich kapiert, dass ich ihm nicht jede seiner Maschen abnehme. Das habe ich noch nie getan. »Halt die Klappe, Jax«, entgegne ich kühl und gehe die Treppen vom Mobilhaus hinunter in unseren winzigen Vorgarten. Die drei Luxuswagen wirken wie Kunstgegenstände in unserem spärlich beleuchteten, unordentlichen Trailerpark. Einige der Nachbarn sind aus ihren Häusern gekommen und starren das Aufgebot aus Typen und Luxusschlitten an.

»Ich soll …?«, fragt Jaxon schief grinsend, aber ich ignoriere ihn und trete auf die Crescent-Zwillinge zu.

Als Zayn mich bemerkt, setzt er sich etwas gerader hin, aber nichts hätte mich darauf vorbereiten können, wie es ist, wenn er mir mitten in die Augen sieht.

So oft stand er schon vor mir, doch noch nie habe ich ihn wirklich und wahrhaftig als *Zayn* wahrgenommen. Da war immer ein Rest Zweifel, eine winzige Portion Unglaube. Und er hat sich oft genug verstellt, um seinen Bruder zu imitieren. Aber jetzt ist da nichts mehr. Keine Maske, keine Show, keine Lüge zwischen uns. Ich sehe zum ersten Mal Zayn an. Ganz bewusst und ungefiltert.

Und dabei scheint mein Kopf in Flammen aufzugehen, als ich daran denke, was er und Reece zuletzt mit mir getan haben.

Reece. Plötzlich werde ich wütend. Seine Lügen waren die schlimmsten. Die allerschlimmsten.

»Wen von euch beiden habe ich geohrfeigt?«, frage ich ihn.

»Mich nicht«, antwortet Zayn lässig, eine Spur gelangweilt, als wäre er unfreiwillig mit den anderen Kings hier.

»Mich«, entgegnet Reece, nach wie vor sanft lächelnd.

»Und du bist Reece?«, gehe ich sicher.

»Ich bin Reece.«

»Du hast sie verdient.« Abwehrend verschränke ich die Arme vor der Brust. »Wenn es nicht so albern wäre, würde ich dich gleich noch einmal schlagen.«

Reece neigt den Kopf. »Ich weiß, dass ich es verdient habe, Mable. Ich habe dich in dem Glauben lassen müssen, ich hätte Rachel angefasst. Und ich habe am Schachspiel festgehalten, obwohl *das* albern war.«

»Viel schlimmer«, murmle ich, »ist, dass du zugelassen hast, dass *er* mir näherkommt.« Ich zeige auf Zayn, der nicht einmal Kenntnis davon zu nehmen scheint, wie sauer ich bin.

Reece' Lächeln wird plötzlich steif.

»Du hast zugelassen, dass irgendein völlig Fremder mich in deinem Zimmer berührt! Du hast zugelassen, dass er mich küsst! War er auch beim Sex im Verbindungshaus dabei? Habt ihr zwischendurch getauscht, als ich abgelenkt war? Fuck! Weißt du, was für ein riesiger Vertrauensbruch das ist?!«

»Mach dir nicht ins Hemd, Dole«, wirft Zayn von rechts ein. »Ich hab nie etwas getan, worum du nicht gebettelt hättest.«

»Das stimmt nicht!«, fahre ich ihn an.

Er sieht durch mich hindurch, als würde ich überhaupt nicht vor ihm stehen, und ascht desinteressiert ab. »Whatever.«

»Es tut mir leid, Mable«, sagt Reece und wirft Zayn einen tadelnden Blick zu. »Es hat einen wichtigen Grund, weshalb wir uns meine Identität teilen, und bisher hat es allen Frauen gefallen, wenn wir auch *sie geteilt* haben. Ich hätte nie gedacht, dass das zwischen uns tiefer gehen könnte und ich in einen echten Gewissenskonflikt geraten würde. Allerdings muss ich dir widersprechen. In mein Zimmer bist du damals Zayn gefolgt und letzte Woche hast *du* ihn geküsst. Im Gegensatz zu Zayn habe ich allerdings eine tadellose Erziehung genossen und sollte wissen, dass es das Gegenteil von einem Gentleman ist, dich dieser ... Konstellation auszusetzen. Aber unsere gemeinsame Identität erfordert ... Einschränkungen. Und du hast einige davon zu spüren bekommen. Es tut mir leid.«

»Du kannst wieder normal reden, Reece.« Ich löse die Verschränkung meiner Arme nicht. »Hast du es getan, um mich zu verletzen?«

Er hebt sofort die Brauen. »Nein, wieso ...«

»Also hast du es getan, weil ihr einfach krank seid? Ihr seid die totalen Psychos, gib es zu.«

»Ich ...«, beginnt er ausweichend, sein Blick flackert zu Jaxon und Sylvian, als würde er sich von ihnen Hilfe erhoffen.

»Du hast nicht einmal eine Erklärung dafür? Was siehst du Jaxon und Sylvian an, glaubst du, sie könnten deine armseligen Lügen verteidigen?«

»Mach mal halblang«, zischt Zayn und drückt seine Zigarette mit dem Schuh aus. »Niemand hier will eine Zicke ficken.«

Mit diesen Worten trifft er mitten in mein Herz. Sex. Es ging ihm nur um Sex, es geht den Kings vermutlich nur um Sex, und es geht Reece nur um Sex. Jaxon geht es darüber hinaus um seine Qual und Sylvian ist sowieso ein Sadist. Aber von allen ist Zayn der schäbigste. Derjenige, der sich mir absichtlich genähert hat, um mich zu verletzen. »Was ist eigentlich dein Egoproblem?«, frage ich ihn vorwurfsvoll. »Wenn du mich so sehr hasst, warum bist du dann hier? Weißt du, dass ich Reece mögen wollte? Dass ich wirklich geglaubt habe, es gäbe jemanden unter euch, den ich mögen *könnte*? Und dann musst ausgerechnet du die Mission verfolgen, mir zu zeigen, dass es sinnlos ist, irgendjemandem von euch zu vertrauen? Aber warum? Findest du es geil, wenn junge Frauen leiden? Ach, stimmt ja, du bist der Gewinner der ersten Runde, hm? Dir reicht es noch nicht, Reece' Identität zu klauen, du musst auch noch dafür sorgen, dass all seine Nettigkeit auf der anderen Seite von einem Vollidioten wie dir zerstört wird. War es geil für dich, ja? Hat es dich *tief befriedigt*, mir vorzugaukeln, du wärst Reece, und mir in diesem Moment ›seine‹ angebliche Liebe zu gestehen? Kannst du dir nachts nun besser einen runterholen?«

Zayns Miene ist vollkommen erstarrt.

»Und was ist mit dir?«, frage ich Reece. »Du lässt das alles zu? Du lässt zu, wie er mich auf der Tanzfläche an Spring Break verarscht? Um was zu erreichen? Damit ich nie wieder irgendeinem Menschen auf dieser Welt vertraue? Wer von euch beiden hasst mich eigentlich mehr? Derjenige, der vorgibt, stets nett zu sein, mich aber ständig und dauernd belogen hat, oder der andere, der mich getäuscht hat, wie es ihm gerade in den Kram kam, und es genossen hat, Rachel zu ficken, damit ich denke, es wäre Reece?«

Reece Blick hat sich verfinstert, aber als er den Mund für eine Erwiderung öffnet, hebe ich die Hand.

»Spar dir den Speichel, Crescent.«

Ich wende mich an Sylvian und Jaxon. Sylvian steht noch immer einfach da, wie eine Statue, und lässt nicht erahnen, was er über meine Worte denkt, aber Jaxon schmunzelt leicht.

Arrogant, überheblich und mein Leid genießend wie eh und je.

»Ich hoffe für dich, dass dich Clarisse nach meinem Video noch will«, spucke ich in seine Richtung. »Denn niemand könnte besser zu dir passen.«

Jaxon lacht herzhaft, seine blauen Augen blitzen charmant auf. »Belle, es war alles nur Show, so wie Vance gesagt hat …«

»Und dir wünsche ich einen qualvollen Tod, du elender Sadist«, zische ich Sylvian an. Dann drehe ich mich um, nicht ohne Romeo zuvor den Fuckfinger entgegenzuhalten, und verschwinde wieder im Trailer.

Olive sitzt auf unserem Bett und hat durch einen winzigen Spalt im Rollladen alles mitgeschnitten. »Was …« Sie starrt mich an, als ich nach meiner Tasche greife. »Läuft da mit … diesen vielen Typen und dir?«

»Folg mir einfach auf TikTok. Da erzähle ich alles.« Nicht der beste Tipp an meine vierzehnjährige, kleine Schwester. Aber vielleicht auch nicht der schlechteste. Sie soll nicht dieselben Fehler machen wie ich. Nicht dieselben falschen Entscheidungen treffen. Nicht ihr Herz verlieren. An vier schreckliche, machohafte, abgehobene Milliardär-Rich-Kids.

Ich schultere meine Tasche, drücke Olive einen Kuss auf die Stirn und murmle einen ernst gemeinten Rat. »Es kann sein, dass du nicht sicher bist. Versuch nie irgendwo allein zu sein, kauf dir eine trackbare Uhr, trag sie bei dir, schreib mir häufig, dass es dir gut geht, und benutz dafür Worte, die nur wir beide kennen, okay? Ich schicke dir Geld für alles. Diese reichen Leute sind krank … Sie werden vor nichts zurückschrecken. Ich will nicht, dass sie dich leiden lassen für etwas, das ich getan habe.«

Olive sieht aus, als hätte ich ihr offenbart, Jason

Bourne würde jeden Moment vorbeikommen und uns mit auf seine Flucht nehmen.

»Pass auf dich auf.«

Sie nickt nur, dann wende ich mich ab und verlasse den Trailer.

»Was … genau hast du jetzt vor?«, fragt Jaxon und beobachtet amüsiert, wie ich zu Vance' Jeep stapfe.

»Oh, ich dachte, ich ramme dein Auto, bis es wirklich schrottreif ist.«

»Es kann doch nichts dafür, dass ich vor Clarisse so tun musste, als wärest du mir egal«, ruft er mir zynisch zu.

Ich werfe meine Tasche auf die Ladefläche und befestigte sie grob. Dann steige ich ein.

»Wollt ihr sie jetzt einfach abziehen lassen?«, höre ich einen der Crescents fragen. »Wir kommen extra hierher, *obwohl* sie unsere Namen in diesem lächerlichen Video erwähnt hat? Was ist los mit euch?«

Als ich zurücksetzen will, taucht Jaxon neben meinem Fenster auf.

»Belle«, sagt er mit einem verführerischen Grinsen und legt den Kopf schief. Alles an ihm weckt tiefste Gefühle in mir. So tiefe Gefühle, dass es sich anfühlt, als würde ein Teil meines Herzens vor Sehnsucht zerfließen. Aber ein noch viel größerer Teil ist bereits erkaltet. Hart und eingefroren erfüllt es nur noch seine Funktion, Schmerz durch meine Adern zu pumpen. »Wir kommen nicht extra nach Philadelphia, wir *alle*, weil du uns egal bist. Lass nicht die Chance verstreichen, die Wahrheit über Freitagnacht zu erfahren.«

»Du hattest deine Chance, Jaxon«, erwidere ich bitter. »Und du hast das einzige Mädchen vergrault, das nach deinen Worten je mehr in dir gesehen hat als deinen Namen, dein Erbe, dein Geld oder deine zukünftige Position. Das stimmt wirklich. All das ist mir auch heute noch egal. Und irgendwann wirst *du* mir egal sein. Ich werde sogar da sein, auf deiner Hochzeit mit der hässlichsten und dümmsten Frau, die ich kenne. Und ich werde euch beglückwünschen. Ein besseres Gegenstück wirst du nie finden, Tyrell. Clarisse ist genau das, was du verdienst. Denn wenn das hier alles eine Liga ist, spielt sie in eurer kranken Welt mit. Aber *meine* werdet ihr nicht mal erreichen, wenn ihr euch *wirklich* bemüht.«

»Aber genossen hast du es, sie mit Vance' Video zu zerstören, oder?«, fragt Jaxon spöttisch und ich würde ihn am liebsten mit einer Faust ins hübsche Gesicht schlagen.

»Ich habe auch jede einzelne Sekunde genossen, in der ich dich glauben ließ, ich könne mich jemals für einen Versager wie dich entscheiden.«

Zorn flackert in seinem Blick auf, aber ich gönne es ihm nicht, mir noch etwas an den Kopf zu werfen, und setze zurück. Ich wende auf unserem aufgeweichten Rasen und fahre mit voller Absicht durch eine Pfütze, die den Kings in der Dunkelheit zuvor nicht aufgefallen ist. Jeder von ihnen zuckt zusammen, als seine überteuerte Kleidung mit Dreck bespritzt wird. »Wir sehen uns in Kingston, ihr Loser!«, rufe ich durch das offene Fenster und gebe Gas.

Meine Genugtuung hält für genau fünf Minuten an. Dann setzt der Liebeskummer ein und reißt eines der schlimmsten Löcher in meine Brust, die ich jemals empfunden habe.

Sie sind allesamt Ärsche.

Das wusstest du.

Das war dir von Anfang an klar.

Du hast es dennoch genossen. Und das war okay. Es war okay, diese Erfahrungen zu machen. Es war okay, den besten Sex deines Lebens zu haben. Aber jetzt geht es um dich. Ganz allein um dich und du hast nur eine Möglichkeit, ihnen alles zurückzugeben.

Noch während der Fahrt klemme ich Vance' Handy in die dafür vorgesehene Halterung und verbinde es mit meinen Kopfhörern. Ich fahre nicht über den Highway, damit man mich trotz des offenen Fensters bei langsamerer Geschwindigkeit versteht.

Und dann fange ich an.

Es tut so gut, über alles zu sprechen.

Und es scheint eine Menge Leute da draußen zu geben, die sich für meine Geschichte interessieren.

›*Hi, ich bin Mable. Danke für gleich zwanzigtausend Follower. Eigentlich dachte ich bis gestern noch, ich wäre irgendeine unbedeutende Studentin in Kingston. Aber ich glaube, das hat sich schon vor vielen Monaten geändert. Ich habe mich der reichsten Elite unseres Landes widersetzt. Und es überlebt. Noch. Bleibt dran, wenn ihr meine Geschichte ganz hören wollt. Ich erspare euch keine dreckigen Details. Bereit?*‹

ACHT

HARPER

Ich bin noch unfassbar verschlafen, als ich zu meinem Handy greife. Wie immer, wenn ich in Rodneys Arme fliehe, hatte ich gar nicht gemerkt, dass mein Akku seit Samstagmorgen leer war, und habe es erst gestern Nacht aufgeladen.

Wozu besitze ich eigentlich dreihundert Powerbanks?

Ich reibe mir gähnend die Augen, als ich Instagram checke, und lasse mein Handy prompt aus der Hand fallen. »Jeez!«, keuche ich, versuche das Handy vom Boden zu fischen und falle aus dem Bett.

Rodney schreckt hoch. »Was ist los, Süße?«

Ich kann nicht antworten. Da liege ich und starre auf mein Handy. »Oh mein Gott«, keuche ich.

»Was ist passiert?«, fragt Rodney drängend. »Was machst du da auf dem Boden?«

Ich sehe ihn an und doch durch ihn hindurch. »Oh mein Gott«, wiederhole ich atemlos, richte mich auf und gehe ins Bad. Amabelle hat einfach ein Video hochgeladen. Nein, sogar zwei. Sogar drei. Ich sehe sie mir dreißig

Mal hintereinander an und werde bei jedem Mal ungläubiger.

Plötzlich wundert mich nicht mehr, dass ich zweihundert Anrufe in Abwesenheit habe. Davon gehen hundert auf das Konto meiner Mädels – oder das, was einmal meine Mädels gewesen sind. Als ich noch normal war und nicht damit leben musste, eine Aussätzige zu sein, die ausgerechnet von Clarisse Cunningham den Laufpass erhalten hat.

Dumme Bitch. Was sie Amabelle angetan hat, verdient sie gleich tausendmal zurückgezahlt.

»Darling?!« Rodney klopft gegen die Tür des Bads. »Geht's dir gut?«

»Ja, alles gut! Habe nur ein heftiges Sale-Angebot entdeckt! Ich nehme ein Bad und shoppe ein bisschen, okay?« Um diese Lüge zu tarnen, lasse ich Wasser einlaufen. Dabei fällt mein Blick auf den frischen Schnitt an meinem Knöchel.

Es erfüllt mich gleichzeitig mit Zufriedenheit und Schrecken, die feine Linie zu betrachten. Es ist immer dasselbe gegensätzliche Gefühl. Wie zwei Pole ein und desselben Magnets.

Ein Schnitt an der Ferse fällt nicht auf und niemand wundert sich, wenn man ab und an unglücklich in seinen Pumps stolpert ...

Ich krame in meiner Tasche, die ich gestern Nacht hier im Bad stehen gelassen habe, nach einer Schachtel Kippen und zünde mir eine an, während ich Amabelles Video noch einmal ansehe.

Sie hat keine Ahnung, wie sehr ich sie bewundere. Manchmal glaube ich sogar, ich hätte eine Art Crush.

Das ist nicht mehr normal, *wie sehr* ich sie bewundere, ohne neidisch zu sein. Ist mir das überhaupt jemals passiert? Dass ich etwas gut fand, das ich selbst nicht hatte, und *nicht* neidisch darauf war?

Keine Ahnung.

Ich habe versucht, Amabelle nie anzulügen, und sie weiß eigentlich, dass ich nicht aus einem dummen Zufall heraus Clarisse' Freundin war. Vielleicht habe ich nie andere fertiggemacht, aber mir war es schlicht egal, wenn jemand es tat. Und das ist einer der Gründe, weshalb ich befürchte, dass Amabelle nur vorgibt, mich zu mögen. Im tiefsten Innern hasst sie mich. Ich weiß es.

Vor allem, weil Sylvian so ein verdammter Arsch ist und ich ihm geglaubt habe!

»Aaaargh!« Ich beiße in meine Faust und schreie gedämpft hinein. *Das alles ist meine verdammte Schuld! Ich bin zu dumm! Ich bin zu dumm, irgendetwas richtig zu machen! Ich bin zu dämlich für mein Studium, zu dämlich, um Mable vor den vermaledeiten Kings zu retten, zu bescheuert, um Sylvian zu durchschauen, und darüber hinaus viel zu sehr mit mir selbst beschäftigt.*

Weil ich die meiste Zeit meines Lebens das Gefühl habe, es würde sich sonst niemand um mich kümmern.

›You go, Girl‹, ist das Erste, das ich unter Amabelles letztem Video kommentiere, bevor ich an die Badewanne zurücksinke und stark an der Kippe ziehe.

Das Badezimmer in der Suite des *Hay-Adams* Hotels kenne ich mittlerweile besser als das meines Apartments in Kingston. Ich benutze es öfter. Ich wohne hier quasi.

Der Kronleuchter über mir funkelt und das grelle Licht erzeugt Kopfschmerzen hinter meiner rechten

Schläfe. Ich werde nicht darum herumkommen, Tyrell zurückzurufen.

Ich muss es tun.

Ich muss mich dieser Scheiße stellen, die ich selbst verzapft habe.

Mable hat meinetwegen gelitten. Sie ist meinetwegen immer tiefer in den Sumpf dieser nervtötenden Kings gezogen worden.

Was bleibt mir als Alternative?

Ich werde Tyrell einfach daran erinnern, dass ich die Falsche für den Job war. Ich bin zu dumm. Das ist es. Ich bin einfach zu dämlich. Ich konnte Amabelle nicht davon abhalten, Jaxons einnehmendem Lächeln zu widerstehen. Selbst die ganze Show mit Sylvian hat nichts gebracht!

Meine Hände zittern, als ich Tyrells Nummer wähle.

»Ah, Sie erbarmen sich zurückzurufen, Miss Mitchell.« Seine Stimme klingt wie immer. Glatt, kalt, mächtig. Viel zu mächtig. »Ich hatte schon befürchtet, wir hätten das letzte Mal miteinander gesprochen.«

»Mein Akku war alle und gestern Nacht habe ich geschlafen.«

»Ihre Ausreden sind immer wieder erfrischend. War es nicht so, dass Sie nur eine einzige Aufgabe hatten? Bitte, verbessern Sie mich, ich meine mich zu erinnern, dass ich Sie nur um eine einzige Kleinigkeit gebeten habe. Ein geradezu lächerlicher Gefallen. Fast nicht erwähnenswert im Gegensatz zu dem Gefallen, den mir Ihr Vater schuldet.«

»Ich weiß, Mister Tyrell.« Meine Stimme bebt und ich ziehe nervös an meiner Zigarette. *Cool bleiben. Ge-*

steh ihm einfach, dass du noch nie die Richtige für seinen Scheiß warst. »Ich dachte, es würde leichter werden.«

»Leichter?«, fragt er scharf.

»Amabelle ... mag Jaxon, glaube ich. Ich komme nicht dagegen an. Egal, was ich ihr gesagt habe – und ich habe ihr *alles* gesagt, wirklich alles! Und sie hat mitbekommen, wie er ist! Sie hat es *gefühlt!* Sie haben das Video doch gesehen, oder? Das ist alles genau so passiert! Mable sagt darin die Wahrheit! Also vielleicht ... vielleicht ist sie mittlerweile stark genug, ihm zu widerstehen ...«

»*Widerstehen?*«, fragt er mit einem solch drohenden Unterton ins Telefon, dass ich zusammenzucke. »Sie haben mich angelogen. Sie sind noch feiger als Ihr Vater. Ich weiß, wo Sie sich gerade befinden. Und zwar nicht in Ihrer Vorlesung. Es hat lange gebraucht, bis mir klar wurde, was Sie eigentlich tun. Und mit *wem.*«

Mittlerweile zittere ich überall. »Ich weiß nicht, was ich tun soll«, flüstere ich. »Jaxon wird es schaffen, dass sie am Ende des Studienjahres aufgibt. Er ist nicht allein. Ich schon.«

»Dann suchen Sie sich Verbündete.«

»Das habe ich versucht! Aber es ist nicht leicht! Vance Buchanan hat sich als loyaler den Kings gegenüber herausgestellt, als ich dachte! Was soll ich denn tun?!«

»Sie sind schwach.«

»Ich weiß!«, rufe ich verzweifelt ins Telefon und beiße mir auf die Lippe, kämpfe gegen die Tränen an. »Ich schaffe es nicht, Mr. Tyrell. Ich kann nicht erfüllen, was Sie verlangen. Ihr Sohn ist zu mächtig.«

Stille am anderen Ende der Leitung. »Ich werde

nach Kingston kommen. Dann besprechen wir alles Weitere.«

Er legt auf und ich kann wieder atmen. Noch scheint er Vertrauen in mich zu haben. Solange er mich nicht aufgibt, steht unser Deal. Ich soll Mable beschützen. Vor den Kings, vor dem Spiel, vor dem, was ihr geschehen wird, wenn sie in Kingston bleibt. Fragt sich nur, wie lange Tyrell Senior mir noch vertrauen wird, wenn ich ihn weiter enttäusche.

Wenn ich weiter vor meinem Versagen fliehe. Ich bin noch nie gut darin gewesen, Verantwortung zu übernehmen. Und eine gute Freundin zu sein, habe ich auch nicht gelernt.

Ich mag Amabelle, und deswegen habe ich umso mehr Angst, was geschehen wird, wenn sie die Wahrheit erfährt. Wie soll ich ihr jemals begreiflich machen, dass Tyrell mich erpresst hat, um ihr zu helfen? Wird sie mir glauben, dass ich sie trotzdem von Minute eins an mochte? Oder wird sie in mir für immer eine Verräterin sehen?

Ja. Wird sie.

Scheiße.

Meine Finger wischen über den Bildschirm und ich bin kurz davor, Sylvian anzurufen. Er könnte mir helfen. Er könnte Amabelle helfen. Er könnte sie vor Jaxon beschützen. Besser, als ich es jemals schaffen würde. Aber wird er es auch tun?

Zwei Zigaretten später bin ich mir nicht mehr sicher. Ich muss mich duschen. Mich zurechtmachen. Mir Make-up auflegen, das meine Augenränder retuschiert. Aber kurz vorher. Als ich schon in der Dusche stehe, gehe ich in die Hocke und lasse die Rasierklinge durch meine Finger gleiten.

Dann steche ich zu.

Es ist die einzige Möglichkeit, wie ich überlebe.

Indem ich mich an den Schmerz erinnere, den der Tod mit sich bringen würde.

JAXON

Wenn mich jemand fragen würde, was ich in meinem Leben erreichen möchte, würde ich ihm die fabulöse Antwort geben: alles. Mir steht das ganze Universum offen, und ich werde mich von niemandem abhalten lassen, genau das Leben zu führen, das ich führen will.

Und du? Wirst du dir nehmen, was du brauchst? Wirst du lernen, es zu tun?

NEUN

MABLE

Am Montagmorgen versuche ich mich auf das zu konzentrieren, weshalb ich in Kingston bin: meine Vorlesungen. Das ist allerdings nicht besonders leicht. Ich habe der ganzen Welt in mehreren Clips aus dem Auto heraus erzählt, was geschehen ist. Angefangen bei meinem ersten Tag in Kingston und Jaxons Blowjob in meinem Wohnheimzimmer, über die Betäubung auf der Party der Crescents bis hin zu der Entführung und schließlich der furchtbaren Nacht allein im Wald. Ich habe über die Party im Verbindungshaus gesprochen. Über das Schachspiel. Über das Schachspiel der letzten Jahre und wie die Regeln verändert wurden.

Ich sprach über die Beinahe-Vergewaltigung durch Hilbredge. Über die Drohung, die Jaxon mir ausgesprochen hat, wenn ich im zweiten Semester zurückkehre. Ich sprach über Rachel.

Und zuletzt über Clarisse.

Meine Videos gingen in den gesamten USA viral. Vermutlich sogar auf der ganzen Welt. Und da ich absolut erschlagen werde von all den Nachrichten, Kommentaren und Likes, kann ich noch nicht einschätzen, wie die Welt wirklich auf meine Darstellung der Geschehnisse reagiert.

Glauben sie mir?

Oder ist der Hass größer?

Das Gute ist: Ich habe Beweise. Als Zayn mit mir an Halloween gesprochen, es für Reece mitgeschnitten und an Vance weitergegeben hat, damit es so aussieht, als hätte Vance sie wirklich gehackt, hat er sich über die Elite ausgelassen.

Jaxon, Reece und Sylvian unterhalten sich über mich, auch das hat Vance angeblich mitgeschnitten. Auch diese Aufnahmen ihres Täuschungsmanövers konnte ich veröffentlichen.

Clarisse fabuliert lang und breit darüber, dass ich Vance doch bitteschön ficken solle. Und das Video, das Vance von Clarisse und mir gemacht hat, zeigt für die letzten Zweifler alles.

Trotzdem erhalte ich neben schockierten Nachrichten und einer Menge Support auch ebenso viele kritische Kommentare. Mir wird vorgeworfen, ich würde alles erfinden, um daraus Profit zu schlagen, wie zuletzt die Stieftochter von Woody Allen. Überhaupt fiel dieser Vergleich ziemlich oft.

Nicht zuletzt gibt es eine Menge Reactions, die sich darüber lustig machen, dass ein weiteres weißes Mädchen, das an einer Eliteuniversität angenommen wurde, über ihr Leben jammert.

Ich versuche, möglichst nicht aufzufallen, als ich das Wohnheim verlasse, merke aber, dass ich genauso gut in einem pinken Tutu hätte zur Vorlesung gehen können.

Jeder, der mich bemerkt, bleibt stehen und sieht mich an.

Einfach jeder.

Als ich mich der Wirtschaftsfakultät nähere, beginnt mein Herz schneller zu schlagen. Ich habe mit einer Art Empfangskomitee gerechnet, aber nicht damit, welche Angst es mir machen würde, es tatsächlich vor mir zu sehen. Natürlich kann ich nicht erwarten, dass das, was ich getan habe, ungestraft bleiben wird. Die Elite hat bereits mehrmals gezeigt, wie sie auf Regelbrüche reagiert. Und dieses Mal ist sogar Vance ganz vorne dabei.

Ach ja, ich habe nebenbei erwähnt, dass er das Video gemacht hat.

Möglicherweise habe ich es in meinem Video so aussehen lassen, als hätte er es *nicht für mich*, sondern einfach so gemacht. Das war natürlich ... ein wenig gelogen. Aber er verdient es, dass jeder auf dem Campus und in der ganzen Welt weiß, was für ein Arsch er sein kann.

Aber als er jetzt neben den Treppen zur Fakultät wartet und seine gesamte Mannschaft, alle unisono in ihre Collegejacken gekleidet, beisammensteht, wünschte ich, ich wäre bei der Wahrheit geblieben.

Gegen all diese Kerle habe ich keine Chance.

Und ich werde niemals eine Chance haben.

Als Vance sich aus der Gruppe löst, bleibe ich stehen. Wenn er mich wie Hilbredge vergewaltigen will, weil ich es wage, zu einer Vorlesung zu erscheinen, dann wird mich Jaxon dieses Mal nicht retten.

Er ist in meinen Clips am schlechtesten weggekommen. Ich habe mich über ihn lustig gemacht, weil ich denke, dass die Videos mit einer Prise schwarzem Humor um einiges besser ankommen, statt einfach nur über ein bisschen Mobbing zu sprechen. Es hat mich nicht einmal Überwindung gekostet. Alles auszusprechen war wie ein Befreiungsschlag. Die Frage bleibt, ob dieser Schlag nicht wie ein Bumerang zu mir zurückkommen wird.

»Was willst du?«, frage ich Vance und mache einen Schritt rückwärts, sodass er stehen bleibt.

Er sieht gut aus. Mit seinen breiten Schultern in seiner sportlichen Collegejacke und seinem kurzen, schwarzen Haar. Seine schokoladenfarbenen Augen sind warm und seine Miene ernst, aber nicht unfreundlich. »Ich stelle dich der Mannschaft vor.«

»Danke«, sage ich gedehnt. »Kein Interesse.«

Er verzieht den Mundwinkel. »Dachte ich mir schon. Du kannst ja zum Glück reden, und wenn es dich doch interessiert, einfach nach dem Namen fragen. Das ist JD.«

Ein weißer Muskelprotz tritt vor. An seinem Handgelenk prangt eine goldene Uhr und sein gesamtes Outfit unter der Collegejacke stammt von Louis Vuitton.

»Er begleitet dich Montagvormittag. Also jetzt. Und wenn ihr Probleme bekommen solltet, ist Nate nah.« Vance winkt einen der anderen Typen heran.

»Wovon zur Hölle …«

»Du hast Miss Universe ein Disziplinarverfahren eingehandelt, Weaver«, erklärt JD und grinst schief. »Bisher warst du mir egal, aber das verdient 'ne Menge Anerkennung. Vance hat vielleicht das Video gemacht, aber du warst so stark, es zu posten. Vielleicht, weil du keine Ahnung hast, dass dadurch deine Lebenserwartung auf … na ja, ich will nicht lügen, vermutlich so fünf weitere Jahre zusammengeschrumpft ist. Aber hey, ich gebe Vance recht, dass wir wenigstens jetzt mal ein paar Eier beweisen müssen. Die dämlichen Zirkelerben glauben, sich immer alles erlauben zu können. Das stimmt wahrscheinlich auch. Aber jetzt, da ein Platz freigeworden ist, nehmen sie vielleicht dich, was meinst du, Weaver?«

Zustimmendes Gemurmel in seinem Rücken.

»Wollt ihr …«, frage ich überrumpelt, »mir … helfen?«

»Nein«, knurrt Vance. »Wir sorgen dafür, dass die Reginas und ihre Fans dich nicht fertigmachen. Das ist keine Hilfe für das, was du vielleicht noch tun oder auspacken willst. Wir sorgen nur dafür, dass du währenddessen in Sicherheit bist.«

»Wieso? Ich dachte, du strebst eine Karriere als Kameramann an?«, fahre ich ihn an.

Vance grinst schief und wieder lachen einige der Footballer. »Zufällig nicht, nein. Du hast Romeo in deinem Video zwar außen vor gelassen, aber ich sehe ihn nicht an deiner Seite. Und du brauchst jemanden, der dort steht, wenn die anderen Studenten auf dumme Gedanken kommen.«

»Und ausgerechnet *Sie*, Buchanan, wollen Miss Weaver beschützen?« Vance' Miene erstarrt plötzlich, als Mr. Goldman an meine Seite tritt. »Kommen Sie, Miss Weaver. Ich begleite Sie und sorge dafür, dass Sie sicher im Hörsaal ankommen.«

»Danke«, murmle ich, froh, die Sportler hinter mir lassen zu können.

Goldman geht schweigend neben mir her. Was ist wohl besser? Ein Professor an meiner Seite, der mir unwillkürlich den Streberstempel aufdrückt? Oder Vance und seine Footballer, denen ich nicht trauen sollte? »Es hat einen guten Grund, weshalb die meisten sozialen Medien im Uninetzwerk gesperrt sind, befürchte ich.« Goldman bleibt neben dem Hörsaal zu meiner Vorlesung stehen. Sollte es mich wundern, dass er meinen Stundenplan kennt? Oder sind ihm die Zweitsemesterkurse der Wirtschaftsstudenten bekannt? »Man könnte glauben, dies sei eine große Universität. Wenn auch eine der kleinsten und gleichzeitig teuersten im Vergleich. Aber mir ist nicht entgangen, wie sich das gesamte gesellschaftliche Leben auf wenige konzentriert. Als wären sie Idole. Stars einer Generation, denen nachgeeifert werden muss. Sie gehören nun dazu, Miss Weaver. Solange das so bleibt, brauchen Sie keinen Buchanan und keine muskelbepackte Mannschaft, die Sie umringt. Vielmehr sollten Sie weiterhin Videos drehen. Bekanntheit ist oft der mächtigste Schutz, wenn es darum geht, unbeschadet davonzukommen. Denn wenn Ihnen jetzt etwas zustößt – weiß es nicht nur das FBI sofort. Sondern die ganze Welt.« Er lächelt mich schief an und ich kann nicht einschätzen, ob er nur freundlich sein oder mir durch die Blume mehr mitteilen will. »Vergessen Sie bei allem nicht den Grund, weshalb Sie hier sind. Wir sehen uns Freitag.«

Er nickt und verschwindet im Gang, der zunehmend voller wird.

Etwas Merkwürdiges geschieht, als ich neben der Tür stehen bleibe.

Niemand geht an mir vorbei. Alle sehen mich an, als würden sie erst *nach* mir den Raum betreten wollen.

Im Hörsaal setze ich mich in die zweite Reihe. Normalerweise bilden sich Grüppchen, die Abstand von mir halten, aber dieses Mal rücken zwei Mädchen auffällig nah an mich heran. Und nachdem der Professor eine halbe Stunde geredet hat, sitzt eine von ihnen plötzlich neben mir.

»Stimmt es, dass du mit allen drei Sex hattest?«, flüstert sie mir zu. Sie sieht aus, wie ich niemals aussehen werde. Ihre Fingernägel sind perfekt manikürt, goldene Kettchen verzieren ihre schlanken Arme, ihr Haar ist mit blonden Strähnen gefärbt und sitzt so perfekt, als käme sie direkt vom Stylisten. Dazu hat sie ein niedliches Gesicht, das sie mit genau dem richtigen Pinselstrich in Szene gesetzt hat.

Ich antworte nicht und tue so, als müsse ich mich auf die Inhalte der Vorlesung konzentrieren.

»Kannst du uns sagen, wie du das gemacht hast?« Die andere ist aufgerückt, spricht leise und gedeckt. In ihren Augen brennt Neugierde und sie fummelt nervös an ihrem vergoldeten Montblanc-Kugelschreiber herum.

»Normalerweise dürfen wir nicht mit dir sprechen«, flüstert wieder ihre Freundin. »Aber Clarisse ist heute und morgen nicht da und ...«

Bekanntheit ist oft der mächtigste Schutz. »Nach der Vorlesung, in Ordnung?«, raune ich, ohne die beiden anzusehen.

»Okay«, flüstern sie gleichzeitig und widmen sich wieder ihren Notizen.

Kaum ist die Vorlesung zu Ende, drehen beide ihre Gesichter in meine Richtung. Ich habe die letzte halbe Stunde über nichts anderes nachgedacht als darüber, was ich ihnen sagen werde und was sie von mir zu hören hoffen.

»Also …«, beginne ich und merke, dass sich der Hörsaal nicht wie sonst leert. Der Professor ist längst gegangen, während gut ein Dutzend Frauen geblieben ist.

Sie alle umringen mich, tun so, als würden sie sich über Gott und die Welt unterhalten, und scheinen ihre Ohren in meine Richtung gespitzt zu haben.

Ich blicke mich nervös um. Eigentlich sollte ich solche Situationen vermeiden. Wenn sich zwölf Studentinnen auf mich stürzen, habe ich keine Chance.

»Was genau wollt ihr von mir?«, frage ich, nicht ganz so selbstbewusst, wie ich es gerne wäre.

»Wir wollen *alles* wissen«, flüstert die Montblanc-Kugelschreiber-Besitzerin mit strahlenden Augen. »Wie hast du es geschafft, dass drei der heißesten, beliebtesten und reichsten Männer auf diesem Campus auf dich stehen, keine andere mehr anrühren und dich sogar solche Videos machen lassen, ohne irgendeine Retourkutsche?«

»Sie sind alle in dich verliebt, oder?«, fragt eine andere.

»Was Jaxon auf der Party in der Strandvilla meinte«, haucht die Blond-Gesträhnte zu meiner Linken aufgeregt, »das war Show, oder? Sie wollen, dass du dich für einen von ihnen entscheidest – aber *jeder* will dich, oder? Es gibt niemanden, der dir schaden möchte. Nicht mehr.«

Meine Finger werden schwitzig und ich versuche mir

nicht anmerken zu lassen, wie sehr es mich überfordert, im Mittelpunkt zu stehen.

Sie gehören nun dazu, Miss Weaver.

Was würde mir Professor Goldman raten? Ich soll es ausnutzen, plötzlich eine Art Idol zu sein, richtig? Ich studiere mitunter deshalb in Kingston, weil ich es schaffe, ruhig, gelassen und konzentriert vor einer großen Gruppe Menschen zu sprechen. Ich muss es nur für mich nutzen. Ich muss das alles für mich nutzen.

Schaff dir Fans.

Vance' Worte hallen in meinen Ohren wider. Endlich kann ich ihm recht geben. Endlich verstehe ich, was er meinte. Ich brauche Fans. Ich brauche eine Gefolgschaft. Wenn mich Menschen mögen – oder die Idee von dem mögen, was ich verkörpere, werden sie mich auch verteidigen. Wie Fans es eben tun.

»Ihr wollt alles wissen?«, frage ich die Studentinnen um mich herum.

»Alles«, flüstert diejenige links von mir. Es ist stiller geworden.

»Dann erzähle ich euch alles, was ich weiß.«

Die Frauen halten den Atem an.

»Wer hat einen Handspiegel? Lippenstift? Highlighter?«

Sie fragen nicht einmal, warum ich es brauche, sondern werfen sofort alles davon direkt vor mir auf den Tisch. Fassungslos starre ich auf all die Döschen, Utensilien und Minispiegel. Wusste Vance, dass ich nur dieses Video von meiner Misshandlung zu posten brauche, damit sich das Blatt für mich wendet?

Mit einem Stich in der Brust stelle ich fest, dass keine

von ihnen mich gefragt hat, ob es mir nach dem Angriff am Wochenende gut geht. Ich als Person scheine sie nicht zu interessieren – nur das, was ich ihnen möglicherweise über die Kings erzählen könnte. Ein paar Minuten später trage ich Puder im Gesicht und roten Lippenstift. Ich stemme mich hoch, springe über die Sitzbank nach vorn und gehe zur Tafel. »Jede von euch nimmt sich jetzt ihr Handy und filmt mich, in Ordnung? Und im Anschluss schickt ihr mir die Videos.«

»Für ein neues Video?«, fragt eine von ihnen aufgeregt.

Ich antworte nicht mehr, sondern ziehe die altmodische Tafel nach unten. Kingston liebe ich dafür, dass es diese noch in so gut wie jedem Raum gibt. Dann greife ich nach einem Stück Kreide und positioniere mich hinter dem Pult. »Ihr wollt wissen, wie ich drei der heißesten, attraktivsten und einflussreichsten Erben des Kingston-Colleges dazu gebracht habe, sich um mich zu reißen?«

»Ja!«, rufen sie wie im Chor.

»Dann hört gut zu.«

ZEHN

ROMEO

›*Ihr wollt wissen, wie ich drei der heißesten, attraktivsten und einflussreichsten Erben des Kingston-Colleges dazu gebracht habe, sich um mich zu reißen?*‹ Zayn wirft sein Handy auf eines der aufgeschlagenen Bücher, die vor ihm liegen, und sieht uns nacheinander herausfordernd an. »Sagt mal, hört ihr euch die Scheiße überhaupt an, die sie da redet?«

»Jap«, entgegnet Jaxon und studiert die Zusammenfassung seiner Thesis. »Sie macht das ganz gut. Sie spricht nicht über den Sex, sodass die Universitätsleitung tatsächlich glauben könnte, sie wäre eine brave Musterstudentin, während der gesamte übrige Campus weiß, dass es nicht so ist.«

»Sie macht es ganz gut?!«, fährt Zayn ihn an. »Sorry, an welchem Punkt dieser unsäglichen Entführungs-Clarisse-foltert-Dole-und-Vance-filmt-es-Scheiße hab ich was nicht mitbekommen? War das alles dein verdammter Plan? Du *wolltest*, dass Clarisse Mable ins verfickte Klo taucht, als wäre sie ein Wischmopp? Und du *willst*, dass

Mable plötzlich ein TikTok-Star wird, der sich auf deine Kosten Follower verdient?«

Zayn spricht aus, was ich denke, aber noch habe ich es nicht gewagt, es offen zuzugeben.

»Auf dem Video mit Clarisse ist sie nicht zu erkennen.« Jaxon blättert eine Seite um. »Am Ende wird uns jeder glauben, dass Belle lügt. Aber momentan sitze ich da und beobachte die Hysterie. Es ist ein interessantes Experiment und schließt meine Forschungsarbeit perfekt ab.« Er zeigt Zayn den Titel seiner Abschlussarbeit und liest weiter.

»Seit wann hat fucking Social Media etwas mit Finanzflüssen zu tun?«, fragt Zayn.

»Seitdem Social Media Aktienkurse beeinflussen kann. Nur durch ein einzelnes Gerücht. Eine Lüge. Im richtigen Moment platziert, mit einer verschwommenen Aufnahme als angeblichen Beweis gewürzt, ein Märchen, das aufgebauscht wird. Wer Social Media zu kontrollieren weiß, kontrolliert einen Großteil der westlichen Welt. Du hast die letzten vier Jahre wohl geschlafen, Crescent.«

»Ich werde zu ihr gehen.« Im Aufstehen schließe ich den Knopf meines Jacketts.

»Du?«, fragt Sylvian mich kritisch, der die letzte halbe Stunde so getan hat, als wäre er nicht anwesend.

»Sie darf alles erzählen, aber das Geheimnis der Crescents sollte geheim bleiben, nicht wahr?«, frage ich in die Runde.

»Die Zwillinge wird sie nicht verraten«, behauptet Sylvian kühl.

»Vor Clarisse hat sie es bereits«, erinnere ich ihn glatt.

»Warum willst du Amabelle um so etwas bitten?«, fragt Jaxon mich, ohne von seinen Notizen aufzusehen. »Bring sie direkt hierher.«

»Sie wird nicht mitgehen.« Reece sitzt abseits von uns. Genau wie Sylvian scheint er auszublenden, was Weaver tut.

»Na dann«, sagt Jaxon, »warten wir noch.«

»Auf was?«, frage ich kühl. »Bis sie dich vollkommen lächerlich gemacht hat?«

Jaxon setzt seine Brille ab, die er immer dann trägt, wenn er viel am Computer arbeitet, und sieht mich mit einem mitleidigen Lächeln an. »*Mich* lächerlich? Ich bitte dich, mein Freund. Was Amabelle tut, spielt uns in die Karten. Wir werden bekannter und berühmter denn je. Ohne unser Gesicht auch nur ein einziges Mal vor die Kamera halten zu müssen. Es gibt nur zwei Möglichkeiten, wie diese Geschichte ausgeht. Sie entscheidet sich für einen von uns, dann sind alle ihre Aussagen uns gegenüber nichtig und nichts als Unterhaltung für ein paar Amerikaner gewesen. Denn wer wird ihr noch glauben, dass sie es ernst meint, wenn sie ausgerechnet mit einem von uns geht? Wenn sie sich nicht für einen von uns entscheidet, lassen wir Clarisse die Sache geraderücken. Clarisse muss nur das Handy in die Hand nehmen und jeder wird aus Amabelle eine Lügnerin machen.«

»Und warum hat sie das nicht längst getan?« Ich wage diese Frage zu stellen, denn ich verstehe es nicht. Clarisse hätte normalerweise längst auf eines der Videos geantwortet.

»Na ja … Würdest du auf jeden Scheiß antworten, den man bei Social Media über dich erzählt?«, fragt Zayn abschätzig. »Wir haben schließlich auch nicht reagiert. Gerade verendet der Shitstorm, weil es keine tatsächlichen Ziele gibt. Die Leute hetzen sich gegenseitig auf, aber niemand von uns hat ein öffentliches Profil, auf dem die Anschuldigungen landen könnten. Clarisse wird sich erst melden, wenn die Sache für sie ungefährlicher geworden ist.«

»Du hast ja doch nicht geschlafen, Crescent«, lobt ihn Jaxon ironisch.

»Was machen wir, wenn Mable genug hat?«, fragt Reece. »Wenn sie keinen von uns nach all dem wählt?«

»Nun …« Jaxon blickt jeden in der Runde an. »Wie ihr wisst, präferiere ich Version eins der Geschichte. Aber ich kann leider nicht verhindern, dass Belle sich für Version zwei entscheidet.«

»Verdammt«, stößt Reece aus und funkelt Jaxon wütend an. »Ist dir schon mal in den Sinn gekommen, dass Mable *zu recht* sauer auf uns ist?!«

Jaxon scheint nicht beeindruckt. »Wenn Amabelle einen von uns wählt, muss sie verstehen, dass ein gewisser Einsatz nötig ist, um das Blatt im Spiel zu wenden. Dass Tricks, Lügen, Täuschungen und das Opfer im richtigen Moment nun einmal dazugehören. Gebt ihr ein paar Tage Zeit, lasst ihr ihren Spaß. Und im Laufe der nächsten Woche werden wir mit ihr sprechen. Sie wird daraufhin kein weiteres Video mehr machen. Wetten?«

»Und wer ist ihr Lockvogel, damit sie überhaupt wieder mit uns spricht?«, fragt Reece und wirft Zayn einen zweifelnden Blick zu. »Du wirst dich auf jeden Fall von ihr fernhalten, Bruder.«

Zayn verdreht die Augen.

Jaxon grinst schief. »Wir könnten auslosen. Das kürzeste Streichholz gewinnt.«

JAXON

Vorsicht, Belle. Deine neuen Follower sind bissige Hunde, die dich gerade noch als Knochen sehen. Gib ihnen niemals zu viel, sonst verlangen sie nach echtem Fleisch.

Aber eigentlich mache ich mir keine Sorgen.

Weißt du, ich sehe dir gerne zu. Ich mag es, wie du all diese Dinge tust, während du weiter versuchst, ein guter Mensch zu sein. Andere hätten die Situation für sich ausgenutzt, hätten Clarisse erpresst – oder uns. Aber du gehst den lichten Weg. Sagst die meiste Zeit die Wahrheit. Bist fair.

Eigentlich hast du nur Angst, dass du uns verlierst, wenn du übertreibst, nicht wahr?

Keine Sorge.

Gerade machst du dich nur noch interessanter.

ELF

MABLE

Es ist eine trügerische Form der Beliebtheit, die mich plötzlich umgibt. Fast könnte ich glauben, ich hätte Freundinnen gewonnen. Reiche, gebildete, interessierte Freundinnen, die sich darum reißen, mit mir Zeit zu verbringen. Wo ich auch auftauche, ich werde umgeben von einer Komplimente machenden, bewundernden und wissbegierigen Traube aus jungen Frauen, die hoffen, mehr über mich und mein Verhältnis zu den Kings zu erfahren.

Dabei habe ich ihnen bisher nur Lügen erzählt.

Ich habe absolut keine Ahnung, wie ich an den Punkt gelangt bin, mich zwischen ihnen entscheiden zu können – kann ich es überhaupt noch?

Als die Woche vergeht und ich nicht einen von ihnen zu Gesicht bekomme, werde ich mir unsicher, ob meine Abfuhr und das, was ich online über sie erzählt habe, nicht dazu geführt hat, sie zu ... verlieren. *Zu Recht*, bete ich mir vor. *Sie verdienen dich nicht. Sie sind Lügner, Arschlöcher, selbstverliebte Vollidioten und sie geben dir nichts zurück. Bis auf nährende Nähe und heißen Sex und geheimnisumwobene Gespräche …*

»Fuck.«

»Was ist?«, fragt Harper mich verstört. Am zweiten Donnerstag nach Spring Break sitzen wir zum ersten Mal nur zu zweit in der Kantine. Von Clarisse ist nach wie vor nichts zu sehen. Gerüchte behaupten, sie wäre von der Universität suspendiert worden. Andere sagen, sie erhole sich von meinen Rufmordattentaten und bereite eine umfassende Klage gegen mich vor. Wieder andere überlegen laut, ob sie das Studium geschmissen hat, jetzt, da kein Mann sie mehr will, der das Video kennt, und ein paar glauben zu wissen, dass Clarisse nicht mehr in den ›Zirkel‹ aufgenommen werden kann. Warum sollte sie dann noch in Kingston studieren? »Du siehst aus, als würdest du deine Pastete gleich erstechen wollen. Die arme Gabel.«

»Schon gut«, murmle ich und lasse mein Besteck sinken. »Ich mache mir nur Sorgen wegen meiner Hausarbeit.«

Harper hebt eine ihrer perfekt gezupften Brauen. »Wie kannst du bei all dem ganzen Kram, der um dich herum geschieht, an eine Hausarbeit denken? Weißt du, dass das die erste Gelegenheit seit Spring Break ist, dass wir ungestört miteinander sprechen können?«

»Ja«, murmle ich. »Verrückt. Ich versuche nur Vance' Tipp zu befolgen und … na ja, eine Art Fangemeinde um mich herum aufzubauen, die mich verteidigt, falls es den Kings wieder darum gehen sollte, mich zu zerstören.«

»Und das machst du super.« Harpers Augen strahlen. »Was Clarisse und diese Arschgeigen dir angetan haben, hätte jede von uns vernichtet. Aber du stehst auf, richtest dein Krönchen und schwingst dein Schwert. Du verdienst die gesamte Universität als Anhängerschaft.«

Tatsächlich ist das, was passiert ist, in meiner Erinnerung nicht mehr halb so schlimm wie noch letzte Woche. Die Erkenntnis, wie sehr es mir geholfen hat, das Video teilen zu können, lässt das Geschehene zu einer Art Gruselmoment verkommen. Wie eine besonders heftige Szene aus einem Horrorfilm, die man nicht mehr aus dem Kopf bekommt – von der man aber weiß, dass sie keinerlei Bedeutung für das eigene Leben hat.

Vielleicht sollte ich mich vor der nächsten Attacke von Clarisse fürchten, aber sie ist gerade nicht hier. Und das bewirkt, dass ich mich unfassbar stark fühle.

»Ich finde, du solltest noch ein paar mehr Videos machen.« Harper beugt sich verschwörerisch vor. Sie hat nicht einen Bissen von ihrem Essen angerührt.

»Und worüber? Ich habe schon alles erzählt.«

»Dann erzähl es noch einmal. Variationen derselben Geschichte kommen supergut an. Außerdem hast du noch nichts über Sylvians ›Geheimnis‹ verraten.«

»Ich wollte mir keinen Ärger mit der Mafia einhandeln.«

Harper lacht, aber es hat nicht ihre sonstige Unbeschwertheit. »Sylvian ist doch kein Mitglied der Mafia.«

»Aber seine Familie? Die Silvanos?«

»Zu denen hat er keinen Kontakt.«

»Was ist mit seinen Zulieferern? Die könnten auffliegen, wenn er auffliegt, oder? Und dann bin ich die Schuldige.«

»Du denkst viel zu weit.« Ihre Miene verändert sich

plötzlich und wird schattiger. »Reece«, flüstert sie. »Er kommt von hinten auf dich zu.«

Auf meinem gesamten Körper entsteht eine Gänsehaut und ich versuche die Schmetterlinge zu bekämpfen, die augenblicklich durch meinen Magen tosen. Betont gleichgültig stochere ich in meinem Essen herum, als er neben unserem Tisch hält.

Wenn meine bloße Anwesenheit bereits jeden zweiten Blick auf mich lenkt, ist es neben Reece noch einmal schlimmer. Ein Scheinwerfer scheint mitten auf ihn gerichtet zu sein. Seine makellose Schönheit strahlt auf mich hinunter und trotz all der Wut, die ich empfunden habe, trotz all den Dingen, die ich ihm an den Kopf warf, will mein Herz nichts anderes, als dass er mich anlächelt, sich zu mir hinunterbeugt und ... mich vor aller Augen küsst.

Verdammt. Wie soll ich jemals lernen, diese Gefühle im Beisein der Kings zu unterdrücken?

»Kann ich kurz mit dir sprechen, Mable?«, fragt er ernst. Die Erinnerungen an den Sex mit ihm und Zayn blitzen mit aller Macht vor meinem inneren Auge auf und ich rutsche nervös auf meinem Stuhl herum.

»Warte«, schaltet sich Harper ein und betrachtet ihn mit einem abschätzigen Blick. So, wie ich Reece niemals betrachten könnte. Da wäre immer ein Rest Verliebtheit in mir. »Bist du nicht einer der Typen, die dafür gesorgt haben, dass Mable bei Clarisse landet, damit Clarisse freie Fahrt hat, ihr sonst etwas anzutun?«

»Und?«, fragt Reece Harper kühl.

»Verschwinde, Crescent«, zischt sie.

»Ist schon gut«, beruhige ich sie.

»Du willst nicht wirklich mit ihm sprechen, oder?«, fragt Harper mich fassungslos. »Ich bitte dich. Er hat seine zweite Chance schon bekommen und sie ungenutzt verstreichen lassen!«

Mein Blick wird flehend. Ich muss unbedingt wissen, was der wirkliche Plan der Kings war. Wollten sie mich vor Clarisse bloßstellen? Warum sind sie dann am Sonntag vor meinem Trailer aufgetaucht?

»Okay, schön«, murmelt Harper und schiebt ihr Tablett beiseite. »Wir sehen uns morgen früh. Lass dich nicht verarschen, Mable.« Mit einem bitterbösen Zusammenkneifen ihrer Augen verlässt sie unseren Tisch.

Reece nimmt ihren Platz vor mir ein. Mittlerweile sind sogar die Gespräche um uns herum verstummt. Er scheint keine Notiz davon zu nehmen. Vermutlich ist es für ihn zum Alltag geworden, dass jeder in seiner Nähe verstummt und ihn anstarrt, als wäre er wirklich ein König. »Ich wollte dich nur um eine Sache bitten«, beginnt er und sortiert den Salzstreuer und den Getränkekartenaufsteller um. Wäre das hier nicht Kingston, würde ich mich fragen, warum niemand die Gewürzstreuer in ihren hübschen, goldverzierten Karaffen klaut. Aber es ist Kingston.

»Und zwar?«, frage ich nervös.

»Bitte mach kein Video ... über uns.« Er sieht auf und seine blauen Augen infiltrieren mich. Für einen Moment frage ich mich, von was für einem dämlichen Video er spricht und wieso er überhaupt *mit mir* spricht.

Ich nicke dümmlich. Als er nicht wieder aufsteht, nicke ich noch deutlicher. »Hatte ich nicht vor.«

Reece bleibt ernst. »Danke.«

Augenblicklich verfalle ich in den Panikmodus. War es das? Wollte er sich nur vergewissern, dass ich nichts zu den Crescent-Zwillingen veröffentliche? Wird er jetzt wieder gehen? Und wie soll ich mit all den Schmetterlingen in meinem Bauch zurechtkommen? Nach wie vor erscheint es mir utopisch, dass Reece Crescent ausgerechnet an meinem Tisch sitzt. Eigentlich müsste er wie in jedem schlechten Collegefilm aufstehen und sich wieder zu seiner Clique aus superbeliebten Leuten setzen. Ich müsste unbedeutend für ihn sein. Ein Niemand. Viel zu unwichtig, um zwischen all den Frauen, die ihn umringen, überhaupt wahrgenommen zu werden.

Und genauso wird es kommen. Er sortiert den Streuer an seinen Platz zurück und schiebt den Stuhl nach hinten, um aufzustehen. Dann überkommt es mich einfach.

Die Frage, die so fehl am Platz ist, dass mich meine eigene Schwäche schmerzt.

»Können wir uns wieder vertragen?«

Reece hält mitten in der Bewegung inne und runzelt die Stirn, als wäre er nicht sicher, ob ich so einen Schwachsinn wirklich von mir gegeben habe. »Wie bitte?«, fragt er.

»Ihr schuldet mir eine Erklärung und einen Grund, weshalb das alles passiert ist. Und eine Entschuldigung. Und dann kann ich mich vielleicht dafür entschuldigen, dass ich Videos veröffentlicht habe, in denen ich über euch herziehe.«

Sein Mund öffnet sich und er scheint um Worte zu ringen. »Ich dachte … Natürlich. Wann hast du Zeit, über alles zu sprechen?«

»Was wolltest du eigentlich sagen? *Was* dachtest du?«, frage ich vor Neugierde platzend.

»Dass du Zeit brauchst. Wir alle denken, dass du nach dem Vorfall Zeit brauchst.«

»Zeit wofür?«

»Für dich selbst?«

Das ist das Problem, dass unsere bisherige ... ›Beziehung‹ fast nur auf Sex basiert hat. Die Kings haben keine Ahnung, wie ich wirklich fühle. Was ich wirklich will. Und was ich wirklich wollen könnte. »Hatte ich. Jetzt will ich Antworten.«

Reece verzieht noch immer keine Miene. Seine Ernsthaftigkeit macht mir Angst. Habe ich ihn im Trailerpark zu sehr verletzt? Sollte ich ein paar meiner Worte schon jetzt zurücknehmen? *Denke ich so einen Blödsinn wirklich?* »Ich werde dir schreiben, dann hast du meine Nummer. Wir sind jeden Abend zu Hause. Wann immer du reden willst, komm vorbei.«

Ich versuche mir nicht anmerken zu lassen, wie die Schmetterlinge in mir Saltos fliegen. »Ist gut.«

Reece lächelt knapp, aber seine Augen bleiben kühl. Dann steht er auf und verlässt meinen Tisch. Ich bin nicht die Einzige im Raum, die ihm verträumt hinterhersieht.

Im Gegensatz zu allen anderen habe ich allerdings keinen Grund dazu. Ich kenne Reece Crescent. Ich weiß, dass er seinen psychotischen Bruder auf mich losgelassen hat. *Und ich habe alles davon genossen.*

Fuck. Wenn meine neuen Follower erfahren, wie die Dinge wirklich stehen, werde ich mich mit jedem einzelnen Video lächerlich gemacht haben. Ist das der neue Plan der Kings?

Lassen sie mich deshalb gewähren? Weil ich mich früher oder später sowieso selbst demontiere?

Sylvian

Du machst es uns zu leicht, Baby. Wie sollen wir jemals lernen, keine Wichser zu sein, wenn du uns ständig dafür belohnst? Du greifst wieder und wieder nach unseren Eiern und streichelst sie sanft, statt sie zu zerquetschen. Es ist nicht so, dass ich das nicht mögen würde, aber ich werde es langsam leid, dich zu warnen.

Langsam lerne ich, damit zu leben, dass nichts, was ich sagen oder tun könnte, dich jemals fernhalten wird. Das scheint unser Schicksal zu sein. Gehören wir zusammen?

Du. Deine Neugierde. Deine Sehnsucht.

Und wir.

ZWÖLF

MABLE

Harper überredet mich dazu, das gesamte Wochenende zusammen mit ihr zu verbringen. Ich soll ihr dabei helfen, sich zum Lernen zu motivieren, und mir hilft es auch, wieder ganz in meinen Unialltag zu finden. Ich verbiete es mir, nachzugeben. Ja, Reece hat mir geschrieben und es wäre leicht, seine Einladung anzunehmen. Aber nicht *ich* bin es, die etwas falsch gemacht hat, richtig? Wieso sollte ich sie dann bei *ihnen* im Verbindungshaus treffen? Warum kommt nicht jeder Einzelne wie an Spring Break zu mir und versucht sich zu erklären?

Da ich Vance sein Telefon zurückgegeben habe, habe ich wieder denkbar schlechten Empfang. Das ist auch der einzige Grund, weshalb ich es getan habe. Social Media hat mich viel zu sehr abgelenkt und die Kommentare wurden mit jedem Tag fieser. Mobbing erlebe ich in Kingston genug – dafür brauche ich nicht online zu gehen.

Zwar habe ich Jaxon, Romeo und Reece in Goldmans Vorlesung zweimal von Weitem gesehen, aber ich musste nicht so tun, als würde ich sie ignorieren, sondern sie taten es.

Denken sie wirklich, ich würde Zeit brauchen?

Oder wissen sie, wie sehr mich diese Abstinenz nach der intensiven Zeit an Spring Break quält?

Während Harper und ich in der Bibliothek zusammen gelernt haben, hat sie mich ein paarmal zu weiteren Videos überreden wollen. Schließlich drehten wir eines im Stummfilmformat, wie ich in einem der Bücher blättere und mich über die Klischees der Rich Kids auslasse. Ich kann nicht sagen, dass es mir keinen Spaß macht, aber es ist nicht das, was ich eigentlich tun will.

Eigentlich will ich mich auf meine Noten konzentrieren. Auf mein Studium. Auf die Finals im Mai.

Der Ausflug meiner kleinen Rachegöttin hat sich gut angefühlt, aber sie ist zurück und will ihre Ruhe. Vermutlich liegt die Lösung darin, dass ich mich für einen der Kings entscheide. Wobei ich nicht so viel Auswahl habe. Reece oder Jaxon. Sie stehen zur Wahl. Und gerade ist keiner von ihnen eine echte Option.

Erst am Mittwochabend schaffe ich es, Harper abzuschütteln und zu behaupten, dass ich früh schlafen gehen werde. Ich weiß, dass Romeo im Crowns arbeitet, weil ich den Schichtplan studiert habe. Ich fühle mich ein wenig wohler bei dem Gedanken, wenn er während des klärenden Gesprächs nicht in der Nähe ist. Wenn das überhaupt möglich ist, kann ich ihn von allen Kings am wenigsten einschätzen. Wie steht er wirklich zu mir? Was sind seine wahren Beweggründe?

Ist da auch nur ein Fünkchen Sympathie?

Oder ist alles Fake?

Ich schreibe Reece, dass ich mich auf den Weg mache.

Jetzt?, fragt er zurück.

Du sagtest, ihr seid jeden Abend zu Hause.

Klar. Wir sind nur gerade im Poolhaus. Nicht der beste Ort, um zu reden. Wie wäre es mit morgen?

Meine Kopfhaut kribbelt, als ich mir die vier Kings oberkörperfrei im Schwimmbad vorstelle. *Ich habe einen Bikini*, tippe ich schneller, als ich denken kann, und beiße mir dann auf die Zunge, während ich auf seine Antwort warte.

Er schickt einen Lachsmiley. *Den brauchst du nicht. ;-) Soll jemand von uns dich abholen?*

Dieses Gespräch entwickelt sich in eine ganz falsche Richtung. Eine ganz, ganz falsche Richtung. *Schon gut*, tippe ich mit zitternden Fingern und stecke das Handy schnell ein. Mein Körper glüht. Einfach überall. Wie soll ich mich auf meine fucking Probleme konzentrieren, darauf, dass die Kings mich Clarisse zum Fraß vorgeworfen haben, wenn meine Libido so ein großes Opfer ist?

Während ich mich auf den Weg zur Villa mache, gehe ich das Geschehene erneut durch. Vance, der mit Jaxon telefoniert und daraufhin entschieden hat, mir körperlich wehzutun und mir vorzuspielen, er würde mich wirklich entführen wollen. Clarisse und ihre dämlichen Reginazicken, die mir ins Gesicht gespuckt haben, die mich zwingen wollten, Vance zu vögeln, bevor sie meinen Kopf in die Spülung einer Toilette drückten.

Die Atemnot.

Diese unfassbare Atemnot, die Todesangst und dann Vance … Der mich befreit hat und Clarisse beinahe umgebracht hätte, als er ihr noch einmal so viel mehr Schmerz zugefügt hat als sie zuvor mir.

Jaxon, der sich um Clarisse gekümmert hat statt um mich. Der mich mit Gleichgültigkeit im Blick betrachtete. Reece, der mich überreden wollte, zu bleiben, mir aber keine Antworten geben konnte.

Wie wollen sie all das erklären?

Da ich keine Lust habe, einem der anderen Verbindungsstudenten zu begegnen, gehe ich an der Steinvilla vorbei auf das Gartentor zu. Es lässt sich öffnen. Im verwunschenen Garten angekommen, fällt mir nochmals auf, wie riesig die Verbindungsvilla der Kings ist. Sie ist ein Schloss und wäre für Könige ein angemessener Regierungssitz. Ich umrunde den rechten Flügel und steuere auf das schwach beleuchtete Haus zu, das sich weit hinten im Garten befindet. Als ich näher komme, erkenne ich, dass es sich dabei tatsächlich um das Poolhaus handeln muss.

Und was für ein verdammtes Poolhaus.

Es ist nicht wesentlich kleiner als ein Schwimmbad. Die antiken Strebenfenster lassen von außen einiges erkennen, doch der Raum scheint leer zu sein.

Ich umrunde das Gebäude und suche nach der Tür. Als ich eintrete, strömt mir leichter Chlorgeruch entgegen und feuchte Luft umhüllt mich.

»Hallo?«, rufe ich.

Etwas im hinteren Teil des Schwimmbads bewegt sich. Neben einem Tisch, auf dem mehrere Laptops stehen und Bücher liegen, als hätten sich dort Studenten zum Lernen getroffen, befinden sich zwei Liegen, deren Rückseiten zu mir gerichtet sind. Jemand steht auf und es ist ausgerechnet Sylvian, der mir halb nackt entgegenkommt. Er trägt nur eine Jogginghose und seine tätowierte Brust strahlt im goldenen Licht der Kronleuchter.

Seine Mundwinkel verziehen sich zu einem Lächeln, während er näher kommt, und in seinen grünen Augen erkenne ich, dass es echt ist. »Wolltest du mir gratulieren?«

Ich schlucke hart. Ich bin es gar nicht mehr gewöhnt, Sylvian lächelnd vor mir zu sehen. Als gäbe es zur Abwechslung keine Schatten, die ihn verfolgen. »Zu was?«, frage ich zögernd.

Er lacht auf. »Zu wem wolltest du sonst, wenn nicht zu mir?«

»Warum sollte ich zu dir wollen?«

Sylvian hebt eine Braue. »Ich habe Geburtstag. Wer hat dir gesagt, dass wir hier im Poolhaus sind?«

»Reece«, schießt es sofort aus mir hervor. Ich versuche meinen Blick nicht allzu lange über seine blanke Brust schweifen zu lassen. All die Tattoos ... ändern nichts daran, wer er ist und was er getan hat. »Alles Gute.«

Er lacht wieder und sein feuchtes, schwarzes Haar fällt ihm dabei ansehnlich in die Stirn. Ohne weitere Vorwarnung beugt er sich zu mir vor und gibt mir einen Kuss auf die Wange. »Danke, Mable.« Er löst sich, bevor ich reagieren kann, und geht zu einer breiten Bar, die sich verschlungen in die kürzere Wand des Poolhauses fügt. »Was kann ich dir zu trinken anbieten?«

»Wasser.«

Sein Grinsen vergeht ihm nicht, als er hinter die Bar tritt.

»Wo sind die anderen? Und warum feierst du deinen Geburtstag so wenig glamourös? Nicht einmal Angestellte? Oder … Mädchen?«

»Stört es dich, dass niemand sonst hier ist?« Sylvians gute Laune geht mir langsam auf den Zeiger. Woher der Sinneswandel? Hat er etwas genommen?

»Bist du high?«, frage ich ihn geradeheraus.

Er hält mitten in der Bewegung inne, stellt die Flasche ab und stützt sich mit beiden Händen auf die Bar. Durch die Anspannung seiner Arme wird mir einmal mehr bewusst, wie muskulös er ist. »Was soll ich tun, Mable? Das Arschloch raushängen lassen? Dich schlecht fühlen lassen? Soll ich dich fortschicken, dir drohen, damit du gehst, ist dir das alles lieber?«

»Nein, ist es natürlich nicht«, zische ich.

»Gut. Denn wenn du schon einmal hier bist, kannst du mit uns feiern.« Er mixt das Getränk fertig und stellt mir ein Martiniglas mit orangefarbener Flüssigkeit auf den Tresen. Als er mein Zögern bemerkt, grinst er wieder. »Soll ich noch K.-o.-Tropfen hinzufügen?«

Ich will ihn gerade daran erinnern, dass das überhaupt nicht witzig ist, als eine Tür auf der anderen Seite des Raumes aufgeht.

»Und ich habe ihn nur gefragt: Welche Millionen? Ich dachte, wir reden hier über neunstellige Beträge?« Einer der Crescents kommt rückwärts aus einer Sauna, nur ein Handtuch um die Hüfte geschwungen, und gestikuliert vor den anderen beiden. Jaxon und … Reece, vermute ich, lachen über Zayns Witz, tragen ebenfalls nur Handtücher um die Hüften und bemerken mich schließlich, wie ich an der Bar stehe.

Während Jaxons Augen siegesgewiss aufleuchten, winkt Reece mir zu. Es ist Zayn, der sich auf die Reaktion der beiden hin umdreht und mich anstarrt.

»Euer Ernst?«, fragt er. »Hat jemand von euch sie eingeladen?«

»Einladung würde ich es nicht nennen.« Reece zwinkert mir zu.

»Wie kommen wir zu der Ehre, Belle?«, fragt Jaxon und schlendert am Pool vorbei auf mich zu.

»Sie ist für mich hier«, antwortet Sylvian, der plötzlich von hinten an mich herangetreten ist. Im ersten Moment will ich ihn abschütteln, aber dann liegen nicht nur seine Hände auf meinen Schultern, sondern auch seine Lippen an meinem Hals.

Ich werde innerlich steif. »Nein, ich bin nicht für dich hier.«

»Unterschätze nicht die Macht des Zufalls. Du weißt, dass ich es mir niemals bewusst wünschen würde, dass du Zeit mit uns verbringst. Aber ... jetzt bist du hier«, murmelt er und fährt mit seinen Lippen über meine Haut. »Ausgerechnet an meinem Ehrentag.«

»Um mit euch zu sprechen«, halte ich dagegen.

Jaxon, Reece und Zayn bleiben in einigem Abstand zu uns stehen. Zayn und Reece binden meinen Blick. Sie sehen so identisch aus, dass ich nur anhand ihrer Miene glaube, einen Unterschied zu erkennen. Beide wirken lässig, aber Reece' Lächeln ist echt und breit, Zayn hingegen sieht mich genervt an.

Dass beide bis zur Hüfte nackt sind, trägt nicht gerade dazu bei, dass ich mich auf die Unterschiede in ihren Mienen konzentrieren kann.

Wenn ich versuchen will, alles zu verstehen, muss ich vermutlich bei den Zwillingen anfangen.

»Worüber möchtest du sprechen, Belle?«, fragt Jaxon freundlich.

»Könnt ihr euch vorher vielleicht etwas anziehen?«

Die Kings werfen sich Blicke zu und lachen.

»Warum ziehst du dich nicht lieber aus?«, fragt Reece.

Dass Zayn das Gesicht verzieht, als würde er mich nicht nackt sehen wollen, versetzt mir einen Stich. Verdammt, es sollte mich nicht stören, wenn er mich nicht mag, richtig? Es gibt gerade genug andere, die nett zu mir sind.

Sylvian hat damit begonnen, meine Schultern zu massieren, zum Beispiel. Was allerdings nicht zu meiner Mission passt. Wieso kann ich vor allen Menschen tough tun, selbst vor Clarisse?

Aber wenn es um die Kings geht, mutiere ich zu einem schwachen, nach ihren nackten Körpern fiependen Mäuschen?

»Sie wird sich nicht ausziehen«, antwortet Sylvian an meiner statt. »Keiner rührt sie an, bis ihr nicht jede einzelne ihrer Fragen ehrlich beantwortet habt.«

Reece und Jaxon schmunzeln, als ob es sie nicht überraschen würde, dass Sylvian so mit ihnen spricht, aber Zayn verdreht die Augen.

»Ich geh 'ne Runde schwimmen.« Er dreht sich Richtung Pool, lässt sein Handtuch fallen und springt nackt ins Wasser.

Allein sein trainierter Hintern ... Ach, lassen wir das.

»Ich kann für mich selbst sprechen, danke, Sylvian.« Mit diesen Worten schüttle ich seine Hände ab.

»Sei nett zu ihm, Belle«, fordert Jaxon ironisch. »Er hat nicht jeden Tag Geburtstag.«

»Okay, ich versuche einfach ein kleines bisschen weniger scheiße zu ihm zu sein, als er normalerweise zu mir ist, was haltet ihr davon?«

Sylvian lacht in meinem Rücken und ich hasse ihn dafür. Wieso kann ich *ihn* einfach nicht verletzen? Vielleicht sollte ich meine Fragerunde bei *ihm* beginnen?

Ich drehe mich um, um ihn provozierend anzusehen, und vergesse augenblicklich mein Vorhaben. Das Grün in Sylvians Augen reicht so tief, dass es mich vollständig einnimmt. Ich vergesse, was ich ihn fragen wollte oder warum ich sauer sein könnte. An Sylvian ist alles zur gleichen Zeit rein und ungeschönt, wie es düster und geheimnisvoll ist.

Er hat mir seine Liebe gestanden und würde trotzdem niemals wollen, dass ich mich für ihn entscheide. Warum? Weil er es liebt, mich leiden zu sehen? Aber hat er das wirklich? Hat er es jemals wirklich genossen? Oder bin ich seinem inneren Monster noch nie begegnet?

»Wie sehr würdest du mir wirklich wehtun?«, frage ich wispernd, mir darüber bewusst, dass die anderen beiden zuhören. Aber es ist längst nicht mehr so, dass ich die Intimität zu irgendeinem der Kings besonders wertschätze. Sie teilen mich, also teile ich auch meine Gedanken zu jedem von ihnen mit allen.

Sylvian bleibt auf meine Frage hin völlig gelöst. »Für meine Dämonen ist heute kein Platz.«

»Und wie soll ich dir dann verzeihen?«

»Das sollst du nicht.«

»Ich will es aber. Deswegen bin ich hier. Ich will endlich wissen, woran ich wirklich bei euch bin. Und das schließt dich nun mal mit ein.«

Sein Blick flackert zu Jaxon und Reece, bevor er wieder in meinen Augen landet. »Das können dir die anderen besser beantworten.«

»Hast du Harper jemals geliebt?«

Jaxon stöhnt hinter mir.

»Was soll der arme Kerl noch tun, Belle?«, fragt Jaxon. »Jeder hier in diesem Raum weiß, was Sylvian normalerweise mit gutgläubigen, naiven Mädchen wie dir tut. Jeder kann es dir sagen. Aber könnten wir ihm diesen Ehrentag gönnen? Und es einfach nicht zum Thema machen?«

Ich weiß nicht, was ich darauf erwidern soll. Wie soll ich jemals vergessen können, wie sehr es mich verletzt hat, was er mit Harper getan hat? Wie er sie benutzt hat, um mich zu zermürben? Sylvian ist ein Teil von den Kings. Ich kann ihn nicht länger ausblenden, wie ich es Spring Break über getan habe. Ich will endlich *alles* verstehen. Jeden Einzelnen von ihnen.

»Du hast Eleanore gesehen, oder?«, fragt Reece.

Hilflos drehe ich mich zu ihm um.

Seine Miene ist ernst und glatt. »Dann weißt du, wozu Sylvian fähig ist. Warum müssen wir das unbedingt heute erörtern? Willst du nicht endlich hören, wie Jaxon dich um Verzeihung anfleht?«

Jaxon gibt ein abfälliges Geräusch von sich. »Ich muss mich nicht entschuldigen. Es war nötig. Du wirst noch ganz andere Dinge durchstehen, um deine Ziele zu erreichen, Belle. Ein bisschen so zu tun, als wärst du mir egal und als würde Clarisse mir etwas bedeuten, gehört zum Schachspiel der Reichen und Mächtigen dazu. Die Welt ist dreckig. Niemand spielt fair. Clarisse wurde vernichtet. Dafür verdient Vance meine Anerkennung. Ich hätte es vermutlich nicht ausgehalten, die ganze Scheiße zu filmen, statt einzuschreiten. Dazu gehört eine Menge Selbstbeherrschung, wenn man eigentlich *nicht zusehen will.*«

»Als ob du es nicht gefilmt hättest«, murmle ich spöttisch.

Jaxon verzieht arrogant eine Braue. »Clarisse auch nur eine Sekunde glauben zu lassen, sie befände sich in der Position, zu tun, was sie getan hat, während ich danebenstehe ... Nein. Vance hat sich zusammengerissen und dir das beste Beweismaterial besorgt, das er dir hätte besorgen können. Es ist *perfekt.* Du hast es sogar relativ intelligent *genutzt.* Auch wenn ich die Videos an deiner Stelle noch zurückgehalten hätte, um Clarisse erpressen zu können. Was dir passiert ist, wirst du vergessen wie alles andere, was dir vielleicht noch passieren wird. Rachel, Clarisse, meine Wenigkeit. Alles verliert an Bedeutung im Verlauf dieses Spiels. Wolltest du noch über etwas anderes sprechen?«

»Warum bist du so ein kühler Arsch?!«, fahre ich ihn an. »Willst du mir wirklich einreden, dass ich mich nicht beschweren kann, weil mir das Video letztendlich geholfen hat, oder weil all diese Gewalt ›einfach dazugehört‹?!«

Seine blauen Augen werden kalt wie Eis. »Wenn du

ein fucking normales, ungefährliches und unbedeutendes Leben willst, dann studier nicht in Kingston.«

»Das ist also deine Meinung zu dem Ganzen.« Ich verschränke abwehrend die Arme vor der Brust. »Du bringst nicht einmal ein ›Sorry‹ über die Lippen und ich soll einfach so darüber hinwegkommen?«

Jaxons Lippen werden schmal. »Ich fühle keine Schuld, für die ich mich entschuldigen müsste. Es ging bei der Show, die wir vor Clarisse aufgeführt haben, um ein *kleines bisschen* mehr als um deine zarten Gefühle.«

Meine Kinnlade klappt nach unten und ich stehe da, als hätte er mich mit Eiswasser übergossen.

Reece hat unser Gespräch mit einem Stirnrunzeln verfolgt. »Was er sagen will, Mable ... Wir mussten schnell entscheiden. Sylvian ist Eleanores Spur gefolgt und hätte sie fast gefunden. Wir mussten uns fragen, wohin sie noch hätte fliehen können. Uns fiel Rachel ein. Zwei von uns fuhren kurzfristig zu ihr und Rachel sagte uns, dass Eleanore zu ihr gekommen ist, sie Eleanore aber gegen Geld sofort bei Clarisse eingetauscht hat. Rachel wusste, dass Clarisse ihr egal welche Summe zahlen würde, wenn sie ihr mehr über Eleanore sagt. Ihr direkt Eleanore auszuhändigen, hat Rachel geholfen. Leider war sie nicht schnell genug und wir haben sie noch auf ihrer Flucht mit dem Geld erwischt. Das Problem mit Eleanore ist: Du hast sie gesehen. Sie ist nicht mehr ganz da. Wenn Clarisse gewollt hätte, hätte sie uns mit ihr schaden können. Wenn Eleanore vor dem FBI aussagt und die Dinge so aussehen lässt ...«

»Wie sie vermutlich sind«, unterbreche ich ihn. »Ihr

habt ihr das alles angetan. Und das soll das FBI vermutlich nie erfahren, oder?«

Reece fährt fort, ohne auf mich einzugehen. »Wir riefen Vance an, der von Clarisse Geld geboten bekommen hatte, damit er dich entführt. Wir sagten ihm, er solle so tun, als würde er genau das tun. Dich entführen. Und dass Clarisse es unbedingt glauben müsse. Auf die Schnelle waren wir uns unsicher, wie gut deine schauspielerischen Fähigkeiten wären, wenn Vance dich einweiht. Daher haben wir ihm gesagt, dass er es nicht tun soll. Hätten wir mehr Planungszeit gehabt, wärst du nicht überrumpelt worden. Letztendlich sollte es so aussehen, als *wollten* wir, dass Vance dich zu Clarisse bringt, um ihr zu beweisen, dass du uns egal bist. Es war eine Falle, um Clarisse dazu zu bringen, mit uns gemeinsam zu entscheiden, was mit Eleanore geschehen soll. So kann sie Eleanore nicht als Waffe gegen uns verwenden. Das alles ist ... wie Jaxon sagt, gewissermaßen Alltag. Eine einfache Intrige, eine kleine Schauspielerei, Vance, der tut, was wir verlangen. Das mit dem Video war nicht geplant und ich sehe es nicht wie Jaxon. Das Video mag dir geholfen haben, aber mit der Veröffentlichung hast du auch einiges riskiert. Sobald sich deine neue Bekanntheit gegen dich richtet, ist dein Leben mehr als jemals zuvor in Gefahr. Clarisse wird vor nichts zurückschrecken, um dich bezahlen zu lassen.«

»Aber du hast uns an deiner Seite.« Sylvian hat sich mit einem Arm an die Bar gelehnt und mich unverwandt beobachtet. »Sie ist allein, wir sind viele. Das Video zu posten, war ein kluger Schachzug. Reece pisst sich zu Unrecht ein.«

Da Zayn im Wasser Bahn um Bahn zieht, ist mein leises Murmeln im lauten Spritzen des Wassers kaum zu hören. »Ich werde euch nur nie wieder vertrauen, dass ihr das alles ernst meint.«

»Dann ist das so«, sagt Jaxon beschwingt. »Du wirst niemals Teil von etwas sein können, dessen Spielregeln du nicht durchschauen willst. Wenn es dir noch immer schwerfällt, zu kapieren, wer wir sind und was wir eigentlich wollen, wann wir lügen und wann wir etwas ernst meinen, bist du für dieses Spiel nicht geeignet. Geh, bevor dein kleines Herz ein weiteres Mal bricht. Da hinten ist der Ausgang.« Er zeigt locker auf die Tür, durch die ich hereingekommen bin.

»Du musst nicht gehen, Mable«, gleicht Reece Jaxons Worte sofort aus.

»Müssen?«, fragt Jaxon zynisch. »Selbst wenn sie es *müsste*, würde sie es nicht tun. Sie will bleiben, um uns zu *verändern*. Das ist es, worum es dir geht, nicht wahr, Belle? Du hoffst, dass wir irgendwann aufhören und unsere Grausamkeit verleugnen. Dass wir liebe, nette Schoßhunde werden, die deiner Idee von Kitsch und Harmonie entsprechen. Richtige *Boyfriends* ohne Lügen oder Schatten. Aber das ist eine der Gegebenheiten, die du nicht wahrhaben willst. Wir *sind* so nicht.«

»Sag mal, bist du jetzt ernsthaft sauer, dass *ich* sauer auf euch bin?«, frage ich ihn perplex.

»Sauer?«, fragt er lachend. »Nein, hast du mich schon mal sauer erlebt? Ich glaube ja, und du weißt, wie ich bin, wenn man mich zu Tode nervt. Ich bin nicht sauer. Ich bin gelangweilt. Gelangweilt von deiner endlos naiven Idee, in jedem von uns steckt ein guter

Prinz, der nur darauf wartet, dich zur Königin zu küren und nichts zu tun, was sich dein Prinzessinnenherz nicht wünschen würde.«

Ich merke, dass mich seine Worte verletzen, obwohl ich es nicht einmal verstehe. Warum habe ich plötzlich das Gefühl, ich hätte etwas falsch gemacht? Woher zur Hölle hätte ich wissen sollen, dass er nur schauspielert?

»Ich erkläre dir, was er meint, Mable.« Sylvian hat sich eine Zigarette zwischen die Lippen gesteckt. »Lass uns draußen spazieren gehen.«

Da es im Garten bereits stockdunkel ist, ist mein erster Gedanke, dass ich es nicht tun sollte. Wie nennt mich Jaxon? Naiv? Naiv ist es, zu glauben, Sylvian würde mir nichts antun wollen, richtig? Nicht, nachdem ich weiß, was er mit Eleanore getan hat.

Andererseits halte ich es nicht mehr neben Jaxon aus und Reece ist keine Hilfe. Zayn zieht Bahn um Bahn und Sylvian scheint heute nicht in der Stimmung zu sein, das Arschloch raushängen zu lassen.

»Ist gut«, entgegne ich und vermeide es, Jaxon anzusehen, als ich Sylvian nach draußen folge. Er zündet sich die Zigarette an und wir gehen für eine Weile schweigend nebeneinander her. Im wild aufblühenden Garten stehen an jeder Weggabelung Laternen, die schummriges Licht auf die Büsche werfen.

»Jaxon geht es darum …«, beginnt Sylvian, aber ich unterbreche ihn.

»Worum geht es dir?«

Sylvian lässt den Rauch aus seinen Lungen entweichen. »Du hast die Wahl. Ich erkläre dir, was Jaxon bewegt, oder wir gehen wieder rein.«

»Aber er interessiert mich nun mal nicht mehr, als du es tust! Ich kriege langsam ein verdammtes Schleudertrauma von deiner ständig wechselnden Art! Erst willst du mich beschützen, dann schläfst du mit mir im Wald, dann bin ich dir egal, dann wieder nicht, dann willst du mich davon abhalten, mehr mit euch anzufangen, dann machst du an Thanksgiving direkt mit, dann lässt du mich fallen, dann wolltest du es doch nicht, dann lügst du mich an, dann lügst du Harper an, du betrügst mich, dann sie, dann dich selbst und am Ende gestehst du mir auf einer stinkenden Toilette deine Liebe, nachdem wir den erbärmlichsten Fick überhaupt hatten, denn es ist *erbärmlich* von mir, dass ich mich auf dich einlasse.«

Sylvian ist stehen geblieben und etwas an ihm hat sich verfinstert.

Ich bekomme Angst und noch bevor er antwortet, weiß ich, dass es das ist, was mich thrillt. Er ist so unberechenbar und geheimnisvoll, dass ich nie weiß, woran ich bei ihm bin, und sein offen gezeigter Sadismus weckt sehr dunkle Gelüste in mir. Es ist grausam, wie leicht ich mich von den Fäden führen lasse, die er manchmal an mich knüpft. Ich als Puppe, er als Spieler. Vielleicht kommt es mir so vor, dass Jaxon das Sagen hat, dass Reece mich emotional nährt und dass Zayn meine perverse Ader füttert, aber Sylvian ist der ewige Schatten im Hintergrund.

Mein Schatten.

Wenn er sagen würde, ich solle mich sofort ausziehen, auf den Boden legen und mich nicht mehr rühren, würde ich es tun. Ich weiß es. Ich warte fast darauf.

Und ich hasse mich dafür.

Sylvian ist kein Monster. *Er weckt meines.* Immer und immer wieder. Als wäre ich süchtig nach ihm. Als wäre er die wahre Droge.

»Es gibt einen wesentlichen Unterschied zwischen Jaxon und mir, Mable. Er will, dass du seinen wahren Kern erkennst, ich will es nicht. Er will, dass du ihn nur anzusehen brauchst und wie durch einen magischen Wink erfährst, was in ihm vorgeht, während ich froh bin, dass du keine Ahnung hast, was ich denke.«

»Warum macht dich das froh? Was ist schon so schlimm daran, wenn ich irgendetwas von dem verstehe, was du tust?«

»Du wirst mich nicht verstehen.«

»Ja? Aber die bescheuerten Beweggründe von Jaxon, *mich* dafür fertigmachen zu wollen, dass ich sauer auf ihn bin, das willst du mir erklären? Und du glaubst, *das* könnte ich besser verstehen? Warum? Willst du, dass ich noch ein bisschen mehr leide, weil ich ihm wieder und wieder ohne Sinn und Verstand verzeihe? Willst du, dass es mich *quält,* liebst du das alles so sehr, dass du nur deswegen mit mir rausgehst, um das Messer noch ein wenig tiefer in mein Herz zu treiben? Bist du wirklich so … durchschaubar?«

Alles an Sylvian hat sich verspannt. Seine grünen Augen fixieren mich hungernd und die Zigarette verglüht allmählich in seiner Hand. »Weck es nicht, Mable.«

»Was?«, frage ich herausfordernd. »Dein fucking ›Monster‹? Wovor soll ich mich wirklich fürchten? Ich bin wie alle anderen blinden, dummen, naiven Mädchen, die dir bereits verfallen sind. Ich war *so sehr in dich verliebt*, dass eine einzige Berührung zwischen Harper und dir gereicht hat, um alles in mir zerbrechen zu lassen. Was könnte noch passieren? Was könnte schlimmer sein als das? Nachdem ich unendliches Vertrauen zu dir gefasst hatte, von dir fallen gelassen zu werden? Ist es das, was du mit Eleanore getan hast? Hast du in ihr so tiefe Wünsche geweckt, dass du nur schnipsen musstest und sie wurde für immer zerstört? Vielleicht ist es ja genau das, was mit mir längst geschehen ist. Vielleicht bin ich längst wie sie.«

Sylvian bleibt reglos vor mir stehen. »Was an ›Für meine Dämonen ist heute kein Platz‹ hast du nicht verstanden?«

»Nichts! Ich verstehe nichts!«, rufe ich. »Ich kann keine Rücksicht auf deinen Geburtstag oder dich nehmen oder was auch immer! Wenn du dich nicht endlich entscheidest, ob du nett zu mir sein oder mich doch nur brechen willst, werde ich allein daran zu Grunde gehen! Das ist es, was du mit allen tust, nicht wahr? Das ist der *Trick*. Der, der Harper zerstört hat, der, der Eleanore lächeln lässt, sobald dein Name im Raum fällt, obwohl sie wissen müsste, dass du nichts als Gift für sie bist. Du manipulierst aufs Abscheulichste. Aber warum zur Hölle? Was soll das alles?«

Sein Kiefer verspannt. »Harper«, knurrt er, »ist eine oberflächliche Heuchlerin. Du glaubst, dass sie jemals Gefühle für mich hatte? Wenn es so wäre, hätte sie keine Affäre, nicht wahr?«

»Was?«, frage ich fassungslos.

»Harper hat eine Affäre.« Sylvian wirkt, als wäre es fast zu unwichtig, um es zu erwähnen. »Du brauchst dir keine Sorgen zu machen, dass irgendetwas von dem, was ich getan habe, sie verletzt hat. Und Eleanore ist und war schon immer *krank*. Beide Frauen musste ich nicht ficken, das haben sie selbst geschafft.«

Harper hat eine Affäre? Das soll ich ihm glauben? Nicht sicher, wie ich darauf reagieren soll, versuche ich beim Thema zu bleiben. »Harper und Eleanore sind egal. Das alles beantwortet meine Frage nicht.«

»Deine Frage? Warum ich das alles tue, ja?« Seine Stimme hat einen schneidenden Unterton gewonnen und ich muss mich unwillkürlich fragen, ob ich zu weit gegangen bin.

»Die Frage, was wirklich so grausam an dir ist«, wispere ich und mache es damit vermutlich noch schlimmer. »Wovor du mich wirklich beschützen willst.«

Sylvian nimmt einen letzten Zug seiner Zigarette und schnippt sie dann in den Garten. »Ich zeige es dir.«

»Zeigen?«, frage ich nun doch verdammt naiv. »Wieso ... zeigen?«

Sylvian lächelt und es ist ein grausames Lächeln. So schief und gefährlich, dass sich überall an meinem Körper eine Gänsehaut bildet. Er greift in seine Hosentasche und zieht das Butterflymesser, mit dem er mich bereits letztes Semester in seinem Zimmer bedroht hat.

Ich weiche zurück, doch er tritt blitzschnell um mich herum, packt mich grob im Haar und zieht mich an meinem Pferdeschwanz zurück, während er mit der anderen Hand, die das Messer hält, meinen Schrei erstickt.

»Ruhig«, raunt er. Sein Atem streift mein Ohr und lässt überall heiße Nadeln in meine Haut eindringen. »Du wirst nicht schreien. Du wirst nicht einmal einen Ton von dir geben. Du wirst es einfach geschehen lassen.

Du wirst es lieben. Du wirst dich fragen, warum du zulässt, was ich tue, und dann wirst du mich anbetteln, es wieder zu tun. Wieder und wieder, weil du den Schmerz brauchst. Würdest du ihn nicht brauchen, hättest du dich wie jeder normale Mensch von mir ferngehalten. Aber du bist nicht dumm. Deine Instinkte leiten dich richtig. Es gibt nur etwas in dir, das nicht bereit ist, zu fliehen. Das dem Jäger in mir unbedingt seine Beute reichen will.«

Ich schlucke hart, als ich an ihn gelehnt dastehe. An seine nackte Brust, fest in seine muskulösen Arme geschlossen.

»Du wirst den anderen nichts erzählen. Das bleibt unser kleines, zartes Geheimnis. Denn wenn sie wissen, was du wirklich willst, werden sie zusehen wollen. Und du willst nicht, dass vier von uns ihre niedersten Gelüste wecken. Also sind wir ganz leise, Baby. Wir sind ganz ruhig.« Er nähert sich mit den Lippen wieder meinem Nacken und beißt in meine Schulter. Ich keuche auf und dann passiert es.

Es geht zu schnell vorbei, als dass ich es realisiere, bevor es nicht geendet hat. Der Schmerz des Schnitts durchdringt mich erst Sekunden später. Als Sylvian längst seine Lippen auf die Wunde gedrückt hat.

Mein Kopf rauscht unendlich, weil ich spüre, wie er an mir saugt. Als wäre er ein Vampir und gleichzeitig ist es noch grausamer als das. Denn ein Vampir hat keine Wahl, er lebt von dem Blut. Sylvian macht es ... aus Spaß. Seine Zähne nagen an meiner Haut und es sollte mir vielleicht wehtun, ich sollte vielleicht schreien wollen, aber ich spüre nichts außer mein kräftig schlagendes

Herz. Als er den Arm hebt, das Messer an meinem Augenwinkel vorbeigleitet und er es erneut an meinem Nacken positioniert, entsteht ein heftiges Ziehen zwischen meinen Beinen.

Der Schmerz, den die Klinge hinterlässt, ist nichts gegen meine sonstige körperliche Reaktion. Auch auf den zweiten Schnitt legt Sylvian seine Lippen. Ich will nicht sagen, dass ich es genieße, aber leider tue ich das.

Allein die Vorstellung, dass er mit mir einen derart kranken Spleen teilt, löst mehr Intimität in mir aus als Schrecken. Nachdem Sylvian sich schließlich gelöst hat, zieht er an meinem Zopfgummi und sorgt dafür, dass meine Haare über meinen Nacken fallen und die Schnitte verbergen.

»Klärt das deine Fragen?«

Ich stehe einfach nur da, unfähig, mich zu bewegen.

Sylvian tritt um mich herum, die Hände in den Taschen, das Messer nicht mehr zu sehen, und mustert mich gelöst. »Das ist das, was ich tue, wenn ich mich kontrolliere. Wenn ich mich *nicht* kontrolliere, blutest du länger.«

»Alles klar«, wispere ich und erzeuge ein Lachen auf seinen bildschönen, düsteren Zügen, die ich nach allem weder bildschön noch überhaupt ansehnlich finden dürfte. »Und das hast du mit Harper gemacht? Und Eleanore? Ich meine ... werde ich jetzt wie sie?« Als er nicht reagiert, merke ich, wie ein Stich der Eifersucht mich fast um den Verstand bringt. Natürlich. Ich bin nur ein weiteres dummes Mädchen, das ihm verfällt. Das so etwas mit sich machen lässt. »Wirklich?«, frage ich leise.

»Harper und Eleanore ... und ein paar andere sind

weitaus ungnädiger zu ihrem Körper, als ich es jemals hätte sein können. Du wirst niemals wie sie sein. Das weiß ich. Du kannst mir glauben oder du lässt es, aber wärst du wie sie, wärst du mir egal.«

Ich atme bebend ein. »Was meinst du damit, sie waren ungnädiger?«

Sylvian schließt für einen Moment die Augen. »Beide verletzen sich. Schon lange, bevor sie mich kannten.« Seine Stimme kommt plötzlich nur noch gepresst. »Aber ich habe das ausgenutzt. Ich habe es vorangetrieben. Ich habe sie weiter entstellt. Ich habe aus Eleanore gemacht, was sie heute ist, ich habe sie dazu gebracht, sich selbst nicht mehr zu kennen, sich selbst nicht mehr zu fühlen, sie hat nur für mich geatmet, nur für mich gedacht, und kurz bevor es so ausgesehen hat, als würde sie wenigstens das Schachspiel gewinnen, habe ich sie von einer emotionalen Klippe gestoßen. Sie hat es nicht überlebt. Seitdem ... betäubt sie all den Schmerz, den ich in ihr verewigt habe, und lässt sich von irgendjemandem – und nein, wir wissen *nicht,* von wem – für Gewalttaten wie das Sprengen der Wasservilla einspannen, die alles übersteigen. Weil sie einerseits will, dass ich sterbe, und es andererseits niemals tun könnte. Ich bin ihr einziger Hoffnungsschimmer, weil ich dafür gesorgt habe, dass das für immer so bleibt.«

Mein Mund ist trocken geworden und ich frage mich, warum mich nicht der natürliche Instinkt dazu bringt, vor Sylvian wegzulaufen.

Als er die Augen wieder öffnet, umschlingt mich das Grün darin wie Dornenranken.

Ich werde gefangen gehalten und es tut weh.

»Alles davon habe ich genossen.« Seine Worte sind leise und rau, erschlagen mich aber, als hätte er geschrien. »Jedes. Einzelne. Mal. Sie hat sich geschnitten und ich habe sie gefickt. Dieser Selbsthass, den ich verschlimmern konnte, hat mich tief befriedigt. Psychologen würden sagen, das wären die typischen Symptome eines Narzissten, aber ich bin schlimmer. Ich *genieße* das Leid anderer. Ich *dürste* nach dem Blut meiner Opfer. Bevor ich dich getroffen habe, kannte ich nur einen einzigen Zustand: die Sucht nach Schmerzen, die ich erzeuge. In anderen.«

»Das ... ehm ...« *Lauf weg. Lauf, Mable, lauf.*

»Und Harper ist ähnlich.« Ein trauriges Lächeln umspielt seine Lippen. »Etwas subtiler, weniger offensichtlich. Du hast absolut *keine* Vorstellung davon, wie ich zu ihr war. Ich musste nur den Raum betreten und sie ist zusammengezuckt, und dennoch: Ich hätte von ihr verlangen können, sich für mich in den Kopf zu schießen, und sie hätte es getan. Sie war *mein*. Im ungesündesten Sinne, wie man nur jemand anderem gehören kann. Im Gegensatz zu Eleanore konnte Harper nach unserer Trennung heilen. Sie ist ... nicht ganz so naiv, wie ich anfangs dachte. Sie hat sich reflektiert. Hat mit guten Therapeuten an sich gearbeitet. Sie weiß, dass ich nie etwas getan habe, worum sie nicht in all ihrer Verzweiflung gebettelt hat. Aber alles das meine ich nicht, wenn ich sage, dass ich Angst vor meinen inneren Dämonen habe, was dich betrifft.«

»Sondern?«, bringe ich hervor.

Sylvian tritt nah an mich heran und ich schaffe es nicht, zurückzuweichen. »Ich weiß mittlerweile, dass ich mich in deiner Nähe kontrollieren kann. Aber was ist, wenn mir das nicht ausreicht? Wenn ich *mehr* brauche, weil ich nun mal einfach so bin? Diese Frauen haben mir nie etwas bedeutet. Ich habe ihre Bedürfnisse ignoriert, nicht mal wahrgenommen. Was, wenn mir das bei dir auch passiert? Was, wenn ich es nicht schaffe, jederzeit auf dich zu achten? Was, wenn ich für einen Moment einfach nicht auf dich achten *will*? Etwas tue, was dir wirklich nicht gefällt? Wer sagt mir, dass es nie dazu kommen wird? Dich zu verletzen wäre tausendmal schlimmer, als irgendeine andere zu verletzen. Weil ich es nicht *will*. Aber wenn mein Wille allein ausreichen würde ... Ich kann dir einfach nicht versprechen, dass ich jemals stark genug sein werde, den anderen Teil in mir für immer wegzusperren.«

»Du meinst ... du hast Angst davor, dass du einfach zu sadistisch sein könntest?«

Er deutet ein Nicken an.

»Ich glaube nicht, dass du etwas Schlimmeres tun kannst als das, was du mir mit Harper angetan hast.«

Sylvian lacht plötzlich, aber es ist ein verzweifeltes Lachen. »Ich lasse dich einfach in diesem Glauben, Mable.«

»Das alles tust du ... also das alles mit Harper und deiner Art mir gegenüber und deine fiesen Sprüche, das tust du alles nur ... um mich auf Abstand zu halten? Weil du beim ... Sex auf Blut stehst?«

Er senkt die Brauen. »Wer zur Hölle redet hier von Sex?«

Ich beiße mir auf die Unterlippe. »Aber ...«

»Nur ein Scherz.« Sein Mundwinkel verzieht sich

und sein Blick wird noch einmal intensiver. »Ich denke, du weißt, dass es um mehr geht. Um wesentlich mehr. Jaxon Tyrell ist nicht irgendjemand und hat nicht *irgendwelche* Ziele. Die Crescents teilen sich nicht aus einem dummen Zufall heraus dieselbe Identität. Über meine Familie lässt sich einiges googeln und was Romeo angeht ...«

»Ja?«

»Er ist weit mehr als Jaxons Schatten. Du kannst von niemandem von uns erwarten, dass wir dich jemals über einen von uns stellen. Wir würden niemals jemandes wahre Absichten verraten, denn das ist, was uns ausmacht. Dass wir Dinge teilen, die sonst ... niemand teilt. Du gehörst dazu. Hast du dich jemals gefragt, warum die Studenten uns respektieren und Angst vor uns haben?«

»Weil ihr fiese Arschlöcher seid und niemand in euer Zielkreuz geraten will?«

Sylvian streicht sich durchs schwarze Haar. »Das hatte ich befürchtet. Du glaubst immer noch, es ginge hierbei um ein paar Streiche. Nein. Der wahre Grund, weshalb dir an dieser Universität noch nichts Schlimmeres geschehen ist als ein paar zerschnittene Klamotten und kindische Streiche, ist, dass niemand von uns weitergehen darf. Noch nicht.«

»Rachel hat mich vergewaltigen lassen«, erinnere ich ihn bitter.

»Rachel ist eine Stipendiatin und das ist ja eins der Probleme der Stipendiaten. Vance lässt sich auch zu Dingen überreden, die wir anderen niemals tun könnten, weil wir damit rechnen müssen, unseren Platz zu verlieren.«

»Den Platz im Zirkel?«

»Genau.« Sylvian sieht für einen Moment durch mich hindurch, als befände sich hinter mir die ganze Wahrheit. »Die Leute da draußen haben nicht Angst vor dem, was wir *tun*. Sie fürchten sich vor dem, was wir *tun werden*. Eine Clarisse wird sich für deinen Angriff im Netz in dem Moment rächen, wenn sie weiß, dass der Zirkel sie nie nehmen wird. Und sie hätte absolut keine Skrupel, dich zu töten, da sind wir uns *alle* einig.« Er schweigt für einen Moment. »Jaxon hat verstanden, was viele vor ihm nicht verstanden haben. Du kannst dich nicht wie Clarisse als alleinige Person aufspielen, die ein Recht auf alles hat. Das erzeugt Neid und Neid ist gefährlich. Jaxon hat von Anfang an in einer Gruppe gedacht. In einer Konstellation aus uns fünf. Er wird nie damit aufhören. Er *ist* zu den *Kings* geworden. Also mache nicht den Fehler, dich jemals für einen der Crescents zu entscheiden. Sie sind eine Einheit für sich und sie *wollen* dich für sich. Etwas, das Jaxon nicht akzeptieren wird. Mach es einfach wie bisher und ärgere sie, indem du niemanden wählst. Auch wenn ich sicher bin, dass sie es genossen haben, Vance erzählen zu lassen, er hätte dich entführen sollen, weil du dich nicht entschieden hast. Es war natürlich niemals eine Strafe, aber ich glaube, die anderen wollten dich das denken lassen, damit der Druck noch einmal wächst.«

»Was, wenn … ich mich wirklich nicht entscheide?«, frage ich leise.

Sylvian lächelt. »Ich werde der Letzte sein, der etwas dagegen hätte.«

»Und die … anderen?«

»Ich weiß es nicht, Baby. Niemand von ihnen ist eine gute Option.«

Meine Atmung geht flach, nur weil er mich ›Baby‹ nennt.

»Komm her«, raunt er, öffnet seine Arme und zieht mich fest an seine Brust, als hätte er ohne Worte verstanden, was ich am meisten brauche. Seine beringte Hand streichelt über meine Kopfhaut, die andere drückt mich fest an sich.

»Ich wünschte, wir könnten einfach weglaufen«, wispere ich. Seine Haltung verspannt sofort, aber ich weiche nicht zurück und murmle die Worte gegen seine Brust. »Ich wünschte, ich könnte fliehen. Vor allem, was geschehen ist, und allem, was noch passieren wird. Vor Jaxons und Reece' Lügen, vor Zayn, vor Harper, vor Vance, vor Kingston. Den Videos. Ich wünschte, ich könnte die Zeit zurückdrehen und einfach mit dir weglaufen.«

»Sag das nicht«, flüstert er und aus seiner Stimme spricht eine Dunkelheit, die mich verschreckt. »Ich bin nicht gut für dich. Ich werde niemals gut für dich sein.«

»Das ist die größte Lüge von allen«, murmle ich zurück.

»Baby …«, flüstert er.

»Du hast gesagt, du liebst mich.«

Sylvian presst seine Lippen auf mein Haar. »Ich liebe dich.«

Es klingt so überzeugend und ist doch begleitet von so viel Schmerz. »Dann darf ich mir auch wünschen, dass wir vor allem weglaufen, oder?«

Seine Griffe um meinen Körper werden fester und

etwas in seiner Stimme bricht. »Zwing mich nicht dazu, mich zwischen dir und den anderen zu entscheiden.«

»Ich zwinge dich nicht.«

Sylvians Hand verkrampft sich geradezu in meinem Haar. »Es gibt einen anderen Grund, weshalb du …« Er bricht mitten im Satz ab.

»Ja?«, frage ich und sehe zu ihm hoch.

Er nimmt mein Gesicht zwischen seine Hände und lässt seinen Blick in meinen fließen. »Nicht heute.«

Ich senke die Lider und akzeptiere, dass er einen Wunsch an seinem Geburtstag äußern darf. »Okay.«

Wir stehen schweigend da, umspült vom rauschenden Laub, durch das der Wind gleitet, im dämmrigen Licht der uralten Laternen, und zwischen uns breiten sich all die ungesagten Dinge wie eine Mauer aus.

Eine Wand aus Geheimnissen, ungehörten Wahrheiten und ungeklärten Lügen.

So dicht und unüberwindbar, dass ich alle Hoffnung verliere, ich könne Sylvian jemals ganz erreichen. Er wird mich niemals wirklich an sich heranlassen, auf eine ganz andere Art als Jaxon.

Sylvian kennt sein inneres Monster und sperrt es vor mir weg.

Jaxon trägt es offen zur Schau, dafür sind ihm seine innersten Gefühle nicht klar.

Sylvian wiederum spricht offen über seine Gefühle.

Die beiden Männer sind so unterschiedlich wie Tag und Nacht und trotzdem ähneln sie sich in einem Punkt: Es ist unmöglich für mich, ihnen nicht zu verfallen. Tief und noch tiefer hineingesogen zu werden in ihren unendlichen Abgrund.

Aber es ist nur folgerichtig, es ist klug, nachvollziehbar und absolut logisch, dass ich Sylvian von meiner Liste der Optionen streichen muss. Wenn ich mich entscheide, dann nicht für ihn. Ich würde es nicht überleben. *Er* würde es nicht überleben. Denn etwas in ihm wartet darauf, mir noch mehr anzutun als nur ein paar zarte Schnitte auf meiner Haut.

Und ich werde niemals sicher sein können, dass er sein innerstes Monster besiegt.

»Wollt ihr für immer hier draußen rumstehen?«

Ich zucke zusammen und öffne die Augen. Zayn. Es muss Zayn sein, der mit verschränkten Armen, nur in eine Badehose gekleidet, auf dem Gehweg steht und uns gelangweilt mustert.

Das Wasser rinnt ihm die Haare hinunter und tropft über seine makellose, porzellanweiße Brust.

»Warum bist du wirklich hier, Dole? Doch nicht, um mit Sy zusammen 'ne Trauerparty zu feiern, oder?«

Statt mich loszulassen, hält Sylvian mich in seinem Arm fest und für einen kurzen Moment fühlt sich genau das richtig an. Als würde ich hierhergehören. In Sylvians Arme, der mich beschützt. Vor Reece, Zayn, Jaxon und der fucking ganzen Welt.

Aber dann hebt Zayn eine Braue, leicht, abfällig, und ich fühle mich schlecht dabei, dass ich ausgerechnet in Sylvians Arme fliehen will. »Bei aller Liebe, Babe, aber dass du ausgerechnet diesen kleinen Wichser an dich heranlässt, werde ich nie verstehen.«

Sylvian verspannt und lässt seine Arme sinken.

»Mögt ihr euch alle überhaupt?«, frage ich die beiden skeptisch. »Ihr seid nie besonders nett zueinander.«

»Absolut, Dole«, entgegnet Zayn. »Wir müssen nicht nett sein. Freundschaften basieren nicht darauf, dass man sich 'ne Nettigkeit vorlügt. Kommst du jetzt rein, damit wir endlich ficken?«

Mein Mund öffnet sich und meine gesamte Haut scheint unter Strom gestellt zu werden. Ich sollte ihm einen Spruch an den Kopf werfen, meine Abneigung zeigen, Selbstbewusstsein beweisen, aber ich schaffe es nicht, auch nur einen Ton hervorzubringen.

Sylvian mustert mich genau, während Zayn noch breiter lächelt.

»Komm schon, Puppe«, säuselt Zayn, »du willst es. Wir wollen es. Du bekommst es. Wir bekommen es. Wie Jaxon eben meinte, du wirst wohl kaum aus uns nette, liebe Schwiegersöhne für deine tablettensüchtige Mom machen. Also warum können wir nicht einfach Spaß haben?«

Sylvian lacht kalt. »Haben Jaxon und Reece dich vorgeschickt, um Mable zu überzeugen? Wenn ja, du hast es nicht drauf. Verpiss dich wieder.«

»Überzeugen?«, fragt Zayn feixend. »Was muss ich die kleine notgeile Hoe überzeugen? Sie zerläuft allein bei dem Gedanken, ich würde sie wieder lecken, und sie könne dabei Reece' perfekten Schwanz blasen. Ich muss nur hier stehen und sie daran erinnern, was drinnen auf sie wartet. Während du hier rumstehst und es noch in fünfzigtausend Jahren nicht hinbekommen wirst, sie dazu zu bringen, dir ihre Liebe zu gestehen. Sag, wenn ich Bullshit rede, Dole. Komm schon, zeig mir, dass ich

Unrecht habe. Ich werde es nie wieder wagen«, sein Tonfall wird ironisch, »über dich zu urteilen. Eine kleine Lüge deinerseits genügt, dass ich meine Klappe halte.«

Ich hasse ihn. Das ist alles, was ich denke, während mein Körper von innen heraus zu glühen beginnt.

»Na, also.« Zayns siegesgewisses Grinsen ist noch hässlicher als das von Jaxon. Und gleichzeitig wahnsinnig anziehend. »Du willst es, Dole. Steh einfach dazu.«

Mein Blick flackert hilflos zu Sylvian, der seine Miene verschlossen hat. In diesem Moment nicht zu wissen, was er will, was er über mich denkt und wie er innerlich auf Zayns Worte reagiert, macht mich wahnsinnig. »Lass uns reingehen«, schlage ich vor. »Vielleicht will Jaxon sich doch noch entschuldigen.«

Zayn lacht und packt mich, als ich an ihm vorbeigehen will.

Ich schäme mich zutiefst dafür, dass nicht ein Hauch von Widerstand von meinem Körper ausgeht.

Er zieht mich an sich wie eine Tänzerin, beugt mich leicht nach vorn, hält mich galant fest und grinst. Dann küsst er mich und ich hasse ihn noch mehr.

Gott, wie sehr ich ihn hasse, dass er mit jedem verdammten, scheißdummen Wort Recht behalten hat! Ich hasse Zayn! Alles an ihm! Ich hasse sein talentiertes Zungenspiel, seinen viel zu feuchten Kuss, hasse es, seine Erektion dicht an meinem Körper zu spüren, hasse es, wie ich bei dem Gedanken feucht werde, von ausgerechnet ihm gevögelt zu werden.

Ich hasse ihn.

Hass, Hass, Hass.

Und als sich dieser verdammte Hurensohn löst,

blitzen seine Augen gefühlvoll auf und er küsst mich noch einmal, während ich in seinem Arm zerfließe, nur noch aus Abneigung, Wut und Geilheit bestehend, weil ich weiß, dass ich endlich ihn küsse.

Zayn.

Zayn fucking Crescent.

Das größte Arschloch unter den Kings. Selbst Jaxon kriegt mehr Anstand hin. Zayn würde mir den Arm brechen und sich nicht dafür entschuldigen. Jaxon würde wenigstens so *tun*, als täte es ihm leid!

Ich hasse Zayn!

Und ich liebe es, ihn zu küssen.

So sehr, dass ich nicht mehr damit aufhören kann. Gierig suche ich nach seiner Zunge, werde erfasst von einem Rausch, der meine Sinne benebelt. Ich spüre ihn an mir, um mich, überall, und zerfließe in seinem unendlich miesen Verhalten mir gegenüber, das größte Lust verspricht und tiefste Befriedigung. Bei dem Gedanken, was gleich passieren wird, wenn ich ihm nach drinnen folge, stöhne ich lustvoll auf.

Erst eine Hand an meiner Schulter ist nötig, damit ich mich von ihm löse.

Sylvian zieht mich zurück und betrachtet Zayn mit kalter Gleichgültigkeit.

Zayn hingegen streicht mit dem Daumen über seine feuchte Lippe und grinst mich überheblich an. Er ist so hübsch, wie Reece hübsch ist, aber sein makelloses Aussehen täuscht über seine perverse Ader hinweg.

»Kleiner Softie«, raunt Sylvian.

»Was?«, frage ich verwirrt und sehe Sylvian an. Der

plötzlich genauso schief grinst und irgendeinen Insider mit Zayn auszutauschen scheint.

»Ich sehe alles, Zayn.« Sylvian legt einen Arm um meine Schulter. »Sicher, dass du das Richtige tust?«

»Wovon zur Hölle sprecht ihr jetzt schon wieder?«, frage ich.

Zayn hebt die Schultern. »Du weißt gar nichts über mich, Silvano. Lasst uns reingehen.« Er wendet sich ab.

»Ich weiß nichts über dich, hm?«, ruft Sylvian ihm zynisch hinterher, als er mit mir zum Haus geht. »Einbildung ist auch eine Kunst, oder wie war das?«

Zayn reagiert nicht mehr, zieht die Tür zum Schwimmbad auf und verschwindet nach drinnen.

Als ich ihm folgen will, reißt Sylvian mich plötzlich herum. Das Grün in seinen Augen flimmert im unruhigen Licht des Wassers, das durch die bodentiefen Fenster reflektiert wird. Er drückt mich mit der Schulter gegen die Hauswand in meinem Rücken.

»Wir sollten ein Safeword vereinbaren. Für den unwahrscheinlichen Fall, dass ich nicht mitbekommen sollte, wenn du etwas nicht willst.«

»Was ... was habt ihr vor«, frage ich stotternd.

Sylvian verengt leicht die Augen. »Du sagst einfach meinen Namen. Ja, das gefällt mir. Sag meinen Namen und alles wird sofort enden.«

»Dein Name? Als Safeword? Ist das nicht dumm?«

Seine Lippen kräuseln sich. »Dumm ist, dass alles wahr ist, was Zayn über dich sagt. Aber ich kann mich heute nicht darüber beschweren. Es kommt mir gelegen.«

»Werdet ihr mir wehtun?«, wispere ich.

Sylvians Lächeln weitet sich, dann beugt er sich an

mein Ohr. Ein paar Herzschläge vergehen, bevor er antwortet. »Ziemlich sicher, Liebling.«

Ein Schauer rieselt über meinen Rücken und ich frage mich, warum ich nicht laufe. Warum ich süchtig geworden bin nach Demütigung und Schmerz.

Sylvian greift nach meiner Hand und führt mich zurück ins Innere des Schwimmbads.

Und nicht nur die wabernde Hitze der feuchten Luft hüllt mich ein.

Sondern auch die heißen Körper vier halbnackter Männer.

JAXON

Komm, kleine Perle, gesell dich zu uns. Wir können uns morgen noch streiten. Morgen noch kämpfen. Lass uns tun, was wir am besten können. Lass uns genießen, wenn dein Atem beschleunigt. Ich sehe es alles vor mir.

Vier Männer und dein kleines, zartes Herz.

Wir können es morgen auch noch brechen.

Heute haben wir Spaß.

DREIZEHN

MABLE

Ich stehe am Rande des Beckens. Als Sylvian mir einen neuen Drink in die Hand drückt, nippe ich sofort daran. Er streicht dabei durch mein Haar, an meinem Nacken entlang, meinen Rücken hinab. Jede einzelne Berührung seines Fingers fühlt sich an, als würde er mich erneut schneiden.

Jaxon hat neben dem Pool auf einer Liege Platz genommen und beobachtet mich genau, während Zayn sich auf den Beckenrand gesetzt hat, die Beine im Wasser baumeln lässt. Reece trägt als Einziger einen Bademantel. Sein Haar ist feucht und er lächelt, als er vom anderen Teil des Raums auf mich zukommt.

»Sy«, ruft Jaxon.

Sylvian wendet sich an ihn.

»Lass den Brüdern ihren Spaß.« Jaxon verzieht die Lippen. »Setz dich zu mir.«

Sylvian lässt mich los und nimmt eine Schachtel Zigaretten von Jaxon entgegen, während er sich auf eine der Liegen setzt und mich von unten herauf mustert.

»Du weißt, was du sagen musst, wenn du etwas nicht willst«, raunt er.

»Hallo, Mable.« Reece bleibt neben mir stehen.

Ich atme bebend Luft ein. Wenn Zayn verwegen ist, ist Reece herrschaftlich. Auch wenn ich weiß, dass sich beide nicht nur im Aussehen ähneln, kann ich sie allein an ihrem Verhalten unterscheiden. »Hi«, wispere ich.

Reece' rechter Mundwinkel zuckt. »Darf ich dir meinen Bruder vorstellen, Mable?«

Zayn dreht seinen Kopf und winkt mir zu.

»Komm schon, Zayn«, verlangt Reece, »sei ein Gentleman.«

Zayn verdreht die Augen, richtet sich auf, kommt mit tropfend nassen Beinen auf mich zu und greift nach meiner Hand. Während er eine Verbeugung andeutet, führt er meine Finger an seine Lippen und haucht einen Kuss darauf. »Freut mich, dich endlich mit unverbundenen Augen ficken zu können, Dole.«

Ich entziehe ihm meine Hand, als hätte ich mich an ihm verbrannt.

Dass Reece gönnerhaft lächelt, macht es nicht besser.

»Du solltest dich ausziehen, Mable«, bestimmt Reece gelassen.

»Warum teilt ihr euch eine Identität?«, frage ich im Versuch, standhaft zu bleiben.

»Schsch«, murmelt Reece und hält mir einen Daumen auf die Lippe. Allein diese Geste ist so erotisch, dass mir heiß und kalt gleichermaßen wird. »Ein Geheimnis nach dem anderen, ja?«

»Aber …«

Reece umfasst mein Kinn und zieht mich vor seine Lippen. »Zieh. Dich. Verdammt noch mal aus. Mable.«

»Ich sollte sauer auf euch sein«, halte ich schwach dagegen.

Seine blauen Augen leuchten zustimmend. »Absolut. Sei morgen wieder sauer.«

»Ach, scheiß doch drauf«, zischt Zayn. »*Du* hast diese ganzen Scheißvideos über uns hochgeladen. Wer muss hier sauer auf wen sein, ja? Also chill dein Leben und hör auf meinen Bruder. Er weiß wie ich genau, was du willst.«

»Wie viele Drogen hast du genommen, Z?«, ruft Jaxon ihm zu.

Zayn hebt den Mittelfinger.

Jaxon lacht ihn aus. »Benimm dich. Sonst endet diese Party für dich früher, als du willst.«

Zayn verdreht die Augen. Mich wundert, dass Jaxon ihn wie einen Minderjährigen behandelt. Ich erinnere mich an einige Situationen, in denen die Kings den vermeintlichen ›Reece‹ ermahnt haben. Fast, als hätte er nie richtig gelernt, wie man sich benimmt.

»Hast du wirklich Drogen genommen?«, frage ich ihn.

»Und wenn schon?«, fährt Zayn mich an. »Was wagst du es, darüber zu urteilen?«

»Ich urteile nicht!«, zische ich zurück. »Ich weiß nur, was Drogen anrichten können, und ich hasse dich leider ein kleines bisschen zu wenig, um mir keine Sorgen zu machen!«

Zayns Augen weiten sich für den Bruchteil einer Sekunde, bevor er versucht, sich seine Gefühlsregung nicht anmerken zu lassen. »Whatever. Zieh dich aus oder lass es bleiben. Ich bin nicht wie die anderen und muss unbedingt dich ficken. Auf dem Campus warten genug Mädchen auf mich.« Er geht rückwärts und lässt sich ins Wasser fallen, dann krault er los und lässt mir keine Zeit, ihm etwas zu antworten.

»Okay«, sagt Reece sanft und umfasst meinen Oberarm. »Das üben wir noch mal.«

»Ja, er braucht eine Menge Übung im Umgang mit Menschen, wenn du mich fragst.«

Reece schenkt mir ein strahlendes Lächeln. »Nein. Ich meinte dich, Mable. Du willst doch sein Vertrauen, oder? Du bist die erste Person seit vier Jahren neben uns Kings, die überhaupt erfährt, dass es ihn gibt. Bitte sei … nachsichtig und verständnisvoll.«

»Du willst …« Ich kann es kaum fassen. »Du willst, dass ich ausgerechnet zu *ihm* nett bin?«

»Absolut, meine Liebe.« Seine Stimme ist noch immer wunderbar sanft und einlullend. »Wenn du mich wählst, wirst du auch immer ihn bekommen. Es wäre daher von Vorteil, ihr würdet euch kennenlernen.«

Zayn hört mit seinen Schwimmbewegungen auf und starrt zu Reece hoch. »Was?«, fragen wir wie aus einem Mund.

Reece streichelt über meine Wange. Seine Worte lassen mich glauben, ich wäre mitten in ein Paradies katapultiert worden. »Ich gebe euch beiden ein wenig Zeit, aber er ist nun mal ein Teil meines Lebens, Mable. Deswegen habe ich so lange gelogen, wenn es um ihn ging.

Ich wollte, dass du dich in mehr als nur in einen von uns verliebst. Nicht in mich. Sondern in *uns*. Und in das, *was wir tun*.«

Ich starre erst ihn an, dann Zayn, und Zayn tut es mir gleich.

»Alter!«, ruft er aus dem Wasser zu seinem Bruder hoch. »Vor mir hast du die ganze Zeit was anderes behauptet!«

Reece schmunzelt und ein wenig erkenne ich Zayns Verwegenheit auch in ihm. »Na ja, du hast Rachel selbst dann noch gefickt, nachdem sie Beihilfe zu Mables Vergewaltigung geleistet hatte. Ich musste mir erst eine Weile anschauen, ob du sie auch wirklich verdienst.«

»Ich habe Rachel im Strandhaus nicht gefickt«, zischt Zayn. Sein Gesicht ist plötzlich bleich geworden vor Wut.

»Ach ja?«, fragt Reece. Jedes Wort ihres Gesprächs treibt meinen Puls weiter in die Höhe. »Warum hast du dann nach Sex gerochen?«

Zayns perfektes Gesicht ist so starr und gefroren, dass es mich wundert, wie er es überhaupt noch bewegen kann. »Ach, leck mich, Bro«, murmelt er, taucht wieder unter und schwimmt zum anderen Ende des Beckenrands.

Ich sehe zu Reece hoch und mich erfasst allein durch seine Anwesenheit und Worte ein tiefer Rausch. Wenn ich ihn wähle, ... wähle ich auch Zayn. Mein Kopf explodiert bei dieser Vorstellung. Nur leider scheint Zayn nicht besonders viel von mir zu halten.

»Ich glaube nicht, dass er das genauso sieht wie du«,

wispere ich. »Er hasst mich. Wenn es ihm überhaupt um etwas geht, dann um Sex.«

Reece lächelt mich tiefsinnig an und Jaxon und Sylvian lachen in meinem Rücken.

»Wie gesagt«, erwidert Reece gedehnt. »Du bist das erste Mädchen seit einer sehr langen Zeit, das ihm überhaupt *richtig* begegnet.« Er spricht wie Zayns großer Bruder. Sein sehr viel älterer großer Bruder.

»Was ist … davor passiert? Wurdet ihr als Kinder getrennt?«

Reece hebt nur eine Braue. »Zieh dich aus, Mable.«

»Schön!«, gifte ich und greife an mein Shirt. »Wenn es für euch so fucking unerträglich ist, mich auch nur ein einziges Geheimnis lüften zu lassen, dann überblenden wir das Ganze eben wieder mit Sex. Ihr wollt einfach nicht, dass man euch wirklich mag! Niemanden von euch! Das ist einfach so verdammt bitter! Ich bin hier, bereit, euch zuzuhören und zu verzeihen und –«

Reece hält meinen Mund zu, hilft mir, mich von meinem Shirt zu befreien und betrachtet mich streng. »Das üben wir auch noch mal«, sagt er und ich überlege, ob ich ihm zur Antwort einfach in die Hand beiße.

»Sie langweilt mich.« Jaxon ist aufgestanden und kommt näher. »Was ist es, das sie nicht begreifen will? Glaubt sie noch immer, irgendjemand von uns würde sich *ganz* öffnen, solange sie sich nicht für einen von uns entscheidet?« Jaxon tritt vor mich, sodass seine blanke Brust die meine beinahe berührt. »Du bist unser kleines Spielzeug, Belle. Nicht mehr. Nicht weniger. Ein hübsches, kleines Spielzeug, dem wir antrainiert haben, sogar dann zu uns zurückzukommen, wenn wir es schlecht behandelt haben. Weißt du, was du jetzt tun wirst?«

»Nichts!«, zische ich.

Jaxon lacht diabolisch. »Es ist Sylvians Geburtstag. Es ist Zayns Debüt. Und Reece ist neben allem immer so unfassbar nett zu dir. Du wirst genau das tun, was ein niedliches Spielzeug tut, Belle. Du gibst deinen freien Willen ab und lässt uns gewähren.«

Meine Lippen werden schmal. »Gib mir wenigstens irgendetwas«, verlange ich. »Irgendetwas, das mich davon überzeugt, nicht sofort Sylvians Namen zu sagen. Irgendeinen bescheuerten Hinweis darauf, dass du es ernst meinst. Dass ihr alle es ernst meint. Dass ich mich fallen lassen kann, ohne dass du am Ende dastehst und mich auslachst.«

»Was meinst du damit, ›nicht sofort Sylvians Namen zu sagen‹?«, fragt Jaxon irritiert. »Willst du etwa ihn wählen?«

»Mein Name ist ihr Safeword«, informiert Sylvian ihn.

Jaxons Augen blitzen auf. »Aah. Na gut. Ein letztes Mal, kleine Belle, ja?« Er tritt um mich herum, greift von hinten an beide Seiten meines Kopfes und zwingt mich, Zayns schwimmenden Körper anzusehen. »Einen größeren Beweis wirst du nicht erhalten. Harper, Clarisse, all die Frauen da draußen haben keine Ahnung, dass sie noch nie mit Reece allein gevögelt haben. Du schon. Wir haben dir unser wichtigstes, gefährlichstes Geheimnis in die Hand gegeben, und es wäre von Vorteil, du würdest das endlich kapieren. Deswegen sind wir *alle zusammen* im Trailerpark aufgekreuzt. Du solltest auf einen Blick erkennen, dass *du unsere* Wahl bist. Nicht Clarisse. Nicht irgendeine andere Schlampe da draußen.« Jaxon streicht meine Haare zärtlich beiseite und ich zucke zusammen, als seine Finger die Schnitte in meinem Nacken berühren. Er hält in der Bewegung inne, fährt mit dem Daumen darüber und stutzt. »Wie niedlich. Ich habe mich immer gefragt, ob du wirklich weglaufen würdest, wenn Sylvian sich dir etwas mehr ... *öffnet*. Wohl nicht.« Er beugt sich von hinten an mein Ohr und berührt es mit seinen Lippen, während er spricht. »Sag mir, Belle. Es geht dir gar nicht mehr um ... deinen feministischen Eifer, uns unbedingt kleinhalten zu wollen, nicht wahr? Du hast vielmehr Angst ... einen von uns zu verlieren, nicht wahr?«

Ich fahre zu ihm herum und möchte am liebsten ›Ja‹ schreien. Ich bin so kurz davor, ihnen allen meine tiefsten Gefühle zu gestehen. Mich ihnen zu offenbaren. Es zuzugeben, dass ich mich in jeden Einzelnen verliebt habe. Sogar in das arrogante Arschloch Zayn, das ich eigentlich kaum kenne. Aber bevor ich es ausspreche, kommt mir allein der Gedanke so armselig vor, dass ich kein Wort hervorbringe. Ich kann unmöglich *alle* lieben. Meine Gefühle basieren auf Lust, Eifersucht, vielleicht dem Gefühl, das Ego geschmeichelt zu bekommen, weil mich so viele von ihnen begehren. Es ist keine Liebe.

Es kann keine Liebe sein.

Nicht für jeden von ihnen.

»Wir werden wohl noch ewig auf eine Antwort von dir warten müssen«, sagt Jaxon abschätzig, dann schiebt er mich plötzlich von sich, sodass ich nach hinten stolpere, gibt mir einen Schubs und sorgt dafür, dass ich den Halt verliere.

Ich falle kreischend mitsamt meiner Kleidung in den Pool und werde von Wasser umspült. »Arsch!«, rufe ich, als ich auftauche, meine Augen freiwische und nach oben starre.

Ich sehe gerade noch, wie Reece seinen Bademantel loswird – unter dem er nackt ist – und mit einem eleganten Kopfsprung ins Wasser springt. Dann ist Zayn bereits bei mir. Er umschlingt mich von hinten, leckt an meinem Hals und reißt meinen BH auf. Seine Hände gleiten über meinen Körper, als Reece zu ihm stößt. Nackt, wie er ist, schließt er mich zusammen mit seinem Zwilling ein und sucht meine Lippen, während er meine Jeans öffnet.

Zayn taucht unter, um mich von dem mit Wasser durchtränkten Stoff zu befreien. Was genau passiert, bekomme ich nicht mit, denn Reece küsst mich auf eine Weise, die mich alles vergessen lässt.

Es ist so unfassbar befriedigend, beide an mir zu spüren, dass mein klarer Verstand einfach aussetzt. Ich winde mich im Wasser und kann gar nicht schnell genug meine Kleidung loswerden.

Als ich schließlich nur noch meinen Slip trage, hebe ich die Beine und umschließe Reece' Oberkörper, der mich im Wasser trägt. Ich grabe meine Hände in sein nasses, blondes Haar und erwidere seinen Kuss sehnsuchtsvoll.

Zusammen mit mir bewegt er sich durchs Wasser, bis wir gegen den Beckenrand stoßen, dann stemmt er mich hoch, sodass ich mit dem Po auf den Fliesen lande. Die

Beine weiterhin im Wasser, spreizt Reece diese und verschafft sich Zugang zu meinem Slip. Zayn taucht neben ihm auf und drängt ebenfalls zwischen meine Beine. Während die Crescents mich weiter ausziehen, tritt Sylvian an mich heran.

Er greift von oben an mein Kinn, umfasst es fest und senkt seine Lippen kopfüber auf meine. Die Crescents streicheln meine Beine, während Sylvians Zunge tief durch meinen Mund fährt. Dann lässt er mich urplötzlich wieder los und ich schaue automatisch nach unten.

Es ist, als würden meine Gedanken explodieren. Reece und Zayn befinden sich direkt vor mir, lächeln mich verführerisch an. Einer schöner als der andere, spreizen sie meine Beine noch ein wenig weiter.

Und dann gleiten sie zwischen mich. Gleichzeitig. Ihre Zungen finden zu meiner Pussy, der eine höher, der andere tiefer, und sie lecken mich.

Es übersteigt meine verrückteste Fantasie. Meine Augen scheinen kaum zu erfassen, welches Bild sich mir bietet.

Reece und Zayn, die ich längst nicht mehr unterscheiden kann, wie sie mich küssen und liebkosen, so gleich und verwechselbar, dass es mich unendlich tief verwirrt.

Wer von ihnen ist wer?

Wie stehen sie zueinander?

Wen darf ich mögen?

Wen muss ich hassen?

Wen werde ich verlieren, wenn ich mich entscheide?

Ihre Bewegungen sind himmlisch, etwas in mir will sich unbedingt fallen lassen, aber mein Herz und mein

Kopf sind sich plötzlich einig: Dieses Spiel muss enden. Denn irgendwann bin ich zu verliebt in sie alle, um überhaupt einen wählen zu können.

Reece und Zayn erzeugen ein tiefes Kribbeln in meiner Mitte, das mit jeder Zungenbewegung stärker wird, und ich kann mich nicht gegen den Orgasmus wehren, der in mir entsteht. Um nicht den Halt zu verlieren, kralle ich mich in ihre Haare und keuche willenlos, bis der Rausch mich an meinen Zehenspitzen wieder verlässt.

Dann lasse ich sie los. Das ist zu viel. Ich ertrage nicht mehr, mich ihnen hinzugeben, ohne zu wissen, woran ich *wirklich* bei ihnen bin. »Sylvian«, murmle ich. Die Crescent-Zwillinge nehmen Abstand, sehen auf identische Weise fragend zu mir hoch und Sylvian hockt sich neben mich an den Beckenrand.

»Was?«

»Kannst du mich nach Hause bringen?«

Eine unfassbare Stille breitet sich zwischen uns aus.

»Natürlich«, raunt er und reicht mir die Hand.

Die Zwillinge stoßen sich vom Beckenrand ab und sehen mir skeptisch dabei zu, wie ich mich erhebe, von Sylvian in einen Bademantel hüllen lasse und nach meiner nassen Kleidung greife.

Als ich mich schon auf dem Weg nach draußen befinde, stellt sich Jaxon plötzlich in meinen Weg.

Mein Herz schlägt mir bis in den Hals, weil sein Blick voller unkontrolliertem Zorn ist.

»Wenn du jetzt gehst, werden wir keinen Tag länger auf dich warten.«

»Was?«, frage ich verstört.

Seine gesamte Miene wird grausam. Fast so, als würde ich wieder gefesselt auf einem Stuhl vor ihm sitzen und als hätte er ein Publikum hinter sich, das alles beobachtet. »Wir haben dir *alles* gegeben, dich *alles* wissen lassen und dir *alles* verziehen. Wenn du dich trotz allem für fucking Silvano entscheidest, der dich misshandelt hat, werden wir anderen nicht da sein, um ihn davon abzuhalten, aus dir eine verdammte willenlose, psychisch gestörte Eleanore zu machen, ist dir das klar? Dann geh. Aber wir werden nicht mehr warten. Wir werden diesen Abend nicht ohne Sex enden lassen. Wenn du jetzt gehst, entscheidest du dich für ihn, und wir anderen akzeptieren das. Aber dein verdammtes Spiel endet heute, Belle.«

Meine Kehle schnürt sich wie von selbst zu und in meinen Augen brennen Tränen. »Ich ... ich ...« *kann mich nicht entscheiden. Ich will mich nicht entscheiden. Aber wenn ich müsste, würde ich dich wählen, Jaxon. Einfach, weil ich dein Monster als einziges kenne. Es hat mich leiden lassen, sich mir gezeigt und ich bin trotzdem danach süchtig geworden. Ich weiß, worauf ich mich bei dir einlasse. Aber ich brauche Zeit. Zeit, damit fertigzuwerden, dass du dich nicht mal entschuldigen kannst für das, was Vance mir angetan hat. Was du mir angetan hast, als ich gerade die schlimmste Folter meines Lebens durchgestanden habe und du nicht für mich da warst – Show sagst du, ja. Es war Show, damit du deine Ziele erreichst, aber für mich war es nichts weiter als die Hölle.* »Ich würde mich sofort für dich entscheiden, Jaxon«, wispere ich, meine Stimme fehlt, »wenn du mich nicht immer wieder spüren lassen würdest, dass ich dir niemals mehr als deine Ziele bedeuten könnte.«

Alles an seiner Miene wird noch etwas härter, noch etwas dunkler. Sylvian umfasst meinen Oberarm, zerrt mich an Jaxon vorbei, der aussieht, als würde er mich lieber töten wollen, statt mir jemals ein Geständnis zu machen.

Dann umhüllt mich auch schon die dunkle Nacht und Sylvian reicht mir viel zu große Badeschlappen, in denen ich vor mich hin stolpere, bis wir vor seinem Aston Martin halten, der auf einem der Parkplätze neben dem Haus steht.

Wir steigen ein. Mein Atem rauscht. Meine Wangen glühen.

Sylvian umfasst das Lenkrad, startet den Motor aber nicht. Seine tätowierten Arme haben sich verspannt, die Ringe an seinen Fingern reflektieren das wenige Licht der Laternen. Ich spüre all die Energie zwischen uns wie einen Stromschlag, der nicht vergehen will.

Ich fühle ihn so sehr, fühle die Sehnsucht, die unüberbrückbare Grenze zwischen uns.

»Bitte«, raunt er, bevor er den Motor startet und aus der Parklücke schießt. »Bitte, entscheide dich niemals für mich, Mable.«

»Warum?«, wispere ich hilflos. Denn ein viel zu großer Teil in mir will es tun. Will in Sylvians Arme flüchten, so bescheuert es auch ist.

»Weil ich nicht damit leben kann, was es mit Jaxon anrichten würde.«

Ich beiße mir in die Wangen und lasse die Tränen kommen. Mein Verständnis für die Kings ist erschöpft.

Jeder einzelne verkompliziert meine Gefühlslage und mein Herz wird in jede Himmelsrichtung zerrissen. Vier Männer. Viermal verliebt. Viermal tiefe Gefühle.

Ich zittere, als ich aus dem Aston Martin aussteige, und bin froh, dass Sylvian mich in mein Zimmer bringt. Er bleibt die restliche Nacht. Alles, was er tut, ist, mich in den Arm zu nehmen.

Und dort würde ich gerne für immer liegen bleiben.

VIERZEHN

SYLVIAN

Als ich neben Mable aufwache, liegt meine Hand noch immer in ihrem Haar.

Es ist ein billiges Wohnheimzimmer, in dem sie lebt, und erinnert mich an meine Vergangenheit. Es lässt mich daran denken, wo ich heute stehe. Dank Jaxon. Dank seinem Vertrauen zu mir.

Ich habe immer gewusst, dass uns mehr verbindet als nur der Wunsch, Einfluss zu nehmen. Dass wir beide dasselbe Mädchen lieben, passt zu unserer Freundschaft, wie das Happy End zu einem Blockbuster. Nur weiß ich nicht, ob nicht unsere Liebe das ist, was Mable am meisten zerstören wird.

Mein Blick gleitet über ihre entspannten Züge, die weiche Haut ihrer Wangen. Seit Thanksgiving träume ich davon, wieder neben ihr aufzuwachen. Sie dieses Mal festzuhalten. Sie lächeln zu sehen. Ich träume davon, weil ich weiß, dass es niemals Alltag werden wird.

Du bist nicht für mich bestimmt, Baby.

Vorsichtig nehme ich meine Hand herunter, schäle mich aus ihrer Umklammerung und versuche sie nicht zu wecken. Ihr Atem fließt ruhig, als ich in meine Schuhe schlüpfe, nach meinem Autoschlüssel greife und ihr Zimmer verlasse.

Ich will nichts tun, dass es für sie noch schwerer macht, sich gegen mich zu entscheiden. Sie soll sich nicht blenden lassen von meinem Charme, von meiner Fähigkeit der Manipulation. Ich *bin* schlimmer als das, was ich ihr bisher von mir gezeigt habe. Wenn sie sich einen Fehltritt erlauben würde, während ich es nicht schaffe, mich zu kontrollieren ... blutet sie nicht nur an ihrem Nacken.

Wirst du das jemals verstehen?

Weil ich spät dran bin, jogge ich über das Unigelände und betrete als Letzter den Hörsaal. Reece verteidigt heute seine Thesis und nickt mir zu, als ich mich setze. Ich brauche einen Moment, um zu checken, dass es sich bei ihm nicht um Zayn handelt.

Zayn würde zwar niemals eine Präsentation halten, aber er kennt die Inhalte ihrer Arbeit nun mal am besten. Ich wette, bevor es zu den Fragen im Anschluss kommt, werden sie die Rollen tauschen.

Ich rutsche in die Reihe neben Jax und lasse mir von ihm mein Handy geben, das ich gestern Nacht nicht mitgenommen hatte.

Wir schweigen.

Als Reece beginnt, spüre ich, wie sich etwas zwischen Jax und mir aufbaut. Eine Art dunkle Energie.

»Und?«, fragt Jax raunend.

Ich schüttle den Kopf.

»Hast du sie wenigstens gefickt?«

Ich mahle mit dem Kiefer. »Nein«, murmle ich.

»Du guter Junge.« Jaxon schiebt die Hände in die Taschen seines Anzugs. Jeder der Anwesenden sieht aus, als würde es heute um die Verhandlung eines Billionen-Unternehmens gehen statt um die Verteidigung einer Bachelorthesis. »Hat sie noch was gesagt?«

»Nein«, antworte ich gedämpft.

Zwanzig Minuten vergehen, bis er seinen Kopf in meine Richtung neigt. Es sind seltene Momente, in denen Jaxon Tyrell mir sein wahres Gesicht zeigt. Wenn er das gegenüber Mable täte, würde sie nicht länger zweifeln. Aber er wird es nicht tun. Jaxon Tyrell wird sich nicht öffnen. Für niemanden außer für mich. »Egal was passiert«, sagt er leise und meint jedes Wort ernst, »sie wird niemals zwischen uns stehen, oder? Nicht ... wirklich.«

Mein Pokerface bleibt starr. Er hat keine Ahnung, wie weit mich meine Gefühle bereits getrieben haben. Vielleicht ist es nur fair, ihm davon zu erzählen. »Sie steht längst zwischen uns, Jax. Selbst wenn sie geht und an einem anderen Ort glücklich wird. Sie ist mehr als nur ein Mädchen.«

Sein gesamter Kiefer verspannt. Ich habe ihm die schlimmste Befürchtung bestätigt. Er ahnt, dass ich ihn verraten habe. Dass ich es immer noch tue. Er ahnt, dass ich die Wahrheit zurückhalte, um Mable zu schützen. Dass ich mich gegen ihn stelle und es sogar in Zukunft tun werde.

Er ahnt, dass ich zu einem gewissen Teil sein Feind geworden bin.

Auch wenn es mich genauso schmerzt wie ihn.

»Weil du sie liebst?«, fragt er verbissen und so leise, dass sogar ich ihn kaum verstehe.

Ich deute ein Nicken an, was ihn die Hände in seinen Hosentaschen ballen lässt.

»Gut.«

Es dauert nur wenige Minuten, bis Reece seine Rede beendet. Anerkennender Applaus schallt durch den Raum. Und wie zu erwarten war, entschuldigt er sich, bevor sein Professor das erste Wort an ihn richten kann.

Zayn betritt den Raum, geht nach vorn und stellt sich den kritischen Fragen.

Gleich eine der ersten Fragen stammt von einem Headhunter JPMorgens und enthält eine dringende Einladung nach New York. Zayn überspielt seine Abneigung gut, als er zusagt. »Scheint, als würden wir für eine Weile auf Reece verzichten müssen«, murmelt Jaxon. »Auch wenn sie eigentlich Zayn wollen.«

»Er wird niemals den ganzen Tag einen Anzug tragen. So wie das klang, würde JPMorgan Crescent am liebsten direkt einpacken. Wir sollten Zayn davon abhalten, auf dumme Gedanken zu kommen, während Reece weg ist.«

»Weißt du, Sylvian«, Jaxons Mundwinkel hat sich verzogen und er malt mittlerweile runde Kreise auf seinen Block, die mich aus irgendeinem Grund an Zielfernrohre erinnern, »du magst mich vielleicht verraten wollen. Aber ich werde es niemals tun. Niemanden von euch. Selbst im Krieg werde ich noch an euch vorbei zielen. Denn ich will nicht leben ohne dieses eine mächtige Wort. *Loyalität.*«

Ich fahre mir übers Gesicht, um mir nicht anmerken

zu lassen, wie sehr mich seine Worte erschüttern. »Loyalität ist das eine, Jax«, raune ich ihm schließlich zu, »aber Liebe ist das andere. Ich wünsche mir, dass du sie irgendwann erlebst.«

Er sieht auf, die Augen scharf auf mich gerichtet, und knüllt das Papier mit den vielen Kreisen darauf plötzlich zusammen.

Das Geräusch hallt laut im Raum wider und lässt Zayn irritiert aufblicken.

Für einen Moment sehe ich auch in seinen Augen die Sorge, weil er durchschaut, wovon Jaxons und mein Gespräch gehandelt haben muss.

Vielleicht ist Mable nicht nur eine Spielfigur, die noch immer nichts von ihrem Glück weiß. Vielleicht ist sie auch die einzige Frau, die es jemals schaffen wird, uns zu retten.

Wobei ... Nein. Schon ein einzelner unserer Dämonen wird sie vernichten.

Gegen vier von ihnen hat sie keine Chance.

Niemals.

ZAYN

Wir haben ein Problem, Dole. Wenn du uns nicht einmal mehr ficken willst, wie soll das in Zukunft dann aussehen, hm? Ich glaube, ich muss dir ein bisschen dabei helfen, dich endlich zu entscheiden. Die anderen kriegen es ja nicht gebacken, dich dazu zu bringen.

Aber keine Sorge.

Ich bin ja auch noch da.

Du musst denjenigen wählen, der dafür sorgen wird, dass du Kingston am Ende des Semesters verlässt.

Denn nur dann sind Reece und ich sicher.

Sorry, not sorry.

Vergib mir, wenn du mir das nächste Mal den Schwanz bläst, ja?

FÜNFZEHN

MABLE

Ich vergrabe mich in mein Lernpensum, um weder über Sylvians Messer oder Jaxons Androhung noch über Reece und Zayn nachzudenken. Zum Glück bin ich sehr gut darin, mich auf meine Studieninhalte zu konzentrieren und alles andere auszublenden.

Es passiert, dass ich völlig vertieft in meine Notizen zu spät bemerke, dass mir zum ersten Mal seit Spring Break kein Polizist oder Agent auf dem Campus begegnet. Durch das viele bis spät in die Nacht lesen mache ich wieder von meiner Lesebrille Gebrauch, die ich eigentlich nie brauche, wenn ich nicht gerade unter Stress stehe.

Und ich stehe unter Stress.

Jetzt, da mir bewusst wird, wieder vollkommen allein auf dem Campus zu sein, wird es noch schlimmer. Ich stecke meine Notizen schnell in die Tasche und blicke mich ängstlich um. Nicht nur, dass ich aufgrund meiner schwindenden Social-Media-Aktivität online Follower verliere, es geschieht auch ganz real in Kingston.

Wer würde mit einem Mädchen wie mir, die ständig

nur zwei verschiedene Jeans und mal einen Rock trägt, die Nase tief in Büchern vergraben hat und ansonsten kaum rausgeht, etwas zu tun haben wollen?

Vielleicht sollte ich umkehren und nicht in der Kantine essen?

Aber ist es nicht genau das, was solche Leute wie Clarisse wollen? Dass ich mich kaum noch aus meinem Zimmer traue? Ich versuche das Kinn zu heben und mir nicht anmerken zu lassen, wie meine Hände schwitziger werden, als ich auf das Zentrum des Campus zusteuere. *Ich könnte auch auf das warme Mittagessen verzichten, nicht wahr?*

Oder ich koche selbst.

Wozu gibt es im Wohnheim eine Küche?

Bevor ich allerdings die Kantine erreiche, sehe ich von Weitem Harper auf der anderen Seite des Platzes.

Wenn sie mich zum Essen begleiten würde ...

Ein weiterer Punkt, der mich zum Angsthasen macht: Ich habe sie trotz Sylvians Offenbarungen noch nicht angerufen. Was, wenn sie es zugibt, eine Affäre zu haben? Wie reagiere ich darauf? Und wenn sie mir sagt, er hätte gelogen?

Ich vermute, dass sie mir beteuern wird, Sylvian hätte gelogen. Und das würde bedeuten, dass ich ihn endgültig aufgeben muss. Was ich wiederum nicht will, ich *will* an dem Guten in Sylvian festhalten. Wenigstens ... als eine Art Freund?

Ach, ich mache mich selbst zum Opfer. Ohne weiter darüber nachzudenken, laufe ich Harper hinterher. Ich rufe zweimal ihren Namen, doch sie ist schon zu weit weg und verschwindet in einem der verwinkelten Seitentrakte des Hauptgebäudes. Ich laufe durch einen der Lichthöfe, versuche die stierenden Blicke zu ignorieren, die mir folgen, und öffne die Tür ins Innere des Gebäudes.

Harper ist nirgends zu sehen.

Vielleicht bilde ich mir langsam alles Mögliche um mich herum ein?

Mit mulmigem Gefühl betrete ich den Gang, in dem mich Clarisse am Anfang des Semesters angegriffen hat. Eine der Türen zu den Laboren ist nur angelehnt. Würde ich nicht darauf achten, wohin Harper verschwunden sein könnte, wäre es mir nicht aufgefallen.

Ich weiß nicht, was genau ich fühle, als ich meine Hand ans Holz lege. Wenn ich Harper mit ihrer Affäre erwische – dann habe ich Gewissheit. Andererseits *will* ich sie auch nicht ›erwischen‹. Ich will ihr nicht nachspionieren. Aber wenn ich nicht davon ausgehen würde, dass sie eine hat, würde ich die Tür einfach öffnen und schauen, ob sie sich im Raum dahinter befindet, nicht wahr?

Mir dabei unglaublich schlecht vorkommend, halte ich mein Ohr an den Spalt an der Tür. Ich höre nichts, das mich an das Geräusch von heißen Küssen oder an ein lustvolles Stöhnen erinnern würde. Mit nur halb geöffneten Augen stoße ich die Tür auf und fürchte mich davor, gleich meine Freundin beim Sex zu erwischen, doch dann unterbreche ich eine weit weniger anzügliche Szenerie.

Neben Harper befindet sich ein weiterer Mann im Raum. Hochgewachsen, dunkelblondes Haar, ein Gesicht so gemeißelt und herrschaftlich wie das einer Statue.

»Ich habe Ihnen doch gesagt, dass ich ...« Harper steht mit dem Rücken zu mir und unterbricht sich, als der Mann aufsieht. Sie fährt herum, sieht mich vor sich stehen und wird bleich im Gesicht.

Die plötzliche Stille gräbt sich in meine Eingeweide und ich habe das Gefühl, noch weit mehr entdeckt zu haben als Harpers geheime Affäre.

Der Fremde runzelt die Stirn. Etwas an seinem Gehabe erinnert mich an die Eltern all der anderen reichen Studenten, und doch ist es, als würde ich vor einem wahren König stehen. Dem König der Elite.

»Amabelle Weaver.« Seine Stimme ist glatt, kalt und angsteinflößend. Wie er meinen Namen ausspricht, lässt mich innerlich gefrieren. »Es freut mich, dass wir uns endlich kennenlernen.« Er scheint seine Bemerkung nicht ironisch zu meinen.

»Mister ... Tyrell?«, vermute ich. Sein Gesicht kommt mir vage von der Homepage der Tyrell-Stiftung bekannt vor. Allerdings ist sein Auftreten in Natura um ein Vielfaches eindrucksvoller.

Ein sprödes Lächeln umzuckt seine Lippen. »Richtig.«

Wäre dies nicht das einundzwanzigste Jahrhundert, hätte ich an dieser Stelle einen tiefen Knicks gemacht. Stattdessen kommt er auf mich zu und reicht mir die Hand.

Ich strecke meine nach seiner aus und er zuckt zusammen, als wir uns berühren. Sein Händedruck ist nicht ganz so hart, wie ich befürchtet hatte, dafür hält er mich eine Sekunde zu lange fest.

»Ich habe schon einiges von Ihnen gehört, Miss Weaver.« Er lässt mich wieder los. Ein Funkeln ist in seinen blaugrünen Augen entstanden. »Sie sind eine Vorzeigeteilnehmerin des Stipendiatenprogramms.«

»Vielen Dank«, nuschle ich und erröte. »Ich wollte Ihr Gespräch nicht stören, ich hatte nur Harper ...«

»Kein Problem. Ihre Freundin und ich kennen uns sehr gut. Ich helfe Ihrer Familie bei einem unbedeutenden Problem, und wir unterhalten uns ab und an, wenn ich in Kingston bin.« Mr. Tyrell mustert mich intensiv. »Geht es Ihnen gut in Kingston, Miss Weaver?«

Mein Blick huscht zu Harper, die leicht den Kopf senkt und damit ein Nicken andeutet.

»Es geht mir fantastisch, Mr. Tyrell. Ich bin der Stiftung und Ihnen auf ewig zu Dank verpflichtet.«

»Das ist nicht nötig. Wenn Sie gute Leistungen erbringen, wird Kingston Ihnen danken, glauben Sie mir.« Mr. Tyrell dreht sich zu Harper um. »Wir verschieben unser Gespräch, Harper. Ich bleibe noch bis zum Wochenende.«

»Ich freue mich«, behauptet sie und lächelt schmal.

»Miss Weaver.« Mr. Tyrell nickt mir zu, rauscht an mir vorbei und ist dabei nicht weniger angsteinflößend als sein Sohn.

Harper schnappt sich ihre Tasche und ich bekomme in genau diesem Moment eine SMS.

Romeo: *Wie wäre es mit einem Mittagessen, Weaver?*

Zwei Sekunden später: *Das war eine rhetorische Frage. Kantine beim Hauptgebäude. Jetzt.*

»Warum bist du mir nachgelaufen?«, fragt Harper und hakt sich bei mir ein, als wäre es vollkommen normal, dass Jaxons Vater und sie Best Friends zu sein scheinen. Vielleicht *ist* das sogar normal. Das Geld in den USA verteilt sich auf ein paar wenige Familien, richtig? »Du hättest mir doch einfach kurz simsen können.«

Ja, stimmt. Das hätte ich tun können. Dann wüsste ich jetzt nicht noch weniger über sie als sowieso schon. »Mein Handy findet in Kingston so gut wie nie Netz. Ich probiere es gar nicht mehr, jemanden anzurufen oder demjenigen zu schreiben.«

»Ich hasse Kingston dafür, dass sie uns am liebsten ins letzte Jahrhundert zurückteleportieren würden und einfach keine Netzmasten aufstellen.« Harper steuert uns zurück nach draußen. »Jetzt kennst du also Tyrell Senior. Den Freund und Helfer meines Vaters und der Samenspender für den Mann, den du eigentlich hassen solltest.«

»Ich wusste nicht, dass eure Familien sich so nahestehen.«

»Das Geld kennt sich.«

Mein Gedanke. Da es mir nicht über die Lippen kommen will, sie zu fragen, ob sie wirklich eine Affäre hat, schlendern wir für eine Weile wortlos über den Hof.

»Romeo hat geschrieben«, sage ich schließlich. »Er lädt mich zum Mittagessen ein. Willst du mitkommen?«

»Romeo?«, fragt sie skeptisch und lässt mich los. »Wieso denn ausgerechnet … Ach, egal. Ja, lass uns mit ihm essen gehen. Er wird sich freuen, mich zu sehen.«

Zwar erwarte ich, dass Romeo Harper zur Begrüßung mit einem abschätzigen Blick straft, stattdessen lächelt er nicht nur mich an. Es ist ein typisches Romeo-Lächeln, das erahnen lässt, er wäre im Innern einigermaßen zufrieden. Heute strahlen zusätzlich seine Augen.

»Setzt euch.« Er hat kein Essen vor sich auf dem Tisch stehen und hält die Hände verschwörerisch gefaltet.

»Was ist los?«, fragt Harper misstrauisch. »Du bist nett zu mir.«

»Ich bin *immer* nett zu dir, Harper.«

Sie schnaubt.

»Ich hoffe, ihr habt noch nichts gegessen?«

Wir schütteln den Kopf.

»Gut. Außerdem hoffe ich, dass ihr keinen Hunger habt.«

»Warum hast du Mable dann herbestellt?« Harper rutscht nervös auf ihrem Platz herum, als Clarisse die Halle betritt.

»Oh mein Gott.« Ich bin absolut nicht darauf vorbereitet, sie wiederzusehen. Was wird jetzt passieren? Wie wird sie sich an mir rächen?

»Warte es ab, Weaver«, sagt Romeo schmunzelnd.

Clarisse sieht nicht einmal in unsere Richtung. Trotzdem habe ich das Gefühl, dass es kein Zufall ist, sie hier zu sehen. Romeo hat etwas geplant.

»Lehnt euch einfach zurück.« Er wirkt zufrieden und entspannt.

»Das ist nicht wie das letzte Mal, oder?«, fragt Harper ihn und sieht sich beunruhigt um. »Als alle eine schlechtere Note bekommen haben, weil du die Prüfungen manipuliert hast?«

Romeos Augen leuchten auf. »Ich muss die Leute daran erinnern, wer ich bin. Und da sie nahezu alle unfassbar *dumm* sind und triebgesteuert, muss ich mich ab und an dazu herablassen, ihre Sprache zu sprechen.«

»Wovon redet ihr?«, frage ich beunruhigt.

»Vermutlich davon, dass Romeo und du Anfang des Semesters mit Essen beworfen wurdet.« Harper sieht sich beklommen im Raum um.

»Wartet einfach noch einen Moment ab und genießt die Show.« Romeo stößt seinen Stuhl zurück, sodass er von seiner Position aus den gesamten Raum ins Auge fassen kann.

Noch scheint alles normal zu sein. Keine Maden, kein Essen, das durch die Gegend geworfen wird. Niemand, der überhaupt von uns Notiz nehmen würde. Die langen Holztische sind bis auf wenige Plätze voll besetzt. Es gibt zwar keine Kellner, aber eine Menge Personal, die dafür sorgen, dass die Essenshalle immer ordentlich ist. Die Studenten würden sich schließlich niemals dazu herablassen, ihr Tablett selbst wegzuräumen.

Dann passiert es plötzlich.

Jemand ganz in der Nähe springt auf. Ein schlaksiger Typ in Maßanzug, der bestimmt *Law* studiert. Er hält sich würgend die Hand vor den Mund, läuft panisch los und übergibt sich mitten auf dem Gang.

Ich zucke zurück, obwohl er sich mehrere Schritte entfernt befindet.

Gelächter brandet um uns herum auf und wird jäh durch einen spitzen Schrei unterbrochen. Die Frauen an einem Tisch in der Nähe kreischen, als eine von ihnen sich quer über das Essen aller übergibt.

»Oh mein Gott, Romeo«, flüstert Harper.

Nach und nach springen an allen Tischen Leute auf. Einige fliehen zur Tür, andere packen hektisch ihre Sachen zusammen und immer mehr übergeben sich.

»Das hast du nicht wirklich getan.« Harper sitzt da, als würde sie einen Kinofilm betrachten, der unmöglich real sein kann.

Romeo schmunzelt zufrieden. »Doch. Ein ganz ungefährliches Gift, keine Sorge.«

Ich habe nur noch Augen für Clarisse und ihre Regina-Anhängerinnen. Es würde mich mit tiefster Genugtuung erfüllen, wenn sie ebenfalls kotzen muss. Gerade sieht sie sich noch im Raum um, versucht zu verstehen, was passiert, dann fällt ihr Blick auf uns.

Sie verzieht die Brauen, bestraft Romeo und mich mit einer Grimasse, springt auf und ... übergibt sich ebenfalls.

»Genial«, raune ich lachend.

Vollkommen überraschend streckt Romeo eine Faust aus. Ich schlage dagegen, als wären wir Verbündete. Als wäre das mittlerweile unser gemeinsamer Krieg.

Und wir lachen beide. Ein absolut seltenes, aufrichtiges Romeo-Lachen.

Kurz darauf steht er auf. »Wir gehen.«

Harper und ich folgen ihm. Mittlerweile ist der gesamte Raum ein einziges Trauerspiel. Es ist einerseits so eklig, dass mir allein von den Geräuschen und dem Geruch selbst übel wird, andererseits fühle ich mich wie eine kleine Rachegöttin, auch wenn ich selbst nicht an Romeos Streich beteiligt war.

Als er an einem Typen vorbeigeht, den ich vage als den identifiziere, der mir das letzte Mal sein Getränk über den Körper geschüttet hat, drückt er dessen Kopf nebenbei in die Kotze vor sich auf dem Tablett.

Es ist eine so fiese, so herabwürdigende Geste und dennoch wagt es keiner, Romeo entgegenzutreten.

»Sie werden hoffentlich für eine ganze Weile keine Auffrischung der Erinnerungen brauchen, wen sie besser nicht mit Essen bewerfen.« Romeo zwinkert mir zu, als wir die Halle verlassen.

Die einzigen drei Personen, die noch gerade gehen.

SYLVIAN

Geheimnisse deuten immer auf einen großen Gehalt von Wahrheit hin. Wären sie nicht wahr, würde sie niemand geheim halten. Jeder von uns hat welche. Jeder von uns lebt sie. Die Angst, doch nicht geliebt zu werden, wenn man sich ganz und gar preisgibt, wurde uns allen als Kinder tief ins Gehirn gepflanzt. Was ist eigentlich dein Geheimnis, Mable?

Was verbirgst du?

Ich weiß, dass du dich längst nicht traust, ganz zu dir zu stehen.

Du hast genauso Angst wie jeder andere, am Ende nicht geliebt zu werden.

Vielleicht hast du sogar Angst davor, dass du dich selbst nicht mehr lieben kannst?

SECHZEHN

MABLE

Ich weiß nicht genau, wie es dazu kommt, aber Romeo, Harper und ich verbringen den Nachmittag zusammen. Wir lassen unsere Vorlesungen ausfallen und sitzen auf einem der typischen Kingston-Steinlöwen in der Nähe eines Teiches. Der Park zwischen den Fakultäten ist durchzogen mit Springbrunnen, kunstvoll beschnittenen Buchsbäumen und künstlich angelegten Teichen. Einige davon liegen umgeben von Trauerweiden für sich und bieten etwas Privatsphäre.

Romeo und Harper haben irgendwann angefangen, sich an die jeweils blödesten Streiche zu erinnern, die in Kingston geschehen sind und von denen man sich noch immer erzählt. Sie so ausgelassen zu sehen und immer wieder selbst lachen zu müssen, schafft eine schräge Art der Verbindung.

Ich habe keine Ahnung, wer die beiden sind.

Ob sie mich mögen, benutzen, anlügen, täuschen wollen – keinen Schimmer.

Aber gerade fühlt es sich gut an, mit ihnen Zeit zu verbringen.

Es fühlt sich *normal* an und das ist alles, was zählt.

Ich spreche Romeo darauf an, dass ich es nicht schaffen werde, im Crowns zu arbeiten. In so gut wie jedem Fach hänge ich hinterher und ich muss mich voll und ganz auf meine Prüfungen konzentrieren. Natürlich hat er nichts dagegen einzuwenden, aber es ist meine Mom, die mir Sorgen bereitet.

Wenn ich ihr kein Geld mehr schicken kann, wie wird es ihr dann ergehen?

Gezwungenermaßen muss ich daran denken, dass eine gewaltige Summe auf meinem Paypalkonto lagert. Ich bringe es nicht übers Herz, Jaxon das Geld zurückzuüberweisen. Es ist einfach ... zu viel. Viel zu viel. So groß ist selbst *mein* Stolz nicht, dass ich die Summe wieder zurückgeben würde.

Wenn ich das Geld dafür verwenden würde, meiner Familie eine Mietwohnung zu bezahlen, wird es ungefähr vier Jahre reichen. Bis dahin habe ich einen Abschluss, vielleicht schon einen Job ...

»Ich ... geh kurz telefonieren, ja?«, frage ich die anderen, als ich bemerke, dass ich ausnahmsweise Empfang habe.

»Na klar«, ruft Harper.

Romeo nimmt nicht einmal Notiz von mir, sondern hört Harper weiter zu, als hätte er noch nie zuvor ein Gespräch geführt. Sie unterhalten sich über das neue Fakultätsgebäude, das auf der anderen Straßenseite gebaut wird. Es wird fast nur aus Glas bestehen und sprengt damit den klassischen Look meines geliebten Kingston-Campus.

Ich schüttle verwundert den Kopf, bevor ich nach

Jaxons Telefonnummer in meinem Handy suche. Obwohl ich sie bereits seit seiner Einladung zur Strandhausparty besitze, habe ich sie nie benutzt. *Es fühlt sich merkwürdig an, ihn als Kontakt in meiner Liste zu haben.*

Ich könnte ihm einfach schreiben, richtig?

Er könnte *mir* schreiben.

»Ja?« Er nimmt ab und sofort schlägt mein Herz schneller.

Ach, fuck! Wird das nie aufhören? »Hi«, stammle ich. »Ich bin's.«

Er schweigt für eine geschlagene Sekunde, in der ich mich frage, ob er überhaupt weiß, wer ich bin und wie ich am Telefon klinge. Mein Herz rechnet jederzeit damit, dass er mir wieder sein hasserfülltes Selbst zeigt und mich auslacht, dass ich ihn überhaupt anrufe, als wäre ich *niemand* und kein *Jemand*. »Was gibt es, Belle? Romeo hat dich zum Essen eingeladen, habe ich gehört.«

»Ja, das war ... sehr unterhaltsam. Wir haben darüber geredet, dass ich nicht mehr im Crowns arbeiten kann.«

»Wie schade.« Ironie ist aus seiner Stimme herauszuhören und ich kann mir vorstellen, wie er schief lächelt. »Dabei habe ich fest damit gerechnet, dass du uns bei unserem nächsten Pokerabend bedienst.«

»Das hat letztes Mal nicht so gut geendet.«

»Letztes Mal ist lange her. Du könntest dich an den Tisch setzen, ein wenig mit uns zocken, dir ein paar Drinks genehmigen ...«

»Auch *das* hat letztes Mal nicht gut geendet.«

»Wir werden schon aufpassen, dass du dich nicht wieder abfüllst.«

»Vielmehr lag es an Sylvian. Seinetwegen habe ich am Spring Break gekotzt.«

Jaxon lacht und jagt damit Schmetterlinge durch meinen Bauch. »Also kein Crowns mehr, ja?« Er fragt es, als wäre er wirklich daran interessiert, was mich gerade bewegt.

»Ich hinke in all meinen Fächern hinterher.«

»Jemand von uns könnte dir sicher bei einigen Themen Nachhilfe geben.« Dieses Angebot lässt mich nach Luft schnappen. Auch wenn ich dabei sofort an Sex denken muss, klingt es aus Jaxons Mund so, als würde er es ernst meinen. Kann das wirklich sein? Wäre einer von den Kings bereit, mir beim Studium zu helfen? Sie haben alle Wirtschaft im Hauptfach studiert, richtig? »Rufst du an, weil du mich vermisst?«, fragt Jaxon. »Was ich wirklich verstehen kann. Romeo soll dich zu mir bringen. Oder wenn du unbedingt mit ihm und Harper deinen Nachmittag verbringen willst, schicke ich gerne auch ein Foto von mir ... nackt.«

»Ich wollte dich fragen, ob ich das Geld wirklich behalten kann.«

»Was?«, fragt er erstaunt.

»Die ... achtzigtausend Dollar. Kann ich sie behalten?«

Sein plötzliches Schweigen ist unerträglich. »Warum fragst du mich das?«

»Um sicher zu sein. Dass du das wirklich ernst gemeint hast. Und es nicht nur eine Laune war, um mich vorzuführen.«

»Es war ernst gemeint.« Seine Worte klingen tragend, als hätte er mir darüber hinaus noch so viel mehr versichert. Als würde er mir sagen wollen: *Vertrau mir. Ich habe mich verändert. Ich werde jetzt gut zu dir sein.*

»Danke«, entgegne ich. »Wir sehen uns Freitag in der Vorlesung.«

Damit lege ich auf und stecke das Handy schnell in meine Hosentasche, als wäre es zu heiß geworden, um es zu halten. Achtzigtausend Dollar. Einfach so! Es ist nicht zu begreifen und ich weiß nicht, wie ich damit umgehen soll.

Mein Handy vibriert. Auch wenn ich eine Sekunde lang versuche, es zu ignorieren, hole ich es auf dem Weg zurück zu Harper und Romeo wieder hervor.

Jaxon: *Hast du jetzt wirklich einfach aufgelegt? :D*

Ich wollte dich nicht weiter stören, schreibe ich.

Lügnerin!

Ich schlucke kräftig, als ich vor Romeo und Harper stehenbleibe. Sie sind beide verstummt und sehen zu mir hoch.

Darf ich dir eine Frage stellen, Belle?, schreibt er kurz darauf. *Wieso verbringst du deine Zeit mit Romeo, ich meine, es ist Romeo. Auch wenn heute zufällig sein Gegenteiltag zu sein scheint, er war noch nie für dich da, wenn ich ihn nicht darum gebeten habe. Wieso verbringst du Zeit mit ihm und nicht mit mir?*

Keine Ahnung, vielleicht weil er nicht mit Clarisse geknutscht hat, als ich kurz zuvor fast in einem Klo ertrunken wäre?

Jaxon schickt erneut einen Lachsmiley. *Okay, verstehe. Das tut mir leid.*

Vier Worte und sie verändern alles. *Wirklich?*, frage ich.

»Mit wem schreibst du?«, fragt Harper.

Nein, unwirklich ... Ich wusste ja nicht, was zuvor passiert ist, und hatte darauf gesetzt, dass Vance dich vor dem Schlimmsten bewahrt. Ehrlich gesagt. Insofern hielt ich das bisschen Schauspielerei im ersten Moment für tragbar. Vielmehr hatte ich erwartet, dass du mich sowieso durchschaust. Ich meine ... Mein Niveau, ich bitte dich, Belle, das liegt doch ganz dezent über einer Clarisse, oder? Jedenfalls seitdem sie sich aufführt wie ... wie sie sich eben aufführt.

»Jaxon«, nuschle ich Harper als Antwort.

»Ach, komm«, stöhnt sie laut. »Der verdient nicht mal, dass du seine Nachrichten *liest*, geschweige denn, dass du darauf antwortest. Kannst du nicht mit Reece schreiben? Reece ist mindestens genauso sexy, oder nicht?«

Ich nicke. Das ist natürlich nur halbwahr. So, wie mein Körper reagiert, wenn ich mit Jaxon telefoniere, könnte man meinen, ich wäre Hals über Kopf verliebt in ihn. Und nur in ihn. Aber dann ist da Sylvian. Sylvian, der mich nur anzusehen braucht, und ich lasse mich sofort auf ihn ein. Und Reece. Zusammen mit Zayn. Ein Mysterium, das mich einerseits verwirrt, andererseits so gut fühlen lässt, dass ich zumindest nicht behaupten kann, ich würde nur etwas für Jaxon empfinden.

Kann man mehrere Männer zur gleichen Zeit lieben?

Wirklich *lieben*?

JAXON

Keine Ahnung, Belle. Glück wird ja bekanntlich größer, wenn man es teilt. Warum dann nicht auch Liebe? Aber willst du es denn überhaupt? Willst du jeden von uns lieben?

Oder gibt es da einen verborgenen Teil in dir, der zu große Angst davor hat, sein Herz wirklich zu teilen? Ich kann dir versprechen, dass es so oder so schmerzhaft wird.

Denn, Überraschung, dein Herz gehört längst uns.

Und niemand von uns hat vor, es jemals wieder zusammenzusetzen.

SIEBZEHN

MABLE

Als mich Harper am Abend nach Hause bringt, wartet ein Tesla an der Straße in der Nähe meines Wohnheims.

Harper wirft mir noch im Gehen einen feurigen Blick zu. »Er will zu dir, wetten?«

»Ich fürchte, ja.«

»Du *fürchtest?* Falls Reece es *wirklich* ernst meint, hast du das größte Glück auf Erden, glaub mir. Habe ich dir nicht schon hunderte Male von ihm vorgeschwärmt?«

»Du hast ihn einen Lügner genannt. Das war so das, was bei mir hängen geblieben ist.«

»Ja, ist er ja auch.« *Und sie hat keine Ahnung, wie groß seine Lügen sind.* »Aber es ist wie mit Romeo ... Sie *können* nett sein, wenn sie wollen. Und dann meinen sie es auch so. Romeo hat gerade über vier Stunden mit uns im Park gesessen und hätte sogar fast seine Schicht im Crowns verlegt – weißt du eigentlich, warum er dort arbeitet? Ist schon irgendwie ... schräg, oder?«

»Um sich vom stressigen Unialltag abzulenken.«

»Ah. Na gut, was ich sagen will: Romeo kann nett

sein. Reece kann nett sein. Jaxon und Sylvian hingegen können das *nicht*. Sie sind *immer* auch fies dabei, kapiert? Da Romeo aber aus anderen Gründen nicht in Frage kommt, weil er einfach einen schrecklichen Ruf hat und ich *zum Glück* auch keine Vibes zwischen euch wahrgenommen habe, ist Reece *deine* Wahl. Zumindest solltest du anfangen, *nur* noch ihn zu daten. Vielleicht meint er es wirklich ernst?«

Ich muss zwangsläufig daran denken, was Sylvian mir über Harper offenbart hat. Die Affäre, das selbstverletzende Verhalten, nicht zuletzt habe ich sie heute dabei erwischt, wie sie eine merkwürdige Unterredung mit Tyrell Senior hatte. Unter all diesen Aspekten scheint es merkwürdig, dass sie mir Reece anpreist.

»Du meinst, ich soll zu ihm gehen?«, frage ich sicherheitshalber nach. »Obwohl du mir normalerweise davon abrätst?«

»Wenn er sich zu bemühen scheint, sollte man es ihm anrechnen, oder? Außerdem kannst du ihn auch einfach ein bisschen ausnutzen. So würde *ich* es machen. Er verdient nichts anderes.« Sie beugt sich zu mir und gibt mir einen Kuss auf die Wange. »Erzähl mir Freitag alles. Morgen muss ich lernen.«

»Du lernst?«, frage ich foppend. »Du hast heute schon wieder eine Vorlesung geschwänzt.«

»Ich lerne dich und Romeo besser kennen, was vor allem deshalb gut ist, weil du Romeo bald wieder als deinen Bodyguard gebrauchen kannst, jetzt, da Clarisse zurück ist. Vance hat sich ja leider ziemlich ins Aus geschossen. Ich wünschte, ich könnte seine kleinen Eier irgendwann zum Frühstück verspeisen.«

Ich schüttle lachend den Kopf. »Du weißt, dass ich ihn in den Videos ein bisschen schlechter hab dastehen lassen. Er hat das Video nicht aufgenommen, weil er es geil fand. Er ist nicht schlimmer als Jaxon und die anderen.«

»Ach ja? Wer sagt das?« Sie winkt mir zu und biegt Richtung Park ab.

Beschwingt von dem Tag mit Harper und Romeo gehe ich auf Reece' Tesla zu. Er lässt die Scheibe herunterfahren, als ich mich nähere.

»Steig ein«, ruft er mir zu und lächelt sein gottähnliches Reece-Lächeln.

»Was hast du vor?«, frage ich neugierig und versuche nicht daran zu denken, was sein Bruder und er zuletzt im Poolhaus mit mir getan haben.

»Ich habe entschieden, dass du mir ein Date schuldest, Mable. Oder ich dir. Wie man's nimmt. Wir hatten noch nie die Gelegenheit, offen unter vier Augen zu sprechen. Jetzt, da du ein paar Dinge über mich weißt ...«

Zögernd sehe ich ihn an. »Ein Date?«

Er hebt lächelnd eine Schulter. Ganz der Reece, bei dem ich mich wohlfühle. »Ohne die anderen. Nur wir beide.«

»Ist es okay, wenn ich mich umziehen gehe?«

»Lass dir alle Zeit der Welt.«

Ich spüre, wie ich etwas *zu* nervös bin, als ich ins Wohnheim gehe, mir schnell einen Rock, ein Top und eine lockere Jacke anziehe, mich frisch mache und zurück zur Straße laufe.

Bevor ich die Straße erreiche, erwarte ich schon fast,

der Tesla würde nicht mehr dastehen, weil ich zu lange gebraucht habe oder Reece mich nur ärgern wollte.

Doch als ich mich dem modernen Wagen nähere, steigt Reece sogar aus.

Er kommt auf mich zu, legt zur Begrüßung eine Hand auf meinen Oberarm und haucht mir einen Kuss an die Wange. Er riecht gut, nach einem männlichen Parfum und Minze, und sieht in seinem engen Pullover und den maßgeschneiderten Chinos aus, als wäre er ein Schaufenstermodel.

»Geht es dir wieder besser?«, fragt er im Plauderton, als er den Tesla geräuschlos anfahren lässt.

»Mir ging es ... nicht schlecht.«

»Ich hatte das Gefühl, dich würde die ganze Situation etwas überfordern.«

»Das tut sie noch immer.«

»Also ist das ›etwas‹ etwas untertrieben.« Er wirft mir ein schiefes Lächeln zu und zwinkert. »Es freut mich, dass du mitkommst. Ich war mir ehrlich gesagt nicht mehr sicher, ob du überhaupt Zeit mit mir verbringen möchtest. Allein.«

»Ich bin mir auch nicht sicher, ob ich das wirklich möchte. Aber Harper hat mich überredet und sie hat recht, wenn sie sagt, dass du dich wirklich zu bemühen scheinst.«

»Harper?«, fragt er skeptisch und sieht mich für einen Moment so intensiv an, als hätte ich ein riesiges Rätsel offenbart. »Sie wollte, dass du dich mit mir triffst?«

»Sie hält ziemlich viel von dir, wenn du nicht gerade lügst.«

Er schüttelt lachend den Kopf. »Ich lüge nur, wenn

ich lügen muss. Und das hat immer weit wichtigere Gründe, als eine Harper jemals verstehen wird.«

»Wird Zayn heute auch da sein?«

»Möchtest du das?«, fragt er sanft.

»Werde ich eine Augenbinde tragen müssen?«, frage ich nervös.

Reece lacht und schüttelt den Kopf, sodass ihm sein blondes Haar ins Gesicht fällt. »Heute nicht. Wenn es dich nicht zu sehr stört, würde ich mich einfach gerne mit dir unterhalten.« Reece hält nach zwanzig Minuten Fahrt vor einem dunklen Gebäude. Ein einzelner Platz ist im Innern erleuchtet und vor dem Eingang zucken romantische Fackeln im Wind. »Was hältst du von italienischem Essen?«

»Das ist ein ziemlich exklusives Restaurant, hm?«, frage ich und Unbehagen stellt sich ein. Bis auf uns parkt kein einziges Auto auf dem Parkplatz.

»Ich habe das Restaurant für uns gemietet. Damit wir ungestört sind.«

Ich öffne den Mund, ohne etwas dazu sagen zu können. Natürlich. Wie viel kostet es schon für einen Reece Crescent, ein Restaurant für ein *Date* zu mieten?

Reece steigt aus, hält mir die Tür auf und greift nach meiner Hand. Er umschlingt sie fest, als wir auf das Restaurant zugehen, und ja, vielleicht schlägt mein Herz deswegen ein wenig schneller.

Im italienischen Restaurant selbst, das klassisch-elegant eingerichtet ist, erwarten uns der Koch und ein Kellner. Sie führen uns zum Tisch, zeigen anhand einer Speisetafel, welche Spezialitäten sie anbieten, und lassen uns wählen. Reece bestellt vegetarisch und ich tue es ihm gleich. Wer einen Tesla fährt, achtet auf die Umwelt gewissermaßen – oder?

Während wir warten, beginnt er munter von sich zu erzählen.

Ich erfahre mehr über seine Kindheit, darüber, wie er die Sommer seiner Jugend verbracht hat. Über seine Vorlieben für Sport, gute Elektromusik und italienisches Essen. Ich gehe schnell dazu über, schmachtend jedes Wort, das seine Lippen verlässt, in mich aufzusaugen. Jede noch so winzige Information über ihn scheint interessant.

Natürlich frage ich mich, ob Zayn Teil seiner Jugend und Kindheit war, wenn er ihn so gar nicht erwähnt. Oder ob er mir noch immer nicht vertraut. Andererseits will ich auch nicht unfair werden. *Reece* hat mich um ein Date gebeten. Nicht Zayn. Nicht er mit seinem Bruder. Es darf um ihn gehen. Ich darf Reece kennenlernen. Nur ihn.

Als der Kellner unseren Nachtisch abräumt, hält Reece ihn auf.

»Bringen Sie uns noch eine Flasche Wein und lassen Sie uns dann allein.«

»Wie Sie wünschen, Signore.« Der Kellner verbeugt sich, bringt uns eine weitere Flasche und verschwindet aus dem Raum.

»Jetzt sind wir wirklich ungestört«, raunt Reece mir zu und schenkt mir nach. »Ich habe dafür bezahlt, dass sie das Gebäude verlassen. Ein bisschen Privatsphäre, hm?«

Mein Mund wird trocken, weil er die Angestellten des Restaurants nicht wegschicken würde, wenn er einfach nur weiter mit mir reden wollte. Allein in einem riesigen, leeren Restaurant? Mit Reece? Nachdem ich köstlichsten Wein getrunken habe?

Mir ist klar, was passieren wird.

»Wie ist es, sich alles kaufen zu können, was man will?«, frage ich ihn flüsternd.

Er lächelt verschwörerisch. »Warum senken wir jetzt unsere Stimme, Mable?«

»Ich frage mich nur, wie es ist. Manchmal vergesse ich, wie wohlhabend ihr wirklich seid.«

»Es macht die Dinge einfacher. Nicht unbedingt besser, aber einfacher. Mehr Möglichkeiten, grenzenlose Freiheit. Es ist eine Spirale nach oben. Hast du einmal Geld, wird es dir schwerfallen, es je wieder loszuwerden.«

»Aber was bedeutet es für dich? Hat es nicht auch ... Schattenseiten?«

»Nicht wirklich. Reich ist nicht derjenige, der Geld hat, sondern der, der gut damit umgehen kann. Der es für sein persönliches Glück einsetzt. Der es gar nicht als etwas sieht, das er *hat*, sondern als etwas, das er *verwendet*. Letztendlich ist es nichts weiter als ein Tauschmittel. Ich tausche das, was meine Eltern sich hart erarbeitet haben, deren Herzblut und Leidenschaft gegen das Herzblut und die Leidenschaft der Restaurantbesitzer, die einen guten Koch und gute Kellner ausgewählt haben und bezahlen. Und irgendwann sind es meine Kinder, die meine Lebensenergie in Form von Geld an andere weitergeben. Diese Welt ist viel harmonischer, als die meisten denken. Man darf sich einfach nicht zu sehr auf die Zahlen fixieren. Ich meine ... du sitzt auch in einem exklusiven Restaurant und zahlst kein Geld dafür, oder? Du erlebst *dasselbe* wie ich. Und wenn man einmal versteht, dass es darum geht, was man *will*, und nicht darum, *wie man es erreicht*, ist man der reichste Mensch der Welt. Ganz gleich, wie hoch das Nettoeinkommen ist.«

»Es scheint, als wäre Goldmans Vorlesung nicht deine erste philosophische Veranstaltung in Kingston.«

»So etwas lernst du nicht in Kingston.« Reece lächelt mich warm an. »Das muss jeder Mensch für sich selbst herausfinden.«

»Wann wirst du mir mehr über Zayn erzählen?« Die Worte verlassen meinen Mund, ehe ich sie zurückhalten kann, und sofort senke ich den Blick. »Sorry, ich weiß, es sollte heute um dich und mich gehen, aber wenn ich dir jemals wieder vertrauen soll, muss ich verstehen, warum du das alles zugelassen hast.«

Reece wartet, bis ich wieder hochgesehen habe. »Wer ist Zayn für dich? Die schlechte Version von mir?«

»Ich weiß es nicht«, murmle ich. »Ich glaube, dass er derjenige ist, der immer fies zu mir war, aber sicher sein kann ich natürlich nicht. Daher ... wäre die ganze Wahrheit wichtig für mich. Ich will wissen, wann ich ihm gegenüberstand und wann dir. Aber wir müssen auch nicht darüber sprechen, wenn es doch nur dazu führt, dass du mich anlügen musst.«

»Ich lüge dich nicht an, Mable«, sagt er lachend und streckt gleichzeitig eine Hand nach meiner aus. Er nimmt sie in seine und streichelt mich zärtlich. »Zayn hat sich dir gegenüber wie ein Arschloch verhalten. Es gab selten Momente, in denen er nett war. Ich hingegen habe mich wie ein Feigling verhalten. Ich weiß nicht, was davon besser ist. Aber ich kann dir nur mit all meinem Innersten versichern, dass es mir leidtut. Erst durch dich und wie du dich wieder auf uns eingelassen hast, wurde mir etwas klar. Mir wurde klar, dass dieses Spiel enden muss. Mich hat das gesamte Thema ... nie wirklich tangiert. Leider habe ich in meinem Leben ähnliche Erfahrungen gemacht wie Jaxon, was Frauen angeht. Irgendwann ging ich dazu über, in jedem Mädchen das zu sehen, was sie auch in mir sehen. Eine Gelegenheit, nichts weiter. Aber du ... du hast etwas Tieferes in mir geweckt.« Sein Daumen spielt mit meiner Hand und erzeugt ein Prickeln auf meiner Haut, doch etwas in seinen Augen bleibt leer, während er redet. Als hätte er das, was er sagt, schon zu oft sagen wollen, ohne es zu tun, sodass es nur ein Echo von seiner ursprünglichen Intention ist. »Dass wir Vance sagen mussten, dass er dich täuschen soll, war zum ersten Mal etwas Schreckliches, das ich auch wirklich so empfunden habe. Kein Spiel, sondern Ernst. Kannst du mir verzeihen?«

Ich bin unendlich schwach, als ich sofort nicke. »Verzeihst du mir, dass ich Zayns Aufnahme in einem meiner Videos verwendet habe, um dich schlecht zu machen?«

Reece schüttelt den Kopf und lacht jugendlich. »Ach, es war eh Zeit, dass der Campus erfährt, was wir über sie alle denken.« Seine Augen leuchten auf. »Was möchtest du jetzt tun, hm?«

Meine Wangen werden sofort heiß.

»Ah, ich liebe es, wenn du rot wirst, sobald es um Sex gehen könnte.«

»Ziemlich erbärmlich, oder?«, frage ich atemlos.

»Absolut nicht. Es fällt mir nur schwer, dir zu widerstehen.«

»Mir auch«, hauche ich. »Ist quasi unmöglich. Zu widerstehen.«

Etwas in seinen Augen blitzt auf. »Aber wenn ich dich jetzt ficke, darfst du mir hinterher keinen Vorwurf machen, ich hätte es ausgenutzt.«

»Aus...genutzt?« Mein Mund ist trocken geworden und ich kann an nichts anderes denken als daran, wie es war, mit verbundenen Augen vor ihm und seinem Bruder auf dem Pult zu liegen.

Wird Zayn dazustoßen? Vielleicht ist er schon jetzt in der Nähe?

Mir vorzustellen, wie Reece mir die Augen verbindet ... Mein gesamter Körper prickelt vor Neugierde und sexuellem Verlangen.

Ich nehme einen Schluck aus meinem Weinglas, dann stehe ich auf. Reece schiebt seinen Stuhl zurück, als ich mich ihm nähere. Seine Augen wandern über mein Outfit und mir gefällt die Gier, die in seinem Blick geweckt wird. Ich trage zwar nur einen einfachen Rock, aber ich fühle mich dennoch sexy. Es gefällt mir, dass Reece viel von meiner Haut zu sehen bekommt, und doch nicht genug.

Ich lehne mich mit meinem Po an die Tischplatte und stütze mich mit den Armen auf.

Reece rückt wieder näher, umfasst meine Hüften und bringt mich allein dadurch dazu, die Luft scharf einzuatmen.

Während er mich intensiv ansieht, rollt er den Rock Stück für Stück höher. Millimeter für Millimeter entblößt er meine Haut. Hitze breitet sich auf meinen Schenkeln aus und kleine Explosionen entstehen zwischen meinen Beinen, als er vorrückt und seine Lippen auf meinen rechten Innenschenkel legt.

Er beginnt mich zu küssen, sanft, dann gieriger, und wandert allmählich und doch viel zu langsam höher.

Ich spreize meine Beine, lasse zu, dass er nach meinem Slip greift. Er rollt ihn von meinem Po. Ich stütze mich hoch, er zieht ihn über meine Beine, lässt ihn zu Boden fallen.

Dann steht er mit einer geschmeidigen Bewegung auf.

Seine rechte Hand geht in mein Haar, er holt mich vor seine Lippen, und die andere wandert zu meinem Schritt.

Ich stöhne laut, als ich völlig unerwartet seinen Finger in mir spüre.

Er schiebt seine Zunge in meinen Mund, forscht nach meiner eigenen und küsst mich dominant, während sein Finger sich in mir bewegt.

Verlangen brandet in mir auf und ich schlinge die Arme um ihn, halte mich an ihm fest.

»Soll ich weitermachen?«, fragt er in meinen Mund, die Stimme unkontrolliert und rau.

»Ja«, keuche ich, was ihn dazu bringt, seinen Finger tiefer in mich zu schieben.

»Du bist so feucht, Mable«, raunt er, zieht mich zurück vor seinen Mund und küsst mich hart. Er bewegt seinen Finger gekonnt in mir und berührt mit dem Daumen meine Perle. Wenn ich mich selbst berühre oder streichle, hat es sich noch nie so angefühlt wie jetzt.

Mein Atem geht schneller, ich drücke mich ihm entgegen. Etwas bringt mich dazu, Abstand von seinen Lippen zu nehmen, ihn anzusehen, während er mich fingert.

Seine blauen Augen betrachten mich aufmerksam und ich verliebe mich in das Gefühl, ihn ansehen zu können, während er das hier mit mir tut.

Der Moment dehnt sich aus. Wird intensiver. Geht tiefer. Ich spreize meine Beine noch etwas weiter, froh, dass der Rock verbirgt, was Reece unter dem Stoff mit meiner Pussy treibt.

Unsere Blicke fließen ineinander, als er seinen Daumen gezielter bewegt. Ich bin mir sicher, dass ich die hundertste Frau bin, die er auf diese Weise berührt, und doch bin ich dankbar dafür, weil er weiß, wie es geht. Eifersüchtig, ein ganz kleines bisschen eifersüchtig, aber dankbar.

Meine Wangen fühlen sich längst heiß an und es fällt mir schwerer, seinem Blick standzuhalten und nicht beschämt die Augen zu schließen. Da ist etwas in seiner Miene, in seinen leuchtenden Augen, das diesen Moment noch intensiviert.

»So könnte ich weitermachen, die ganze Nacht«, raunt er und schiebt noch einen zweiten Finger in mich. Ich atme nicht mehr, ich stöhne, weil sich alles, was er tut, so fantastisch anfühlt. »Ich könnte dich genau auf diese Art ficken. Langsam, vorsichtig. Aber ich könnte auch hart sein. Wild und rau. Wofür entscheidest du dich?«

Ich schlucke. »Wird Zayn dazukommen?«

»Nein. Ich kann auch so beides für dich sein«, flüstert er, greift wieder in mein Haar und küsst mich noch hemmungsloser als zuvor. »Beides zur gleichen Zeit. Du brauchst niemand anderen.«

Seine Zunge bewegt sich fast so schnell wie seine Finger. Mir wird heißer, mein Atem verwandelt sich in ein Stöhnen. Ich wünsche mir so sehr, dass alles, was zwischen uns vorgefallen ist, ganz anders wäre. Dass wir dieses Date wiederholen können. Wieder und wieder und ich niemals wieder Gefahr laufe, ihn ... zu verlieren.

An all die wunderschönen, reichen, attraktiven Frauen da draußen zu verlieren.

Warum kann Reece nicht mir gehören?

Mir allein?

In dem Moment, als sein Daumen eine Explosion in meiner Mitte auslöst, denke ich das. In diesem einen himmlischen Moment kann ich mir vorstellen, wir wären für immer zusammen. Das hier wäre nur eins von vielen Malen. Ich küsse ihn, lasse mich verschlingen, die Explosion meiner Lust durch mich hindurchgehen, und bin, nachdem die Welle abgeklungen ist, noch erregter als zuvor.

Übermütig greife ich an seinen Gürtel.

»Warte«, sagt er. »Ich habe nur eine letzte Frage ...« Konzentration legt sich über seine Miene.

»Ja?«

»Du hast mir den Vorwurf gemacht, ich hätte Zayn an dich herangelassen, obwohl du es nicht wolltest. Im Trailerpark vor eurem Haus. Aber das ist nicht wahr, oder? Du wusstest, wer er ist. Und ganz am Anfang auf unserer Party ... Da kanntest du weder ihn noch mich. Du hättest sowieso nicht sagen können, wer von uns wer ist. Wenn du etwas dagegen gehabt hättest, wieso hast du dich im Hörsaal dann hingegeben?«

Ich beiße mir auf die Lippe. »Es schien der einzige Weg zu sein, herauszufinden, wer Zayn ist.«

»Ein wenig riskant, oder? Du hast nicht wissen können, was dich erwartet.«

»Ich habe nicht wirklich viel zu verlieren gehabt, oder?«

»Ah.« Sein Mundwinkel verzieht sich. »Ich würde schon sagen, dass es nicht das Klügste ist, sich auf Zayn einzulassen. Wie ich bereits erwähnt habe, ist er …«

Ich unterbreche ihn. »Das ist das College. Wenn ich mich während dieser Zeit so etwas nicht traue, wann dann?«

Reece lächelt schmal. »Hast du dich nur meinetwegen auf ihn eingelassen?«

»Deinetwegen?«

»Wolltest du *mir* dadurch näherkommen?«

»Ich wollte verstehen, was ihr tut, ja.«

»Es ging dir nicht wirklich um Zayn, oder?«

»Was willst du jetzt von mir hören?«

»Glaubst du, es wäre dir möglich, mehrere Männer zu lieben?« Sein Blick wird glühend.

»Vielleicht?«, antworte ich vage.

»Hast du dich in mich verliebt?«

»Ich …«

Er wartet schweigend.

»Es ist …«

»Gib es zu.«

»Ja.« In ihn und Zayn. In sie beide. In *die* Crescents. In *ihr* Spiel. In das Yin und Yang. Das Für und Wider.

Das Freundliche und Abweisende. In diese toxische Mischung aus Nähe und Kälte.

»Ich verstehe.« Reece nimmt Abstand und mustert mich lange. »Ich wollte es nicht wahrhaben, aber ich glaube, ich muss dir einfach gestehen, dass mich die letzte Zeit eine weitere Sache gelehrt hat.«

Etwas an seinen Worten klingt plötzlich so ernst, dass ich Angst bekomme. »Und zwar?«

»Ich habe das Gefühl ... nun ja. Ich wäre erwachsener geworden.«

»Und was bedeutet das für dich?«, frage ich flüsternd. »›Erwachsener‹ zu sein?«

»Es bedeutet, Entscheidungen zu treffen, die weitreichender sind als kurzfristige Befriedigung. Zum Beispiel.«

»Und du willst, dass ich mich entscheide, oder?« Meine Stimme ist nur ein Hauchen. »Wird es wirklich so sein, dass Zayn immer dabei ...«

»Ich habe mich entschieden«, unterbricht er sich und lässt mich los. »Ich habe Sylvian und Jaxon die letzten Tage beobachtet. Sie streiten sich deinetwegen und das ist etwas, das ich nie für möglich gehalten habe. Dass sie wirklich kurz davor sind, ihre Freundschaft aufzugeben. Deinetwegen. Deswegen weiß ich, dass ich dich niemals so sehr lieben werde, wie Jaxon es tut.«

Mein Herzschlag setzt plötzlich aus.

»Ich bin mir nicht einmal sicher, ob ich überhaupt etwas in die Richtung für dich empfinde. Es tut mir leid, Mable. Ich mag dich, keine Frage. Aber ich werde deine Gefühle niemals erwidern können.«

Völlig überrumpelt von seinen Worten starre ich ihn

an und versuche mir nicht anmerken zu lassen, wie kurz davor ich gewesen bin, mich für ihn zu entscheiden. Gerade eben. Jetzt. Für Reece Crescent.

»Du bist heiß, wir haben guten Sex, ich liebe es, wie du auf Zayn reagierst. Aber ich habe etwas zu sehr mit deinen Blicken gespielt, mit deiner Verliebtheit. Ich will es nicht noch weiter treiben, sodass du die Chance auf wahre Liebe verpasst. Als ich zu dir sagte, dass ich dich heiraten würde, da war das ... ein ernst gemeintes Angebot, um dich zu beschützen. Wie gesagt, weil ich dich mag. Aber ich kann mir ...« Er schüttelt den Kopf. »Nicht länger vorstellen, in Monogamie zu leben. Es fiel mir schon die letzten Wochen schwer, und schließlich muss ich einfach zugeben, dass ich nicht der Typ Mann dafür bin. Und Zayn wird es sowieso niemals sein. Er vögelt jeden Tag eine andere. Und ...« Reece sieht mich entschuldigend an. »Ich würde mich ihm gerne wieder anschließen.«

Ich nicke steif.

»Weißt du ...« Er lächelt, ein so warmes, tiefes Lächeln, dass die Schmetterlinge in meinem Magen Schwierigkeiten damit haben, weiterhin tot zu spielen. »Allein um Jaxon eins auszuwischen, wäre ich bis vor ein paar Monaten nicht so ehrlich gewesen. Ich hätte dir notfalls etwas vorgelogen, damit du dich für mich entscheidest. Aber das ist es, was mich das Ganze lehren durfte. Es tut gut, mit jemandem wie dir mein größtes Geheimnis geteilt zu haben. Ich will unsere Freundschaft nicht durch eine Lüge belasten. Ich hoffe, dass wir gute Freunde sein werden, Mable.«

Die Schmetterlinge sterben nun doch. Zurück bleibt

der Geschmack von Bitterkeit und Tod auf meiner Zunge. »Bestimmt«, bringe ich hervor.

Seine Augen ruhen auf mir, als ich meinen Rock wieder nach unten streiche.

»Du wirst über mich hinwegkommen«, sagt er freundlich lächelnd. »Das hat bisher jede geschafft. Ich bin nicht wie Sylvian oder Jaxon. Ich … hinterlasse keine Spuren.«

»Klar«, gebe ich von mir, nicht sicher, wie ich mit dem Gefühl in mir zurechtkommen soll. »Es ist nur so … Ich …« Freunde hat er gesagt, oder? Wenn er glaubt, dass das möglich wäre, muss ich ihm die ganze Wahrheit erzählen. »Ich habe nichts mit Zayn gemacht, nur … um dir zu gefallen oder so. Ich … hasse ihn ziemlich, aber …«

Reece hebt eine Braue. »Ja? Habe ich etwas falsch gemacht? Mable, es tut mir so leid, dass ich ihn nicht davon abhalten konnte, dich zu verletzen …«

»Nein, ich habe mich auch in ihn verliebt.«

Reece starrt mich an, als hätte ich ihm offenbart, dass ich Zayn vor ein paar Stunden erschossen habe. »Was?«, fragt er fassungslos.

»Daher … daher weiß ich dein Angebot wirklich zu schätzen, und ich bin froh, dass ich dich nicht ganz verliere und wir Freunde bleiben werden, aber … ich werde Zeit brauchen. Und auch ich wäre dir gegenüber bis vor Kurzem niemals so ehrlich gewesen, aus Angst, dass du mich absichtlich verletzen würdest, aber ich glaube dir jedes Wort. Du hast bereut und um Entschuldigung gebeten, und ja, abgesehen von all … dem Ganzen zwischen uns kann ich vergessen, was du mir letztes

Semester angetan hast. Ich kann dir verzeihen. Ich bin froh, dass du so offen zu mir warst.«

»Nein, warte.« Etwas an ihm verändert sich. Wird hart und verlangend. »Du lügst mich an«, knurrt er plötzlich, die Lippen grausam verzogen. »Was soll das, Amabelle?« Er umfasst meinen Oberarm und tritt wieder dicht an mich heran. »Warum lügst du mich an?«

»Warum sollte ich lügen?«, frage ich ihn perplex. »Bei was überhaupt?«

»Du *kannst* dich nicht in Zayn verliebt haben. Du *kennst* ihn überhaupt nicht.«

Mein Mund öffnet sich, aber ich bringe keinen Ton hervor.

»Er hat dich absichtlich getäuscht, dich links liegen gelassen, dir nur Lügen erzählt, damit du glaubst, er wäre ich …«

»Aber er war auch als Einziger ehrlich, wenn es nicht gerade um seine Identität ging! Er war als Einziger direkt, er hat sich als Einziger nie verstellt – außer er wollte dich imitieren, und das sind einfach andere Gründe als die Gründe, die du, Jaxon, Romeo oder Sylvian hattet! Ich weiß, dass er mich vielleicht nicht mal mag, aber das ändert nun mal nichts daran, dass ich gerade kurz davor war, mich für dich zu entscheiden, weil ich dann wenigstens zwei von vier Männern wählen könnte! Und da du mir im Poolhaus gesagt hast, er … er gehöre auch zu der Wahl, habe ich gedacht, er meint es ernst. Ihr meint es beide ernst. Gott, warum erzähle ich dir das überhaupt alles.«

Reece starrt mich noch immer an, mit derselben harten, abweisenden Miene, aber dann ist er plötzlich über mir. Seine Hand fasst in mein Haar, seine Lippen landen auf meinen und er küsst mich verlangend.

»Reece, ich …«, stöhne ich in seinen Mund.

»Halt die Klappe«, knurrt er und packt mich fester. Etwas an ihm versetzt mich geradezu in einen Schockzustand. Als er seinen Gürtel öffnet, zwischen meine Beine tritt, meinen Rock hochschiebt und alles ganz schnell geht, bin ich es, die wie in einem Albtraum gefangen scheint.

Ein Albtraum, in dem sich mit einem Mal alles verändert und in dem man jeden Dämon besiegt.

»Zayn«, wispere ich.

Er hält noch immer meinen Zopf fest umwickelt und reagiert auf seinen Namen damit, dass er sich in mich schiebt.

Oh mein Gott.

Das ist das Heißeste, Verrückteste und Schrecklichste zugleich, was ich jemals erlebt habe. Meine Augen liegen wie Magnete in seinen, als er mich mit wenigen Stößen erobert, so rau, hart und ungefiltert, dass ich unwillkürlich stöhnen *muss*. Mein Gedanke macht wenig Sinn. Er kann nicht Zayn sein. Es ist absolut unmöglich, dass er all diese Worte hervorgebracht hat, ohne dass ich ein einziges Mal zweifeln musste, ob es sich wirklich um Reece handelt.

Aber da steht er.

Vor mir.

Fickt mich.

Hart und rau und ungebremst und weil dieser Moment trotz allem so unfassbar intim ist, lasse ich es zu.

Zayn Crescent.

Er hat gehört, dass ich mich in ihn verliebt habe, und *das* ist seine Reaktion darauf?

Wie können hierbei keine tiefen Gefühle vorhanden sein?

»Denk nicht so viel nach«, knurrt er, beugt sich vor und küsst mich erneut. Ich zerfließe in ihm. Was auch immer gerade passiert, was all seine Worte zu bedeuten hatten, ich zergehe in der Sehnsucht, es wäre wirklich anders. Schweiß perlt über seine und meine Stirn und jeder Stoß von ihm befriedigt mich im Innersten. Ich habe wirklich eine Weile zu lange auf Sex verzichtet.

»Warte«, stöhnt er und weicht zurück. Er tritt nach hinten, sodass der Stuhl weiter zurückreicht, und lässt sich darauf sinken. Sein Schwanz ist groß, lang und mächtig. Unvorstellbar, dass er gerade noch in mir war, aber jetzt weiß ich auch, warum er sich so gut anfühlt. In absoluter Zayn-Manier lässt er sich breitbeinig auf den Stuhl fallen und zieht ein Kondom hervor. Er hält es mir hin. »Berühr ihn«, verlangt er abgehackt, die Augenlider halb geschlossen.

Ich löse mich nur langsam aus meiner Starre und gehe auf ihn zu. Was auch immer hier passiert, ich denke an Reece' Worte. Ich bin das erste Mädchen seit vier Jahren, das Zayn wirklich kennenlernt.

Zurückhaltend öffne ich die Kondompackung.

»Fuck, Amabelle!« Zayn umfasst meine Hand, zerrt mir das Kondom aus der Hand, schiebt es sich über und führt meine Hand schließlich zu seinem Schaft. Er stöhnt tief und lustvoll, als er seine Hand zusammen mit meiner auf und ab bewegt. »Ich muss«, stöhnt er, »unbedingt … in dir kommen.«

Ich spüre, wie er zuckt und kurz davor ist zu kommen. Zayn öffnet die Augen wieder, sieht mich blau und tiefsinnig an, dann holt er mich am Handgelenk vor sich. Er holt mich auf seinen Schoß, hält mit der anderen seinen Schaft noch immer umschlossen und sorgt dafür, dass ich mich auf ihn setze.

Er stöhnt wild und zufrieden, während ich tiefer sinke.

»Fick mich, Baby«, verlangt er rau und ich beginne mich auf ihm zu bewegen.

Es ist viel langsamer als vorher, viel intensiver. Ich halte mich an seinen Schultern fest und sehe ihn ganz genau an. Allein der Gedanke, es könne sich hierbei um Zayn handeln, löst ein tiefes Prickeln in mir aus.

Er war die gesamte Zeit über bei mir. Sie hätten nicht wechseln können.

Eigentlich sollte mich dieser Gedanke abstoßen, nicht wahr?

Aber er macht mich umso mehr an.

Fuck.

Wenn es um Sex geht, bin ich wirklich unheimlich verdorben.

Ein perverses, verbotenes Prickeln, denn er hat sich verdammt noch mal einfach als Reece ausgegeben und mir all diese Lügen aufgetischt. Andererseits ... bedeutet das auch, dass es Lügen waren. Es war nicht Reece.

Reece mag mich vielleicht doch. Mehr als mögen vielleicht.

Gott ... nach dem Sex muss ich Zayn ohrfeigen.

Er greift wieder nach meinem Zopf und stößt sich dominant von unten in mich. »Komm jetzt.«

Ich sehe ihn an und ein Rausch aus Lust kommt über mich. Mein Becken bewegt sich erregend auf ihm, sein Schwanz pulsiert in mir und ich komme. Komme, während unsere Blicke sich gegenseitig fesseln. Alles in mir ist Erlösung und Verlangen gleichzeitig. Ich fühle meine perverseste Ader auf niederste Weise befriedigt und stöhne hemmungslos meine Lust hinaus. Schließlich sinke ich auf ihm zusammen, lehne meinen Kopf an seine Stirn und bin so unfassbar glücklich, dass ich mich am liebsten *selbst* ohrfeigen würde.

Zayn.

Wenn ich ein ganz kleines bisschen stolzer wäre, hätte ich das hier niemals zulassen dürfen.

Er drückt mich von sich weg und mustert mich aufmerksam. In seinen Iriden tobt ein Sturm. Eine Welt voller Lust und Begehren. »Du bist so am Arsch, Mädchen. Du bist so verfickt am Arsch und ich frage mich, wann du das endlich einsiehst.«

»Wie bitte?«, frage ich verstört. Jetzt ist es, als würde *er* mich ohrfeigen.

Als ich mich schon hochstemmen will, hält er mich fest und bewegt sich einfach weiter in mir. Seine Dominanz erschrickt mich und ich bin mir nicht mehr sicher, ob ich Lust oder Abscheu empfinden soll.

»Aber du liebst es, oder?«, fragt er mich abgehackt. »Du liebst alles hiervon. Du willst am liebsten, dass es niemals endet. Dass wir mit dir bis in die Unendlichkeit hinein spielen.« Er wirft den Kopf in den Nacken, stöhnt laut auf und kommt in mir.

Zwei gegensätzliche Gefühle spalten meine Brust. Widerwillen und Verlangen. Ich entscheide mich für keins von beidem und lasse zu, was geschieht. Leider ist es nicht einmal Zayn selbst, der mich dazu treibt, auf ihm sitzen zu bleiben, während er sich in mich pumpt. Ich selbst bin es. Ich selbst, die darauf steht.

Ich stehe einfach auf diese Scheißart der Kings mir gegenüber.

That's it. Es nützt auch nichts, das schönzureden oder den Typen selbst die Schuld zu geben. Ich bin gar kein Opfer. Ich war nie eins.

Ich steh einfach darauf, mich zwischendurch wie eines zu fühlen. Ich stehe darauf, benutzt zu werden. Angelogen, verarscht, ausgetrickst, nur um ihnen wieder und wieder mit aller Hingabe zu verfallen.

Kein anderer Mensch der Welt wird jemals verstehen, was mich umtreibt. Was mich wirklich ausmacht. Oder aber … es sind viel mehr Frauen wie ich. Nur traut sich keine, dazu zu stehen.

Als ich Zayns zufriedene Miene dabei beobachte, wie sie sich mehr und mehr nach dem Orgasmus entspannt, verstehe ich auch, was meinen Stolz *eigentlich* befriedigt. Ich bin stolz. Ich stehe zu mir selbst. Ich lasse mich nicht auf die Kings ein, weil ich dumm bin.

Ich gehe meinen Gelüsten nach.

Das ist es.

Und Zayn weiß das. Er hat es vor allen anderen erkannt. Das hier ist alles das, was ich will. Ich will diese Art von Sex. Ich will mich auf sie einlassen. Ich hätte sie auch im Poolhaus gevögelt, würden sie mir nicht ständig damit drohen, mich irgendwann entscheiden zu müssen.

Das. Hier. Bin. Ich.

Ein Mensch mit tiefsten Gefühlen und perversesten Gelüsten.

Meine Hand geht in sein Haar, streichelt über seine Wange. Er öffnet die Augen und sieht mich an.

»Ja«, wispere ich eine Antwort auf seine Frage von zuvor. »Ich will es. Ich will alles hiervon. Und ich liebe es. Stoß mich ruhig die nächste Klippe hinunter, Zayn. Ich bin bereit, zu fliegen.«

»Ich bin nicht Zayn. Und ich werde dich keine Klippen hinunterstoßen.«

»Lügner.«

Sein wie in Marmor gemeißeltes Gesicht wird für einen Moment von draußen erhellt. Er sieht wie ich Richtung Fenster.

Drei Scheinwerfer sind auf dem Parkplatz zu sehen. Ansonsten ist es stockdunkel. Die einen müssen von einem Auto stammen, der dritte vielleicht von einem, dessen linker Scheinwerfer kaputt ist.

Zayn stöhnt laut und schiebt mich von sich, sodass ich aufstehen muss. »Verdammt, ich hasse sie so sehr!« Er zieht sich seine Hose wieder ganz an, greift nach dem Wein und trinkt ein paar Schlucke direkt aus der Flasche. Alles an ihm wirkt, als hätte er sich bei einem langen Sprint verausgabt. Seine Kleidung sitzt nicht mehr richtig, seine Haare sind feucht, und sein Hals gerötet.

»Sind die Angestellten zurück?« Ich sammle meinen Slip auf und ziehe ihn mir wieder an.

Er antwortet nicht, sondern setzt sich mit der Flasche Wein auf den Stuhl.

»Zayn.«

Er sieht auf. Ein tobender Sturm in seinen Augen. »Ich werde nicht zu ihm, nur weil du mich so nennst.«

»Okay«, rufe ich plötzlich aufgelöst. »Warum hast du dann eben so getan, als wärst du er?«

»Vielleicht *bin* ich ja so? Du kennst Zayn überhaupt nicht. Du weißt doch überhaupt nicht, *was* er imitiert. *Was* von mir ich ist und was nicht.«

»Gosh!«, stöhne ich. »Dann zeig mir eben mehr davon! Wenn das deine zweite Seite ist, will ich sie genauso kennenlernen wie den ›netten‹ Reece. Aber hör auf, sie vor mir zu verleugnen! Zeig mir endlich dein *wahres* Gesicht. Wie du *wirklich* bist.«

»Was soll das bringen?«, fragt er überrascht.

»Mir bringt es etwas!« Ich verschränke die Arme vor der Brust. »Lass uns noch einmal auf ein Date gehen. Aber dieses Mal mit dem anderen Teil von dir.«

Reece-Zayn starrt mich an, als hätte ich vorgeschlagen, beim nächsten Date auf den Mount Everest zu klettern. »Es wird *kein* nächstes Date geben.«

»Ach ja? Vielleicht wirst *du* nicht mit mir ausgehen, aber *Zayn* vielleicht schon.«

»Fick dich.«

Ich habe nur ein müdes Lächeln für ihn übrig. »Da ist jemand ganz schön empfindlich, wenn man anfängt, ihn zu durchschauen, oder?«

»Oder ich bin einfach nur genervt von dir?«

Warum auch immer kann er mich nicht verletzen. Das ist witzig. Als *Reece* kann er mir mein Herz brechen, aber als *Zayn* ... bin ich wie ein Stein, an dem seine blöden Sprüche abprallen. »Wer ist das?«, frage ich und beobachte die Gestalten, die sich dem Haus nähern.

»Deine elendigen Beschützer«, murrt Zayn. Es ist geradezu bewundernswert, wie er mich bis hierher getäuscht hat. Er kann Reece besser imitieren, als ich jemals für möglich gehalten hätte.

»Romeo? Jaxon? Sylvian? Sie wollen mich vor dir beschützen? Wieso?«

»Keine Ahnung, Baby«, sagt Zayn lässig. »Sie wollen halt diejenigen sein, die dir wehtun. Ich gehöre nicht in ihre Auswahl der Fucker, die dir dein Herz brechen werden.«

»Also war alles von eben wirklich eine Lüge«, raune ich.

Er sieht gelangweilt zu mir hoch. »Langsam zweifle ich an deinem Verstand.«

Am liebsten würde ich mein Glas nehmen und es ihm ins Gesicht schütten. Aber das würde ihn auch nicht davon abhalten, einen auf Assi zu machen. Im nächsten Moment schaltet jemand das Deckenlicht ein und drei Personen betreten das Gebäude.

»Was haben wir gesagt, Crescent?«, ruft Jaxon ihm von der Tür aus zu und sieht sich im leeren Restaurant um. »Gab es da irgendwelche Missverständnisse? Müssen wir es wiederholen? Vielleicht auf deinen Handrücken eintätowieren, sag mir, was ist es, dass du dich neuerdings nicht an *die einfachste Scheiße* halten kannst?«

Sylvian kommt auf mich zu und bleibt dicht neben mir stehen. Seine Augen sind schwarz vor Ärger und alles an ihm wirkt verbissen und aggressiv. »Wir gehen«, raunt er mir zu und umfasst meinen Unterarm.

»Was zur Hölle ist falsch mit euch?«, frage ich die

Kings. Auch Romeo ist mitgekommen, doch wie immer bleibt er im Schatten zurück. Ich frage mich, wo Reece ist. Im Auto geblieben? Oder gar nicht erst mitgekommen? »Darf ich vielleicht noch selbst entscheiden, mit wem ich auf ein Date gehe?«

»Du darfst mit jemandem von uns auf ein Date gehen, ja«, erklärt Jaxon. »Aber es hat einen Grund, weshalb Crescent dich nur in unserem Beisein vögelt. Und diesen Grund kennt er eigentlich.« Er sieht zu Zayn, als würde er ihn köpfen wollen.

»Ich will ja nicht spoilern, aber das ist nicht Reece«, bemerke ich knapp. »Ihr könnt ihn also einfach Zayn nennen.«

Jaxon fixiert mich. »Weißt du, Belle, ich will *dich* nicht spoilern, aber an deiner Stelle wäre ich mir etwas weniger sicher, was das Spiel der Zwillinge angeht.«

»Lass uns gehen.« Sylvian. Er hält noch immer meinen Unterarm umfasst, und es kostet mich alle Mühe, ihn abzuschütteln.

»Nein, wisst ihr was?! Ich gehe *alleine!* Ihr wollt so tun, als wäre Zayn Reece? Ihr wollt mich weiter anlügen und verwirren? Ich darf plötzlich nicht mit Reece auf ein Date gehen, aber ihn in eurem Beisein vögeln und mich für ihn entscheiden darf ich schon? Ihr wollt überhaupt nicht, dass man euch mag! Ich werde jetzt einfach nur noch stupide das tun, was mein Stipendium rettet. Also was ist nötig, damit das passiert? Mit wem von euch muss ich schlafen? Mit wem muss ich vorgeben, zusammen zu sein? Endet es dann? Hört dieses Hin und Her dann *endlich* auf?«

Alle drei sehen mich an, als hätte ich mit meinen

Worten direkt in ihre jeweilige Brust gestochen. Selbst Zayn. Oder Reece. Oder wer auch immer er ist.

»Hört auf, mich so anzusehen, als könnte irgendetwas von dem, was ich gerade gesagt habe, euch wirklich treffen! Ich bin noch immer nur eine Spielfigur. Und es ist noch immer ein Spielfeld, auf dem ich stehe, und es sind Regeln, die mir nie klar sein werden. Scheiße, ich bin durch mit euch. Sucht euch eine andere, um sie zwischen euch hin- und herzureichen und zu teilen. Regelrecht zu *zerteilen.*«

Ich stürme zwischen Jaxon und Sylvian hindurch, doch jemand von ihnen packt mich am Handgelenk und reißt mich zurück.

»Dole …«, sagt Zayn nur und sieht mich intensiv an. In seinem Blick scheint die Wahrheit zu stehen, aber solange er sie nicht ausspricht, kann ich mir nicht ganz sicher sein. Der Restzweifel, dass ich falschliege, bleibt und zerreißt mich innerlich. Dass er mich getäuscht hat, ist das eine. Das ist … krank und nervig und ich hasse ihn dafür. Aber dass sie mir seit Wochen einzureden versuchen, ich würde mir alles nur einbilden – selbst jetzt noch, da ich Zayn und Reece begegnet bin, grenzt an Psychoterror. Nicht zu wissen, was das alles zu bedeuten hat, treibt mich in den Wahnsinn.

»Lass mich los«, murmle ich.

»Wir können es dir nach unserem Abschluss sagen«, raunt er, lässt seine Hand an meinem Handgelenk entlangwandern und schließt sie um meine Finger. Es fühlt sich so intim an, ihn zu berühren. Dabei weiß ich nicht einmal, welchen Zwilling ich wirklich lieber mag. Vielleicht ist auch Reece Zayn? Und umgekehrt? »Wir können dir die Antworten geben, die du brauchst. Wir sagen dir, warum wir unsere Identität teilen, wer wir sind und was das alles soll. Aber bis dahin solltest du dich entscheiden.«

»Zwischen wem? Zwischen dir und Reece?«

Er lässt meine Hand urplötzlich los.

»Es geht nicht darum, dass du uns anderen aufgeben sollst, Belle.« Jaxon hat gesprochen, und ihn nach mehreren Tagen wieder vor mir zu haben, lässt mich erneut das Zittern fühlen, das seine Worte zuletzt in mir ausgelöst haben. Seine Drohung, dass sie sich eine andere für den Sex im Poolhaus suchen, wenn ich gehe. *Haben sie es getan?* »Niemand von uns will das wirklich. Du musst nur die Entscheidung fällen, mit wem du *offiziell* zusammen sein willst. Was wir daraufhin zusammen tun oder nicht tun, hängt nicht von deiner Wahl ab.«

Sag einfach Jaxons Namen. Ich kann es nicht tun. Was, wenn ich Reece dadurch verlieren würde? Reece, der nicht einmal hier ist? Reece, der mir gar nicht gesagt hat, er würde mich niemals lieben können?

»Das ist nicht wahr«, sagt Sylvian leise. »Du weißt, dass das nicht wahr ist, Jax. Hör auf, ihr etwas vorzulügen.«

»Ah, dann willst du es ihr also erklären?«, fragt Jaxon und streckt einen Arm in meine Richtung aus. »Bitte sehr, Silvano. Erklär ihr, warum du Harper gefickt oder auch nicht gefickt hast. Erklär ihr, was in dir vorgeht. Oder willst du ihr gleich vom Zirkel erzählen? Soll ausgerechnet das Mädchen, das jederzeit die Idee bekommen könnte, sich an uns rächen zu wollen, *alles* über uns wissen? Geniale Idee.«

»Du sollst einfach nur aufhören, sie anzulügen«, zischt Sylvian.

»Dann fang du doch damit an!«, fährt Jaxon Sylvian an.

Zayn reißt die Augen auf, betrachtet seine Freunde, als wären sie verrückt geworden. »Wie wär's, wenn ihr einfach wieder verschwindet? Dole und ich hatten gerade ein super Date, wirklich.«

»Ja? Eigentlich hast du mit mir Schluss gemacht, oder?«, frage ich zynisch.

»Entschuldigt, wenn ich euch unterbreche.« Romeo tritt aus den Schatten hervor. »Aber ... wenn ich euch allen einen Tipp geben darf ...«

»Nein«, knurrt Sylvian.

»Draußen geht der erste warme Tag des Jahres zu Ende. Der Strand ist nicht weit. Eine frische Brise. Meer.«

»Was zur Hölle willst du von uns, Portcharles?«, fragt Zayn ihn genervt.

Romeo zuckt mit den Achseln, zieht sich einen Stuhl zurück und lässt sich elegant darauf sinken. Dann greift er nach seinem Handy und öffnet eine App, die verräterisch nach *Candy Crush* aussieht. »Ich warte hier auf euch.«

Ich sehe ihn perplex an und bemerke, wie es mir die Kings gleichtun. Erst allmählich scheinen sie sich mit Blicken zu verständigen.

Sylvian fährt sich durchs Haar und Zayn richtet sich plötzlich gerader auf.

»Gut«, sagt Jaxon gedehnt. »Gehen wir an den Strand.«

Ich setze zu einem Widerwort an, frage mich dann aber, warum ich widersprechen sollte. Warum wehre ich mich noch immer gegen mein offensichtliches Verlangen, mit den Kings Zeit zu verbringen? Ich bin so.

Kein Opfer.

Sondern einfach nur süchtig.

JAXON

Und ich liebe deine Sucht nach uns, Belle.

ACHTZEHN

MABLE

Auf dem Parkplatz steht nicht nur Jaxons Ferrari, sondern auch ein Motorrad. Ich frage mich, wem von den Kings es gehört. Am Restaurant vorbei führt ein kleiner Weg direkt auf den Strand zu. Sylvian und Zayn zünden sich im Gehen eine Zigarette an, Jaxon bleibt dicht bei mir.

Niemand sagt ein Wort.

Erst als wir den Strand erreichen, wird die drückende Stille zwischen uns vom rauschenden Meer ersetzt. Die Wellen schäumen hell und das Licht der Laternen des Restaurants tanzt unruhig auf dem Wasser.

»Es ist wirklich schön warm«, sage ich, weil mir nichts anderes einfällt.

Alle drei Kings lassen sich in dem Sand nieder, und ich bin die Einzige, die stehen bleibt. Selbst wenn sie nur dasitzen, sind sie jeweils auf ihre eigene Art unfassbar attraktiv.

Sylvian hat das eine Bein ausgestreckt, das andere angewinkelt. Wie so oft trägt er seine Lederjacke an den Armen hochgekrempelt. Die vielen Ringe und die Tattoos verschönern seine Hände und Arme. Er lässt Rauch um sein düsteres, ansehnliches Gesicht entstehen und sein schwarzes Haar verschwindet im Schatten hinter ihm.

Jaxon hat sich auf beide Ellenbogen zurückgelehnt und betrachtet mich interessiert. Sein dunkelblondes Haar ist nach hinten frisiert, lässt sein makelloses Gesicht frei und offen. Er trägt wie Reece lockere Kleidung, die trotzdem nach ›Kingston‹-Student schreit. Wie Sylvians sind auch Jaxons Finger beringt und die teure Uhr an seinem Handgelenk ist ein weiteres Schmuckstück.

Zayn sieht aus wie Reece und doch verändert das Wissen, dass er nicht Reece ist, meine Perspektive auf ihn. Vielleicht ist er ein Stück weit verwegener als sein Bruder. Vielleicht ist seine Kleidung immer ein kleines bisschen unordentlicher. Und sein Lächeln immer ein kleines bisschen schiefer.

»Tu es einfach, Mable.« Zayn sieht ernst zu mir hoch. Da ist so viel Reece in ihm, dass ich mich frage, ob sie gerade unbemerkt die Rolle getauscht haben. Aber ich habe ihn nicht eine Sekunde aus den Augen gelassen. »Nenn einfach den Namen, der dir sowieso schon seit einer Ewigkeit auf den Lippen brennt.«

Mein Blick huscht zu Sylvian. Dann zu Jaxon. Dann zu Zayn. Wenn ich könnte, würde ich Reece wählen. Aber ich habe keine Ahnung, warum er nicht hier ist. Ist ihm egal, was Zayn mir vorgespielt hat? Will er es vielleicht genau so? Hat Zayn gar nicht gelogen, was Reece' Gefühle angeht? Ich kann ihm im Grunde am wenigsten trauen. Es ist verrückt, denn ich scheine nur eine *Idee* von Reece zu mögen. Ohne jemals durchschaut zu haben, wer er wirklich ist. Wie oft war Zayn nett zu mir und ich dachte, es wäre Reece? Wie oft war Reece fies zu mir und ich habe es Zayn zugeordnet? Der heutige Abend hat gezeigt, dass Reece nicht nur Reece ist. Er ist ein Crescent. Er ist mehr, als ich momentan durchschauen kann. Und weniger.

Ich kann mich nicht für ihn entscheiden. So viel steht fest.

»Es ist okay«, sagt Jaxon und zuckt lässig mit den Schultern. »Wir können auch einfach Sex haben. Ich denke, das ist eher das, was Romeo meinte, als er uns zum Strand geschickt hat.«

»Sex?«, fragt Sylvian kalt.

Meine Brust hebt und senkt sich verräterisch. Sex. Letztendlich ist es das, was ich anfangs wollte, oder? Und ich habe es nie bekommen. Es haben sich immer Gefühle dazu gemischt.

Gefühle, die mich beinahe dazu bringen, erneut davonzulaufen. Als würde ich hoffen, dass es jemals vorbeigeht, wenn ich vor ihnen fliehe.

»Ja, es ist das, was wir alle gerne tun, Silvano«, erklärt Jaxon nonchalant und spielt mit dem Sand in seiner rechten Hand. »Warum sollten wir uns um die Schwierigkeiten des Lebens kümmern, wenn wir auch einfach …«

»Jaxon«, bringe ich hervor.

Er unterbricht sich und sieht zu mir auf.

»Wenn die Wasservilla nicht eingestürzt wäre, hätte ich Jaxon gewählt.«

Für eine Weile ist nur noch das Rauschen der Wellen zu hören.

»Und jetzt?«, fragt Jaxon leise.

»Würde ich es auch tun.«

In dem Moment, als er die Lider senkt und das breiteste Lächeln auf seinen Zügen entsteht, das ich jemals an ihm gesehen habe, weiß ich, dass es die richtige Wahl ist. Ich fühle mich befreit, so wie alles an ihm befreit wirkt.

Ich habe es hinter mich gebracht. Ich habe mich gegen Sylvian und Reece und Zayn entschieden und muss nicht mehr zweifeln. In diesem Moment ist alles vorbei.

All der Druck ist fort.

All das Gewicht von meinen Schultern gewichen.

»Ich wusste es«, raunt Zayn, aber ich habe keine Ohren für ihn. Keine Augen.

Es ist einzig Jaxons Lächeln, das mich gefangen nimmt.

»Wirklich?«, fragt er von unten herauf, als würde er fürchten, ich könne meine Worte zurücknehmen.

»Versprich mir einfach nur, dass du es ernst meinst.«

Sylvian schnaubt, aber Jaxon steht auf. Er klopft sich nicht einmal den Sand von der Kleidung, sondern kommt einfach auf mich zu. »Ich meine es ernst, Belle.«

Mein Herzschlag dröhnt mir bis in die Ohren, als er seine Hände an meine Wangen legt.

»Ich bin die richtige Wahl«, flüstert er und beugt sich zu mir herunter. Vor meinen Lippen hält er inne und atmet mich einfach nur ein. So wie ich ihn einatme. »Das heißt, du wirst mich auf die Graduation Gala begleiten? Du wirst von nun an an meiner Seite stehen? Du wählst mich?«

Ich nicke, obwohl ich keine Ahnung habe, was mich erwartet. Aber schlimmer als das erste Semester kann es nicht werden.

»Du wirst nur mich daten? Keinen anderen an dich heranlassen?«

»Ja«, wispere ich, denn es ist das, was ich aufgeben muss. Reece, Zayn, Sylvian. So sehr mein Körper auch auf sie reagiert, die Wahl für einen der Kings bedeutet, sich gegen die anderen zu entscheiden.

»Ich habe bis zuletzt gezweifelt«, sagt Jaxon feixend, dann küsst er mich kurz. Seine feuchten Lippen auf meinen zu spüren, lässt weitere Schmetterlinge durch meinen Magen tosen. »Ich gehöre von nun an dir.«

Seine Worte klingen wie Magie. Er soll mir gehören? Ausgerechnet Jaxon Tyrell, der keinen Hehl daraus gemacht hat, alle Frauen zu vögeln, die nicht schnell genug vor ihm davonlaufen? Der Erbe der Kingston-Linie, der Erbe der Tyrells? Mein Peiniger? Mein größter Feind?

»Und du gehörst von nun an mir.« Sein Lächeln wird schief und all das gute Gefühl in mir kippt. Stattdessen füllt Aufregung und Spannung meinen Körper, als hätte er mich direkt an eine Steckdose geschlossen. »Und wie du weißt, teile ich meinen Besitz sehr gern.«

Mein Mund öffnet sich. Doch bevor ich in seinen Augen lesen kann, was zur Hölle er damit meint, ist er bereits hinter mich getreten. Seine Hand geht in mein Haar, er schiebt es beiseite und küsst mich liebevoll am Hals.

»Ich hoffe, du hast nichts dagegen, Belle«, raunt er und schickt damit Hitze direkt in meine Mitte.

Sylvian und Zayn sind aufgestanden und unmerklich nähergekommen.

»Du willst ...«, frage ich atemlos, nicht sicher, ob ich ihn richtig verstehe. »Du willst wirklich, dass wir ... einfach ... weitermachen wie bisher? Ich dachte, Sylvian ... Sylvian hat gerade eben noch behauptet, du würdest lügen ...«

Jaxons Lippen erreichen mein Ohr und er beißt zaghaft in mein Ohrläppchen. »Möchtest du nicht weitermachen wie bisher, kleine Perle?«

»Ich dachte ... Ich dachte, wenn ich mich entscheide ...«

»Werden wir trotzdem Spaß haben, Belle«, raunt er und in diesem Moment greift Zayn an mein Handgelenk. Er zieht mich vor sich, umfasst meinen Hals und küsst mich hart.

Mein Kopf dröhnt und ich bin zu verwirrt, um diesen Kuss nicht zu erwidern.

»Ist das ein Test?«, frage ich die Kings und sehe Jaxon klar an.

»Für was?«, fragt er zurück.

»Ob ich die anderen abweise und nur dich will.«

Alle drei Männer lachen.

»Jeder von uns«, erklärt Jaxon bedeutungsschwanger, »würde dich immer mit den anderen teilen. Darum ging es nie bei dieser Entscheidung.«

»Worum dann?«, frage ich kleinlaut.

»Darum, dass niemand dich anrühren wird, solange ich es nicht erlaube.«

»Das ist alles?«, keuche ich. »Um mehr ging es nie?

Du willst einfach nur bestimmen, mit wem ich Sex habe?«

»Willst du das nicht bestimmen?«

»Ich will, dass du mit *niemandem* sonst schläfst!«

Wieder grinsen die Kings sich gegenseitig an. Dass selbst Sylvian Jaxons Meinung ist, macht mich wütend.

»Das ist nicht euer Ernst«, stoße ich aus.

»Wir haben dir gesagt, dass es nur um das Offizielle geht«, erklärt Zayn schulterzuckend. »Also mach jetzt kein Drama draus.«

Jaxon holt mich wieder zu sich heran, zieht mich an seine Brust und hält mich fest. »Warum sollten wir auf etwas verzichten, das uns allen Spaß macht, hm?« Seine Stimme ist sanft, als er über meine Wange streichelt.

Mir fallen hundert Gründe ein. Vorneweg der wichtigste. Wenn ich mit den anderen Sex habe, werde ich mich noch mehr in sie verlieben. Das weiß ich. Wenn ich sie an mich heranlasse, wird alles das, was zwischen uns ist, mit jedem Mal tiefer gehen. Und das widerspricht exakt dem Gefühl, das ich eben noch empfunden habe.

Der Erleichterung, endlich eine Wahl getroffen zu haben und mit dieser leben zu müssen.

Andererseits erregt mich allein die Vorstellung, dass ich Jaxon gehöre und doch irgendwie allen Kings, ins Unermessliche. Mein Puls beginnt zu rasen, als ich Zayn wieder ansehe. Und dann lasse ich den Gedanken zu, was gleich geschehen kann. Was ziemlich sicher geschehen wird, und trete auf ihn zu.

Er küsst mich erneut ohne Hemmungen. In meinem Kopf dreht sich alles. So lange habe ich diese verdammte

Entscheidung hinausgezögert, aber letztendlich hat sich überhaupt nichts verändert?

Sehnsuchtsvoll schiebe ich meine Hände in sein Haar. Ich küsse ihn und Reece gleichzeitig. Keinen von ihnen muss ich aufgeben. Fuck. Das fühlt sich noch viel besser an als mein Geständnis von zuvor.

Vielleicht hat Jaxon keine Ahnung, *wie* glücklich er mich damit erst gemacht hat.

Ja, sie alle haben es mir bereits vorher gesagt. Aber ich habe nie daran geglaubt. Mir erschien es einfach zu verrückt. Viel zu unrealistisch, dass ausgerechnet diese eine Lüge nie eine war. Dass sie mich *wirklich* teilen wollen, selbst wenn einer von ihnen fest mit mir zusammen ist.

Zayn hält mich an sich gepresst, durchforscht meinen Mund, beißt in meine Unterlippe und stöhnt verlangend. Ich tue es ihm gleich.

»Genug.« Jaxon. Er holt mich vor sich und küsst mich getrieben. Alles an ihm schmeckt fantastisch und ich seufze zufrieden auf. Doch viel zu schnell ist unser Kuss vorbei und er wirbelt mich herum. Die eine Hand um meine Taille, die andere an meinem Hals, sorgt er dafür, dass ich Sylvian direkt ansehe. »Er wird dich nicht verletzen, solange *ich* in der Nähe bin.«

Das ändert nichts daran, dass allein seine körperliche Nähe schmerzt.

Sylvians Blick ist so voller Schatten, dass ich mir einbilde, etwas seiner Dunkelheit springe auf mich über. Ich glaube nicht, dass er mir näherkommen würde, aber ich täusche mich. Er fasst in mein Haar, sodass ich zischend

Luft hole, überwindet den letzten Abstand zwischen uns und legt seine Lippen auf meine.

In dieser Sekunde zerbricht all die Sicherheit, die ich zuvor empfunden habe.

Es ist Sylvian.

Nichts von dem, was er mit mir tut, könnte jemals weniger tief gehen als das hier. Sein Kuss sagt mehr als tausend Worte und trotzdem sind es Worte, die ich nicht verstehe.

Mir ist unfassbar heiß geworden, nachdem er sich von mir löst. Der Dschungel in seinen Augen umschlingt mich wie eh und je. Verurteilt er mich dafür, dass ich Jaxon gewählt habe? Werde ich jemals einen Einblick in seine Gedanken erhalten?

»Okay, genug Psychostarrerei«, geht Zayn dazwischen, drängt Sylvian beiseite und zieht an meinem Top. »Echt ein bisschen scheiße von dir, dass du unser Date so enden lassen musstest, Dole.«

»Ich habe überhaupt nichts getan! ... Zayn.«

»Sie kann es nicht lassen«, bemerkt er feixend über meinen Kopf hinweg, zieht mir mein Oberteil aus und wirft es in den Sand, dann küsst er mich rau und gierig, und hebt seinen eigenen Pullover an.

Kurz darauf stehen alle Kings mit entblößter Brust vor mir.

Mir wird allein von dem Anblick ihrer trainierten, männlichen Körper heißer.

Jaxon fasst wieder in meinen Nacken, dreht meinen Kopf zu sich und küsst mich, während Zayn meine Brüste liebkost, leckt und fest knetet. Ich sollte mich ganz eventuell komisch dabei fühlen, dass er nicht Reece ist. Aber ich tue es nicht.

Gerade ist kein Platz für den Gedanken, dass sie mich in dem Glauben lassen wollen, er wäre jemand anderes.

Sylvian kesselt mich ein, schiebt eine Hand unter meinen Rock und küsst meinen Hals. Seine Finger schieben sich in mich und ich stöhne verlangend auf.

»Ich liebe es, wenn du stöhnst«, raunt Jaxon vor meinen Lippen. »Stöhn unsere Namen, so laut du kannst.«

Ich bebe vor unerfülltem Verlangen und rufe »Jaxon!«, als Sylvian einen zweiten Finger in mich schiebt und gleichzeitig meine Perle stimuliert.

Jaxon lacht und küsst mich wieder. Immer und immer wieder, während die anderen beiden meine übrige Kleidung abstreifen. Schließlich befinde ich mich nackt zwischen ihnen. Nackt, sehnsuchtsvoll und geborgen.

Jaxon drückt mich langsam in den Sand. Die anderen haben unsere Kleidung ausgebreitet, sodass ich auf Stoff sinke. Sobald mein Po den Boden berührt, spreizt Sylvian meine Beine. Er versinkt zwischen ihnen und leckt mich rau.

»Sylvian«, stöhne ich abgehackt und er sieht auf. Sein Anblick ist so heiß, dass ich nicht weiß, ob mein Verstand überhaupt noch richtig funktioniert. Während er seine Zunge tief in mich schiebt, liebkosen die anderen meinen nackten Oberkörper. Zayn küsst mich feucht und gierig, bevor er fest an meinen Nippeln saugt. Jaxon hält sich zurück, streichelt mich und sieht mir zu.

»Weitet sie«, befiehlt er.

Sylvian haucht mir einen Kuss auf den Bauchnabel und richtet sich auf. Der Kontakt unserer Augen lässt mich zusammenzucken. Hätte er mich nicht darum gebeten, es nicht zu tun, hätte ich mich vermutlich für ihn entschieden. Diese Erkenntnis trifft mich bitter und ich verdränge den Gedanken, denn sie ist Jaxon gegenüber nicht fair.

Auch wenn ich Jaxon vielleicht nicht besonders viel Fairness entgegenbringen muss, nach dem, was er im ersten Semester und nach meiner Entführung an Spring Break getan hat ... aber trotzdem.

»Umdrehen«, verlangt Jaxon sanft und streichelt durch mein Haar.

Ich stelle mich auf alle viere auf und spüre plötzlich einen harten Schlag auf meinen Hintern. »Au!«

»Weiten, habe ich gesagt«, knurrt Jaxon.

»Sorry.« Sylvian klingt überhaupt nicht danach, als würde es ihm leidtun. »Sicher, dass du nicht sehen willst, wie viel sie aushält?«

»Ziemlich sicher!«, keuche ich und drehe mich zu ihm um.

Jaxon packt hart mein Gesicht, zerrt mich zurück. »Augen auf mich, Belle. Sy hat recht. Es gibt so viele Dinge, für die ich dich gerne bestrafen würde.«

»Ihr seid die Einzigen, die Schläge verdienen«, raune ich und versuche mich zu befreien.

»Ach, komm schon, Dole«, mischt Zayn sich ein. »Halt einfach die Klappe und genieß es, ja?«

Ich verdrehe meine Augen, weil ich meinen Kopf nicht bewegen kann, um ihn wütend anzufunkeln.

Dann verpasst Sylvian meinem Hintern den zweiten Schlag.

Ich atme zischend Luft ein.

Es fühlt sich nicht schmerzhaft an. Vielmehr prickelnd und erregend.

Wieder schlägt er zu und ich presse die Augenlider zusammen. Wie lange muss ich das durchhalten?

Wieder.

Einerseits heizt mich die Vorstellung an, dass Sylvian mich züchtigt und Jaxon es verlangt, andererseits widerspricht es auch sämtlichen meiner Prinzipien.

»Lass dich fallen«, murmelt Zayn an meiner Seite, massiert meine Brüste und zwickt immer wieder hinein. »Wir wissen, dass in dir eine kleine schwanzgeile Pussy steckt, die alles hiervon braucht.«

Ich widerspreche nicht. Vermutlich hat er recht.

»Noch zwei Schläge«, ordnet Jaxon an.

Mein Hintern glüht mittlerweile und die letzten beiden Schläge schmerzen höllisch. Was mir daran gefällt, kann ich nicht begreifen. Ich nehme es einfach hin. Wie ich alles hinnehme, was zwischen den Kings und mir geschieht.

Zayn und Sylvian tauschen die Position. Ich erwarte, dass Zayn mich von hinten nehmen wird, stattdessen spreizt er ohne Vorwarnung meine Backen und leckt durch meinen Spalt.

Ich verkrampfe am ganzen Körper.

»Lass es einfach geschehen«, sagt Jaxon sanft, lässt endlich mein Gesicht los und öffnet seinen Gürtel. Er schiebt seine Shorts herunter und offenbart mir seinen harten Schwanz. Automatisch lecke ich mir die Lippen und spüre ihn im nächsten Moment in mir. Während ich versuche, das Gefühl zu verarbeiten, dass Zayns Zunge an meinem After erzeugt, nehme ich Jaxon tief in mir auf.

Ich liebkose ihn zärtlich, reibe mit meiner Hand zusätzlich über seine Länge und umkreise seine Spitze mit dem Mund.

Sylvian greift grob nach meiner Hand und schließt sie um seinen Schaft. Die Männer sitzen nah beieinander und ich mit den Ellenbogen aufgestützt vor ihnen.

Ich lasse Jaxons Schwanz aus meinen Lippen hervorgleiten und sehe zu ihm hoch, gerade als Zayn zusätzlich zu seiner Zunge einen Finger in mich schiebt.

Wieder stöhne ich.

»Konzentrier dich auf uns«, verlangt Jaxon rau. Er und Sylvian haben sich zu beiden Seiten meines Kopfes positioniert. Angeheizt nehme ich beide Schwänze in die Hand, küsse erst den einen, dann den anderen. Das, was Zayn währenddessen tut, lässt mich meine letzte Hemmung vergessen. Ich lutsche an Sylvians und Jaxons Schwänzen, als wären sie aus Zucker, und genieße jeden Moment davon.

Dabei sehe ich abwechselnd zu ihnen hoch. Ihre Blicke auf mir glühen.

Es ist so heiß, sie anzusehen.

So verdorben und verrückt.

Beide streicheln zärtlich durch mein Haar, über meinen Rücken, während sie abwechselnd meinen Mund ficken.

»Ob sie weiß, was für ein verdammt heißes Bild sie abgibt?«, fragt Sylvian Jaxon.

»Vielleicht kapiert sie es langsam.«

Ich lächle die beiden an und mache eine ganze Weile weiter, bis Zayn sich plötzlich ganz zurückzieht.

Ich spüre ihn nicht mehr und werde nervös. Werde von Jaxon am Kinn festgehalten, damit ich mich nicht zu ihm umdrehen kann. Was, wenn Zayn ausgerechnet jetzt mit Reece tauscht? Und ich bekomme es nicht mit? Wie wird Reece darauf reagieren, dass ich mich für Jaxon entschieden habe?

»Keine Sorge, er ist noch hier«, sagt Jaxon, als könne er meine Gedanken lesen. Ich stütze mich auf seine Worte hin auf und werde von Zayn direkt zurück in den Sand gezogen.

Er keilt mich an seiner Brust ein, zieht mich von hinten an sich und umschließt mich im Liegen fest. Ich liege auf seinem rechten Arm, den er um meinen Kopf gewunden hat, um mein Kinn fest in seine Hand zu nehmen. Seine Lippen streifen meinen Hals und er stellt mein linkes Bein auf, um sich Zugang zu meiner Mitte zu verschaffen.

Für einen Moment konzentriere ich mich nur auf ihn. Seine Schwanzspitze fährt über meine Pussy, taucht kurz in mich ein und presst sich dann gegen meinen After.

Ich verspanne, verkrampfe geradezu, was er mit einem Schlag auf meinen Hintern quittiert.

»Lass es zu, kleine Dole«, säuselt er an meinem Ohr und schiebt meine Pobacken wieder auseinander, verteilt meine Feuchtigkeit nach hinten. Er erhöht den Druck seines Schwanzes an meinem After und schiebt sich langsam hinein.

Es fühlt sich absolut verboten an. Der Druck wird unermesslich und ich glaube, dass ich es nicht ertragen kann, als er sich in mir zu bewegen beginnt. Zart, ganz vorsichtig. Es treibt meine Geilheit noch in die Höhe.

»Oh mein Gott«, murmle ich. Zayn drückt meinen Kopf in seine Richtung und schiebt seine Zunge in meinen Mund, während er mich von hinten vorsichtig dehnt.

Um Halt zu finden, kralle ich mich in Zayns Hand an meinem Kinn.

Sylvian hockt sich neben mich. Er ist jetzt ebenfalls komplett nackt und streichelt behutsam über meinen angespannten Körper. Seine Finger umkreisen meine Nippel, reiben sie sanft.

Zayn dringt tiefer in mich ein, was mich laut keuchen lässt. Es fühlt sich mächtig an, erregend, ungewohnt und furchtbar gut. Für eine ganze Weile passiert nichts weiter, als dass er mich dehnt. Erst nach und nach beginnt er, mich mit Stößen zu stimulieren.

Wir küssen uns dabei, und ich frage mich, was das zwischen uns ist. Macht er nur mit, weil er Spaß daran hat? Wieso fühle ich dann so viel mehr, als er mich hält?

Sein Schwanz gleitet hart in mich und er stöhnt mit mir. Dieser Moment ist intim. Wir sind zusammen, teilen meine neue Erfahrung. Ich kann mir nicht vorstellen, dass er mich wirklich hasst.

»Zayn«, wispere ich an seinen Lippen, als er sich ganz in mir versenkt.

Er lächelt schief. »Nenn mich, wie du willst, Baby.«

Jaxon hat uns beobachtet und nähert sich jetzt meinen Schenkeln. Er drückt mein linkes Bein beiseite und streichelt meine feuchte Pussy, während Zayn noch immer in mir ist. Dann platziert auch er seinen Schwanz an meiner Öffnung.

Ich atme scharf ein, als er in mich gleitet. Die Männer umgeben mich perfekt. Als wären sie eine Einheit, und doch ist jeder auf seine Art so anders als die anderen.

Jaxon hält meinen linken Schenkel vor seine Brust und gleitet langsam in mich. Es fühlt sich pervers an. Fantastisch. Und ich bettle automatisch nach mehr.

»Bitte nicht aufhören«, keuche ich.

Jeder von ihnen lacht, was weitere Stromstöße durch meinen Magen jagt. Jaxon und Zayn ficken mich rhythmisch. Jaxon von der Seite, Zayn von hinten, und sie lassen sich viel Zeit.

Zeit, in der ich das neue Gefühl kennenlernen und ganz und gar lieben lernen kann. Sylvian positioniert seinen Schwanz vor meinem Mund und dann werde ich von ihnen gleichzeitig ausgefüllt. Ich könnte mich benutzt fühlen, stattdessen genieße ich es, das Zentrum ihrer Aufmerksamkeit zu sein. Dass ich es bin, der sich jeder von ihnen widmet. Ich lasse mich ganz fallen in den Strom aus intensiven Stimulierungen und versuche etwas von dem zurückzugeben, was sie in mir erzeugen.

Mein erster Orgasmus kommt unerwartet, bahnt sich plötzlich an, ist viel zu schnell da und bringt mich dazu, zu schreien. Jaxon stößt sich weiter in mich, bis der letzte Ausläufer meiner inneren Welle vorüber ist. Dann wechselt er mit Sylvian die Position, zieht sein Kondom ab und schiebt sich in meinen Mund.

Bevor Sylvian in mich eindringt, fickt Zayn mich plötzlich mit schnellen, harten Schüben.

Ich stöhne wild, muss Jaxons Schwanz aus mir hervorgleiten lassen und werde von Zayn wieder am Hals gepackt und zu seinen Lippen gezogen.

Er öffnet seinen Mund weit, unsere Zungen suchen einander und er rammt sich in mich, bis er kommt. Sein Unterbauch zuckt, sein Schwanz bewegt sich in mir und er wird augenblicklich langsamer. Gemäßigter. Schiebt sich stöhnend, gefühlvoll in mich.

»So heiß, kleine Dole«, raunt er an meinen Lippen und wir küssen uns wieder richtig. Verlangen überkommt mich, ihm noch näher zu sein. Ich drehe mich in seinem Griff um, greife fest in sein blondes Haar und küsse ihn umso inniger.

Als er sich auf den Rücken in unsere Kleidung legt, setze ich mich auf seinen Bauch, lasse unsere Zungen gefühlvoll miteinander tänzeln. Ich habe keine Ahnung, wer Zayn ist. Aber es fühlt sich gut an. Es fühlt sich ... richtig an. So verrückt das auch sein mag.

»Kann Reece dazukommen?«, frage ich aus einem dummen Impuls heraus, als hätten die Worte sich verselbstständigt.

Zayn lacht mich an. Er wirkt vollkommen zufrieden. »Ich kann Reece sein, wenn du willst.«

»Warum kann er nicht einfach dazukommen?«

»Lass die Scheiße, Belle«, schnalzt Jaxon. »Du willst Reece? Er ist hier.«

Ich sehe auf, doch am Strand ist niemand zu sehen. Als ich wieder nach unten auf Zayn hinabblicke, weiß ich, was Jaxon meint.

Alles an ihm ist plötzlich Reece.

Sein liebevolles Strahlen in den Augen. Das freundliche Lächeln. Der amüsierte Zug um seine Lippen. Die Geduld in seinem Blick. Er streicht eine Strähne hinter mein Ohr, zieht mich zu sich heran und küsst mich erneut.

Und dieses Mal ist es so ganz anders als zuvor.

Ich wünschte, ich würde es endlich durchschauen. Vielleicht trügt mich auch mein Instinkt? Zayns heiße Reece-Küsse lassen mich sehnsuchtsvoll seufzen und ich rutsche über seinen Bauch.

»Warte«, sagt er schnell, hält mich an den Schenkeln fest und lässt sich ein neues Kondom geben. Wir sehen uns an, als er es sich überzieht, und obwohl er mittlerweile eine Art Maske trägt, um seinen Zwillingsbruder zu imitieren, sehe ich dasselbe Verlangen in ihm wie mir. Gepaart mit einem Hauch Überraschung. Vielleicht, weil er nicht glauben kann, dass ich nicht genug bekomme.

Ich lasse mich auf ihn gleiten, sobald er das Kondom übergezogen hat, und wir stöhnen beide tief. Er ist noch immer groß. Nicht mehr ganz so hart wie zuvor, aber es reicht, um ihn tief in mir zu spüren.

»Bleib so, Belle«, sagt Jaxon im Befehlston, drückt mich auf Zayn nieder, der in mein Haar greift und mich küsst, während ich mich sanft auf ihm bewege.

Ich spüre Sylvian hinter mir. Auch er positioniert sich an meinem Anus.

Während Zayn in mir bleibt, schiebt sich Sylvian langsam vor. Ich atme hektisch und voller Lust. Das hier übersteigt bei weitem die anderen Male. Es ist noch viel intimer. Viel näher. Viel ... verdorbener.

Sylvian fasst in das Fleisch meines Hinterns und stößt seinen Schwanz mit einem Mal in mich. Zayns Hand in meinem Haar fängt den Stoß ab und wir sehen uns fest in die Augen, als Sylvian mich zu ficken beginnt.

Sein Blick geht tief. Es ist nicht normal, dass das hier geschieht. Dass ich das Gefühl habe, sie würden meine eigene Lust mitempfinden. Dass sie es genießen, mich an so vielen Punkten gleichzeitig zu stimulieren. Ich habe Zayn niemals für das gehalten, was er mir jetzt von sich zeigt.

Jemand, in dem ich mich genauso verlieren kann wie in alle anderen.

Je schneller Sylvian wird, umso lauter keuche ich, und schließlich durchströmt mich eine nächste, wesentlich heftigere Welle. Sylvian presst meine Mitte auf Zayn hinunter, sodass die Reibung meine Klit perfekt trifft.

Er kommt mit mir, knurrt laut und ergießt sich in meinem Hintern. Allmählich nehmen die rauen Bewegungen ab und ich bleibe schließlich auf Zayn ermattet liegen. Jedenfalls für einen Moment. Dann schiebt er mich plötzlich von sich herunter, sorgt dafür, dass ich neben ihm im Sand lande. Sylvian spreizt meine Beine und versenkt seine Lippen auf meiner Scham. Mit der Zunge stimuliert er gezielt meinen Kitzler und ich kralle mich hilflos an Zayns makelloser Brust fest, als ich ein drittes Mal komme.

Der Rausch ist fantastisch und erlösend zugleich. Zayn küsst mich ein letztes Mal, bevor er mich freilässt und ich erschöpft daliege, zu Jaxon aufsehe.

Er trägt bereits wieder seine Hose.

Allein von seinem intensiven Blick wird mir schwindelig.

Wir liegen alle für eine Weile da. Schweratmend, tief befriedigt. Nur Jaxon sitzt neben uns, als wäre er der Dirigent, nicht der Musiker.

Ich strecke eine Hand nach ihm aus, auf die er hinabblickt, bevor er danach greift.

»Und?«, fragt er zärtlich, fährt mit seinem Zeigefinger meinen Ringfinger entlang. »Bereust du deine Entscheidung?«

Automatisch schüttle ich den Kopf. Ich werde nicht den Fehler machen, es zu bereuen. Das steht außer Frage.

Sylvian reicht Zayn eine Zigarette, nachdem sie sich angezogen haben, und ich kann in ihren Mienen nicht lesen, was in ihnen vorgeht. Es ist, als hätten sie plötzlich eine Maske aufgesetzt. Als wäre nichts von zuvor geschehen. Sie können zwar so tun, als wäre es so, aber ich werde nichts von eben vergessen.

Jaxon hilft mir auf und zieht mir mein Top über den Kopf. Er findet offenbar Gefallen daran, mich an- statt auszuziehen. »Lass den Slip weg«, sagt er und drückt mir meinen Rock in die Hand. Meine Schuhe und die anderen Dinge hat er bereits aufgehoben.

Als wir zurück zum Parkplatz gehen, Jaxon dicht an meiner Seite, spüre ich das erste Ziehen in meinem Magen. Es wird stärker, als Jaxon mir die Tür zu seinem neuen Sportwagen öffnet. Ein weiterer roter Ferrari. Die Form ist noch schnittiger als zuvor, die genauen Unterschiede erkenne ich aber nicht. Natürlich hat er sich einfach einen neuen gekauft. Warum auch nicht? *Wie konnte ich so dumm sein, mich für ihn zu entscheiden und daraufhin mit zwei seiner Freunde zu schlafen, für die ich ebenfalls etwas empfinde. Zumindest empfunden habe. Oder glaube, zu empfinden, schließlich war nicht Reece dabei, sondern Zayn.*

Ach, verdammt!

Es ist das erste Mal, dass ich neben Jaxon im Auto sitze, und ich versuche mich darauf zu konzentrieren, wie attraktiv ich ihn finde. Seine Bewegungen, als er das Lenkrad dreht. Den Vorwärtsgang einlegt. Uns galant vom Parkplatz fährt. Ich weiß, dass ich nur einen Moment warten muss, damit ich mich wieder ganz auf ihn einlassen kann. Damit da wieder nur er und ich sind.

Er. Und. Ich.

Was noch immer fantastisch scheint, wird mehr und mehr Realität.

Kaum haben wir die Landstraße erreicht, lässt er eine Hand auf mein Bein sinken und schiebt sie allmählich unter meinen Rock. Ich öffne ungewollt die Beine, als sein Finger meine Pussy erreicht.

Das zynische Lächeln, das er mir zuwirft, lässt mich scharf die Luft einatmen.

»Du bist unersättlich, Belle«, sagt er foppend und stimuliert zärtlich meine Klit.

»Sorry«, murmle ich, was ihn zum Lachen bringt. »Was bedeutet das jetzt?«

»Das mit uns?«

»Ja.«

»Hast du noch nie eine Beziehung geführt, Belle?« Er fragt es erst, als wäre es eine rhetorische Frage, aber dann sieht er mich direkt an. »Jungfrau, stimmt. Ich habe es vergessen.«

»Keine richtige Jungfrau.«

»Wirst du mir jemals erklären, was du damit meinst?« Ungeduld schwingt in seiner Stimme mit.

»Ich weiß, wie normale Paare eine Beziehung führen. Aber du bist Jaxon Tyrell. Und ich weiß nicht einmal, ob wir eine Beziehung führen, nur weil ich mit zu der Gala kommen werde und wir ...«

»Ich habe keine Zeit.« Jaxon lehnt sich entspannt in seinem Sitz zurück. »Wir beide haben keine Zeit. Ich muss meine Thesis verteidigen und du hast bald Prüfungen. Wir werden uns bis zur Gala nicht viel sehen können, falls es das ist, was du meinst.«

Er klingt um ein Vielfaches weniger romantisch, als ich es gerade gebraucht hätte. »Das ist eine kluge Entscheidung, fürchte ich.«

»Außerdem sollten wir nach deinen Videos noch eine Weile Gras über die Sache wachsen lassen, nicht wahr?«

»Warum?«, frage ich beklommen.

»Ich will nicht, dass die Leute dir vorwerfen, du hättest alles nur erfunden.«

»Wir werden uns kaum sehen?«

»Es sind nur noch ein paar Wochen bis zu den Abschlussfeierlichkeiten. Die Zeit überstehen wir, oder?« Er zwinkert mir zu und schaltet das Radio ein. Elektronischer Swing füllt das Innere des Wagens.

»Also ist einfach alles ... wie bisher?«

»Bis auf die Tatsache, dass du auf keine Dates mehr mit Crescent gehen wirst? Ja.«

»Und Clarisse?«

»Wer ist Clarisse?«, fragt er feixend.

Gut. Wenigstens scheint er diese Sache ernst nehmen zu wollen. »Wir werden uns nicht einmal auf dem Campus treffen? In den ganzen drei Wochen nicht?«

Seine Kieferpartie arbeitet, aber er lässt mich nicht an seinen Gedanken teilhaben. »Möchtest du das?«

»Ich will es nur verstehen, worauf ich mich verlassen kann und worauf nicht.«

»Diese Thesis ist *sehr* wichtig für mich, Belle. Ich kann mir keine Ablenkung erlauben. Ich musste jetzt Monate auf dich warten, kriegst du diese drei Wochen für mich hin?« Wieder ein Blick in meine Richtung. Das Eis in seinen Augen ist verhärtet und ich kann nicht genau einschätzen, wieso.

»Natürlich«, murmle ich und wende mich ab.

Zärtlich streichelt er mich weiter, als wäre nichts gewesen, und ich versuche den Dämpfer der Enttäuschung zu verdrängen. Was habe ich erwartet? Dass Jaxon Tyrell von nun an immer an meiner Seite ist? Wir zusammenziehen? Wir einen Namen bekommen? Und den gesamten Campus mit unserer Romanze belästigen?

Nein. Dafür sind ihm seine Noten zu wichtig und das ist okay. Ich wäre vermutlich genauso, wenn es um die letzten Erfolge in meiner Collegelaufbahn ginge. Was im Internet irgendjemand über mich denkt, ist mir zwar egal, aber ... als zukünftige ... Freundin-oder-was-auch-immer von Jaxon Tyrell sollte ich auf mein Image achten.

Und mein Image ist definitiv sehr in Mitleidenschaft gezogen worden.

»Darf ich dich etwas anderes fragen?«

»Sicher«, entgegnet er, ohne mich anzusehen. *Seine lässige Arschloch-Art hat er auch vor dem Spiegel geprobt, oder?*

»Warum habt ihr mir eben nicht einfach gesagt, dass es Zayn ist? Warum habt ihr mich unbedingt in dem Glauben lassen wollen, es wäre Reece?« Ich formuliere die Frage so, dass gar kein Zweifel mehr daran besteht, dass ich wirklich Zayn vor mir hatte. Kein Zweifel. Null.

Jaxon seufzt. »Damit das Ganze funktioniert, halten wir uns alle an einen Kodex. Wem die Zwillinge ihre wahre Identität offenbaren, entscheiden niemals wir. Wir werden sie nicht verraten, nicht einmal, wenn es offensichtlich ist, denn nur deshalb haben sie uns überhaupt eingeweiht. Was Reece und Zayn untereinander vereinbart haben, ist nicht unsere Sache. Und es ist nicht deine. Du kannst dir nie sicher sein, dass du den einen oder den anderen vor dir hast, und ich werde dir leider nicht dabei helfen können, sie zu unterscheiden. Das und eine ganze Menge mehr schulde ich ihnen.«

»Dann können wir das nicht mehr tun«, bringe ich leise hervor.

Jaxons Finger halten inne und er wirft mir einen skeptischen Blick zu.

»Ich meine das ... mit den anderen.«

Es ist eine vollkommen unerwartete und eigentümliche Reaktion, die ich auf Jaxons Miene beobachte. Ich kann sie nicht einmal beschreiben. Er sieht aus, als hätte ich von ihm verlangt, alle anderen Kings zu töten, damit wir zusammen sein können. »Warum?«, fragt er, glättet seine Gesichtszüge und setzt wieder sein Pokerface auf. »Warum sollte es nicht gehen, Belle?« Ein drohender

Unterton ist aus seiner Stimme zu hören. Als dürfe ich bloß nichts Falsches antworten.

»Ich mag sie«, wispere ich.

Jaxon sieht wieder nach vorn. »Das ist mir nicht entgangen. Und?«

»Ich will sie nicht noch mehr mögen lernen. Und es zerreißt mich zu sehr, nicht zu wissen, mit welchem Zwilling ich es gerade zu tun habe. Welcher Zwilling gerade mit mir schläft. Das ... das halte ich nicht aus.« *Wäre es anders, hätte ich mich nicht für dich entschieden*, ergänze ich im Stillen.

»Verstehe.«

Schweigen füllt den Wagen. Nie hätte ich gedacht, dass es *nach* meiner Entscheidung zwischen uns anders werden würde als zuvor. Jedenfalls nicht, wenn ich mich *für ihn* entscheide.

»Es ist doch kein Muss, oder?«, frage ich vorsichtig. »Du ... erwartest das nicht von mir?«

Für einen Moment scheint es, als würde er nicken wollen, doch dann schüttelt er den Kopf. »Natürlich nicht. Wenn es dir nicht gefällt – oder du Angst davor hast, dass es dir *zu sehr* gefällt, können wir das beenden. Aber wundere dich nicht, wenn die anderen sich dann auch binden werden.«

Wundern? Wundern wird es mich nicht. Schmerzen wird es. »Natürlich nicht.«

»Gut.« Jaxon biegt in die Straße ein, in deren Nähe mein Wohnheim liegt. »Gute Nacht, Belle.«

Ich warte, ob er aussteigen wird, um mich nach drinnen zu begleiten, aber er bleibt einfach sitzen. Am liebsten würde ich ihn anschreien. Das kann doch nicht sein Ernst sein? Nach diesem Sex? Nach meiner Entscheidung? Nach all den Gefühlen? Soll ich jetzt einfach in mein Zimmer gehen und schlafen? Er bringt mich nicht einmal vor die fucking Tür?

Fassungslos sitze ich da und versuche zu verstehen, was geschieht.

Ich sollte eine Wahl treffen, eine Entscheidung fällen. Ich sollte wählen zwischen meinem Herz, meinem Kopf und meiner Seele. Mir wurde einiges abverlangt.

Ich habe es selbst gewollt.

Ich wollte eine Wahl.

Es sollte alles leichter werden.

Ich habe einen gewählt, damit ich nicht alle verliere.

Doch wieso fühlt es sich so falsch an?

Wieso sind es nicht Glück und Zufriedenheit, die mich in diesem Moment erfüllen?

Ich wende meinen Kopf nach links, sehe ihn an. Den Mann, den ich glaube zu lieben.

Doch statt Liebe befällt mich Kälte und Leere.

»Geht es hierbei immer noch um ein Spiel?«, frage ich.

»Das Leben ist ein Spiel«, antwortet er und lächelt mich schief an. Es ist ein trügerisches Lächeln. Es ist immer noch nicht ganz *echt*.

Ich habe gewählt.

Aber es war die falsche Wahl.

Es wäre immer die falsche gewesen.

»Gute Nacht«, murmle ich säuerlich, als er nichts weiter sagt, steige aus und schlage die Tür des Ferraris zu. Jaxon fährt einfach an, als hätte er gar nicht mitbekommen, dass all die Schmetterlinge gerade einen grausamen Tod gestorben sind.

Nie hätte ich gedacht, dass Jaxon sich wie ein ganz normaler, unsensibler Kerl verhalten würde, wenn er sich einmal meiner sicher sein kann.

Als ich nach Hause laufe, rede ich mir ein, dass ich nicht erwarten kann, wir würden von nun an auf rosa Wolken schweben. Dafür ist zu viel passiert.

Aber eigentlich ist genau das der Grund, weshalb ich mich entschieden habe, richtig? Ich wollte endlich frei von der Last der Wahl sein. Es sollte sich gut anfühlen. Ich wollte paradiesisches Glück, unbeschwerte Leichtigkeit und tiefe Zufriedenheit. Es sollte sich richtig anfühlen.

Dabei wirkt es falsch.

So, so, so falsch.

NEUNZEHN

VANCE

Ich bin schon Hunderte Male auf den Platz gelaufen, wenn es um alles oder nichts ging. Wenn es allein von mir abhing, ob meine Mannschaft siegt oder verliert. Aber die Thesis zu verteidigen, ist noch mal etwas anderes. Einen Sieg allein durch meinen Intellekt ohne Einsatz meines Körpers zu erringen, ist nicht meine Stärke.

Auch wenn ich sicher bin, mich gut vorbereitet zu haben.

Dementsprechend zuversichtlich öffne ich die Tür zu dem kleinen Hörsaal, in dem meine Verteidigung stattfindet.

Aber ich hätte wissen müssen, dass es nicht so einfach wird.

Ich hätte von Anfang an ahnen müssen, dass die Fucker von Kings es niemals zulassen werden, wenn ich mein College abschließe.

Sie sitzen vor mir.

Zayn als Reece getarnt, Sylvian, Jaxon und Romeo. Und sie sind die Einzigen im Raum.

»Was gibt es?«, frage ich schroff, trete vors Pult und packe meine Sachen aus. Ich habe zwanzig Minuten, um mich vorzubereiten.

»Du hast deine Thesis nicht verteidigt, Buchanan.« Jaxon gähnt beinahe, während er spricht.

Ich schnaube nur und lasse mich von seinem Gelaber nicht beeindrucken.

»Er meint es ernst«, zischt Zayn. »Dein Termin war in der Woche nach Spring Break. Du hast ihn verpasst. Heute wird keiner kommen.«

Mein gesamter Rücken verspannt. »Euer Ernst?«, knurre ich.

»Du bist bereits exmatrikuliert, weil du auf die Nachfragen deines Profs nicht reagiert und lieber Football gespielt hast«, erklärt Romeo trocken.

Mein Mund fühlt sich an wie eine Wüste. »Das habt ihr Pisser nicht wirklich getan.« Auch wenn ich versuche, mir nicht anmerken zu lassen, wie nervös mich ihre Worte machen, fixiere ich Zayn. Trotz all der Scheiße, die zwischen uns gelaufen ist, ist da immer noch dieser Funken Hoffnung, wir wären irgendwann einmal wirklich Freunde gewesen.

Er grinst schief, weil er weiß, was ich denke, und steht auf. »Ja, Vanciboy, es war von Anfang an klar, dass du dein College nicht abschließen wirst. Wir haben dich bis zuletzt machen lassen, weil du nützlich warst. Ständig einen Trottel zu haben, der auf Abruf bereitsteht. Das ist nice. Das war nützlich.« Zayn kommt mir gefährlich nah.

Nicht für mich gefährlich, sondern für ihn.

Ich versuche mich zusammenzureißen. Meine Aggressionen nicht bestimmen zu lassen. Das hier ist kein Spielfeld. Das ist ein Hörsaal in Kingston. Hier siegt man allein durch Worte.

»Aber dann hast du angefangen, dich ein kleines bisschen zu sehr in unsere Dole zu vergucken, weißt du, Vance? Du bist Dreck und wagst es, sie zu berühren? Wagst es, dich als Beschützer aufzuspielen? Wagst es, sie nicht zu ficken, obwohl du die Gelegenheit dazu bekommst, weil du sie ›so sehr magst‹, hm? Aber du hast es nie geschafft, *wirklich* Teil der Elite zu werden, Vance. Du hast Fans, nichts weiter. Sie bewundern dich, nichts weiter. Aber du bist *kein fucking Teil* von uns und du wirst es nie werden. Und jemand wie Amabelle spielt weit außerhalb deiner Liga, solange *wir* Interesse an ihr haben. Und das haben wir nun mal. Du hättest deinen Status früher checken müssen, Vancy. Komm schon, du bist nicht wirklich überrascht, oder?«

»Ihr habt mich vier verdammte Jahre studieren lassen, um mir jetzt alles zu nehmen?«, knurre ich.

»Du hast dein Grundstudium abgeschlossen«, ruft Jaxon munter. »Du wirst auch so Karriere machen. Nur wirst du das nicht, wenn du jetzt nicht einfach gehst.«

»Ach, fickt euch.« Ich öffne meinen Laptop und suche mit bebenden Fingern nach der Mail meines Profs. Ich habe keine erhalten. Wenn er mir eine geschickt hat, müssen die Kings sie wie auch immer abgefangen haben.

»Das Spiel ist vorbei, Vance«, schnarrt Zayn an meiner Seite. »Du warst immer nur unser kleiner Ball. Unser Amüsement. Unsere Spielfigur. Und deine arme,

arme Mom erfährt hoffentlich nie, was du alles schon für uns getan hast. Aber wenn du unbedingt willst, werden wir es ihr sagen.«

Der Impuls, der mich durchfährt, ist so mächtig, dass ich ihn nicht zurückhalten kann. Meine Wut prescht als Adrenalin durch meine Venen und ich balle die Hand zur Faust.

Kein Zögern mehr.

Kein Zurückhalten.

Ich schlage Zayn das erste Mal in meinem Leben mitten gegen sein Kinn.

Und es fühlt sich so fucking gut an. So echt. So fair.

Er stolpert zurück und ich boxe in seinen Magen, bis er fällt.

Ich bin über ihm, lasse meine Faust auf ihn niedergehen. Das kleine winselnde Arschloch, das eigentlich in einer verfickten Klapse stecken sollte, hat mir mein Leben schwer genug gemacht.

»Ich dachte, wir wären mal Freunde gewesen, du verdammter Motherfucker. Aber alles, was du kannst, ist hässliches Verhalten an den Tag legen. Du hast Mable zerstört. Du tust es jetzt noch. Wenn jemand von uns ein Loser ist, dann du!«, brülle ich und höre auf, als alles an ihm blutet.

Mir gefällt nicht, dass niemand der Kings mich davon abhält, einen der Zwillinge windelweich zu schlagen, also richte ich mich auf und erwarte, dass ich die volle Schlagkraft zurückkriegen werde.

Doch die anderen stehen nur da.

Romeo hält sein Smartphone auf mich gerichtet.

Sylvian spielt mit einer Kippe zwischen den Fingern.

Jaxon applaudiert schließlich. »Danke, Vance. Dieses Video stand noch aus, um deine Exmatrikulation zu besiegeln. Erst die Beihilfe zu Clarisse' Attentat, jetzt Reece Crescent. Vermutlich hast du auch die Wasservilla gesprengt, meinst du nicht?«

Mein Magen rumort. Natürlich war es eine Falle. Ich hätte es wissen müssen, und vielleicht wusste ich es sogar. Aber die Befriedigung, Zayn endlich bluten lassen zu können, war es mir wert. So sehr hasse ich den Typen also. Dass ich selbst meinen Collegeabschluss riskiere.

»Ich freue mich darauf, dem FBI alles sagen zu können«, brumme ich, säubere meine Fäuste an den Innenseiten meines Pullovers und gehe wieder hinters Pult. Wenn die Kings gelogen haben, um mich zu provozieren, wird meine Verteidigung stattfinden. Und ich werde einen Teufel tun, sie nicht durchzuziehen. Selbst wenn ich am Ende keinen Abschluss erhalte, weil sie mich nachträglich suspendieren, will ich wissen, ob meine Arbeit sich verdammt noch mal gelohnt hat.

Zayn rappelt sich allmählich auf.

Er sieht wunderbar kaputt aus, auch wenn er dumm grinst.

»Natürlich werden sie dir glauben«, erwidert Jaxon süffisant. »Dir und nicht uns, Buchanan. Sie werden einem tumben Sportler glauben statt den besten Studenten der Universität. Wir sehen uns. Oder vielleicht auch nicht, solltest du im Knast landen.« Er hilft Zayn auf und sie gehen hinaus.

Romeo zwinkert mir böswillig zu und wedelt mit seinem Handy, bevor er den anderen folgt.

»Fucker«, murmle ich ihnen nach. Sie werden immer gewinnen.

Oder?

ZAYN

Oh, oh. Hast du dem King etwa seinen Willen gegeben, Dole? Und jetzt tut er schon so, als wärst du ganz und gar sein. Wer hätte das denn für möglich gehalten …

Also ich nicht.

Niemals.

Ich dachte, wenn du Jaxon sagst: ›Hey, Jaxon-Schnuckel-dei-Schnuckel-di, ich möchte jetzt nur noch dich ficken, weil ich dich so sehr liebe!‹, dass er dann direkt kein Arschloch mehr ist.

Das hab ich echt gedacht.

Jeder von uns quasi.

Schade, schade, dass er uns alle so sehr enttäuschen musste …

Aber hey. Mach dir nichts draus, kleines Trailerparkgirl. Wenn du mir einen blasen willst. Ich bin hier. Jederzeit.

ZWANZIG

MABLE

Die nächsten Tage suhle ich mich in meinem Leid. Auch wenn ich weiß, dass ich sowieso kaum Zeit für Jaxon hätte; ihn nicht wenigstens für ein paar Minuten am Tag zu sehen, zerstört meine prinzessinnenhafte Idee von einer ›Entscheidung‹. Ich ertappe mich dabei, wie ich mir das Ende des letzten Semesters herbeisehne. Damals wusste ich wenigstens, woran ich bin, und *wollte* Jaxon und den Kings nicht begegnen.

Jetzt ist es genau andersherum und die Sehnsucht treibt mich in den Wahnsinn.

Wir schreiben nicht mehr als ein paar Nachrichten pro Tag. Diese machen zwar eine Menge wett, aber sie nähren auch das Loch in meiner Brust. Von Reece höre ich gar nichts. Und den anderen begegne ich nicht auf dem Campus.

Wenn ich die Prüfungsphase des ersten und zweiten Semesters miteinander vergleiche, sollte ich eigentlich froh sein, dass nicht einmal mehr Clarisse mir Angst einjagen kann. Gerüchte haben sich über den Campus verbreitet, dass auch nur der kleinste Fehltritt ihrerseits zur Exmatrikulation führen wird. Ob da etwas Wahres dran ist, wagt sogar Harper zu bezweifeln. Aber sie ist sich ebenfalls sicher, dass Clarisse vorerst außer Gefecht gesetzt ist.

Fragt sich nur, wie lange.

Obwohl mich das Studium fest im Griff haben sollte, ist es zu einer Nebensächlichkeit verkommen. Zwar lerne ich mehr als jemals zuvor, um die Zeit zwischen Jaxons SMS zu überbrücken, aber es erfüllt mich nicht mehr mit der gewohnten Befriedigung, neue Inhalte zu verstehen und zu begreifen.

Ich erwische mich sogar dabei, wie ich mir die Ferien herbeisehne.

Eine Woche, nachdem ich Jaxon zuletzt gesehen habe, lade ich Harper auf einen Kaffee ein und bezahle die teuren Getränke mit Jaxons Geld.

Harper runzelt die Stirn, als ich ihr ihre Tasse in die Hand drücke. »Du musst das nicht tun, Mable. Ich weiß doch, wie teuer der Kaffee hier für dich ist.«

»Jaxon bezahlt«, antworte ich glatt und setze mich neben sie in den bequemen Sessel am Fenster. Das Café ist gut gefüllt. Überall sitzen Studenten beisammen und lernen vertieft. Nur noch eine Woche bis zu den ersten Prüfungen.

»Wieso sollte Jaxon dir Geld geben, damit du mit mir Kaffee trinken kannst?«, fragt Harper verstört.

»Wir sind jetzt zusammen.«

Harpers Lippen verziehen sich erst zu einem Grinsen, dann lacht sie laut auf. Als ich sie dabei ernst ansehe, stirbt ihr Lachen allmählich und ihre Augen weiten sich.

»Hä?«, macht sie und fragt sich vermutlich, ob sie an ihrem Verstand oder meinem zweifeln sollte.

Die Worte ›Ich bin jetzt mit Jaxon zusammen‹ kamen bisher einfach nicht über meine Lippen.

Harper ist eben nicht meine Freundin-Freundin. Nicht die Freundin, der ich alles erzähle. Sie erzählt mir schließlich auch nichts.

»Tja, weiß auch nicht.« Ich spiele mit dem Löffel in meinem Milchschaum und versuche Worte dafür zu finden, was geschehen ist. »Ich sollte mich zwischen Jaxon und Reece entscheiden. Also habe ich mich für Jaxon entschieden. Und jetzt soll ich ihn auf die Graduation Gala begleiten. Ich dachte, du könntest mitkommen. Als Romeos Date.«

Ich versuche nicht zu viel darüber nachzudenken, dass ich Romeo seit meinem Date mit Reece-Zayn häufiger gesehen habe als jeden anderen King. Entweder weil er von Jaxon den Auftrag erhalten hat, mich im Auge zu behalten, oder weil er meine Gesellschaft genauso schätzt wie ich seine.

Es trifft Ersteres zu, garantiert.

Die Graduation Gala, für die Jaxon mir ein traumhaftes Kleid gekauft hat – das er allerdings durch Romeo überbringen ließ –, findet am letzten Prüfungstag statt. Ich habe Romeo schon vor ein paar Tagen gefragt, ob er Harper ausführen würde, damit ich an dem Abend nicht allein bin. Jetzt muss nur noch Harper einwilligen.

»Warte«, unterbricht sie meinen Gedankengang. »Du warst auf dem Date mit Reece. Und dann ... hast du dich für Jaxon entschieden? Ich meine ... wieso solltest du das tun?«

Ich hebe verzweifelt die Schultern.

»Liebst du Jaxon?«, fragt sie atemlos. Die hübschen Augen groß wie Pennystücke.

Was soll ich daraufhin erwidern? Vielleicht? Vielleicht nicht? Vermutlich ja, denn sonst hätte ich ihm längst den Laufpass gegeben.

»Aber wieso weiß niemand etwas davon?«, fragt sie. »Wenn ihr zusammen wärt, dann würde es jeder wissen, oder nicht? Es ist schließlich Jaxon Tyrell.«

»Ich weiß.«

»Also seid ihr nicht wirklich zusammen.«

»Wohl nicht.«

»Und du lässt das mit dir machen?«

»Ich weiß nicht. Wir sind beide sehr eingespannt. Er in die Verteidigung seiner Thesis, ich in die Prüfungsvorbereitung ...«

Harper verzieht angewidert die Lippen. »Das ist seine Ausrede? Na prima.«

»Du hast recht, es klingt nach einer Ausrede«, seufze ich, stütze meinen Kopf auf den Tisch und will am liebsten direkt zu ihm gehen. Er soll mir das alles erklären. Diese Ungewissheit ist echt schlimmer als alles! Was, wenn er genau das erreichen wollte? Dass ich mich für ihn entscheide, damit gegen Reece, und nun dazu verdonnert bin, gar keinen von ihnen zu bekommen?

Das wäre so typisch er.

Aber kann mich meine Intuition wirklich so sehr täuschen?

Lerne ich überhaupt nicht dazu?

»Wir werden es in zwei Wochen sehen.« Wirklich begeistert klinge ich nicht. Es fühlt sich an, als würde ich nicht als Jaxons ›Freundin‹ dort auftauchen, sondern nur als sein Date. Als wäre es unser *erstes Date*, was es ja auch ist. Aber seine Eltern werden da sein, sein Vater, seine Mutter, und ich werde neben ihm am Tisch sitzen und ich hatte nicht einmal die Gelegenheit, mit ihm zuvor darüber zu sprechen! »Kommst du bitte mit?«, frage ich Harper flehentlich.

»Wieso hast du mir nicht vorher davon erzählt?« Sie ist total bleich geworden. »Ich dachte, es wäre alles gut! Ich dachte, du hättest allen einen Korb gegeben und …« Sie rührt verzweifelt in ihrer Tasse. »Ich verstehe ja, wieso du mir nicht vertraust. Aber bei so etwas … Wichtigem? Sind wir überhaupt befreundet, Mable?«

»Ich habe mich geschämt«, flüstere ich. »Einerseits für die Videos, weil sie so lächerlich wirken, wenn ich einfach mit Jaxon Tyrell zusammenkomme. Dann dafür, dass du mich tausendmal vor ihm gewarnt hast und du offensichtlich recht behalten hast. Und einfach generell auch. Ich schäme mich.«

Harper seufzt tief. Ihre Hand zittert, als sie sie nach meiner ausstreckt, und merkwürdigerweise schimmern Tränen in ihren Augen. »Das ist falsch, Mable. Du solltest glücklich sein. Wirklich glücklich. Oder nicht? Schließlich bist du angeblich frisch verliebt. Ich weiß nicht, was ich sagen soll, außer, dass ich glaube, dass …«

»Ich von Anfang an auf dich hätte hören sollen?«

Sie nickt und ich versuche zu akzeptieren, dass Harper die Einzige war, die es jemals gut mit mir meinte.

Ein lautes Motorengeräusch von draußen lässt mich aufsehen.

Ein Student hält direkt vor den bodentiefen Fenstern

des modernen Cafés. Obwohl die Gestalt einen Helm trägt, erkenne ich seine Statur auf dem Bike sofort. Jetzt weiß ich, zu wem das Motorrad beim Italiener gehört hat. Sylvian setzt seinen Helm ab und kommt auf die Eingangstüren zu.

»Oh no«, murmelt Harper und sieht zwanghaft in eine andere Richtung. »Lass uns so tun, als wäre er gar nicht hier.«

Ich rühre angespannt in meinem Becher und hoffe, dass Sylvian uns ebenfalls ignoriert. Stattdessen bemerke ich in den Augenwinkeln, dass er direkt neben uns hält.

»Können wir reden?«

Nicht nur ich scheine den Atem angehalten zu haben, als ich zu ihm aufsehe. Auch alle anderen im Raum starren Sylvian an, als erwarteten sie voller Vorfreude, dass er jeden Moment Harper bloßstellen wird. Aber er sieht nicht sie an. Sondern mich.

»Ich habe dir nichts zu sagen«, entgegnet Harper kühl.

»Ich dir auch nicht«, sagt Sylvian ebenso glatt. »Ich meinte dich, Mable.«

Meine Lippen formen sich zu einem stummen Wort und ich schließe sie wieder.

»Sie wird nicht mit dir sprechen«, entgegnet Harper und verschränkt demonstrativ die Arme vor der Brust.

»Ach nein?«, fragt Sylvian sie. »Willst du es ihr dann sagen?«

Sie starrt ihn an, als hätte er ihr mit dem Tod gedroht. »Was zur Hölle meinst du?«

»Es ist wichtig, dass Mable davon erfährt. Sag es ihr. Jetzt.«

Schockiert sehe ich Harper an. Wovon zur Hölle spricht er? Sie scheint auf jeden Fall etwas vor mir verbergen zu wollen. Etwas Großes.

»Du bist doch derjenige, der verlangt hat, dass sie es nicht erfährt!«, zischt Harper.

»Das spielt jetzt keine Rolle mehr.« Sylvian blickt auf mich herab. »Ich warte draußen auf dich, Mable.« Damit geht er und hinterlässt drückende Stille.

»Was meinte er?«, frage ich Harper tonlos.

Sie ist bleich geworden und fummelt an ihrem Teelöffel herum. »Ich …«

»Ja, Harper, was meinte er?«, ruft plötzlich ein Mädchen zwei Tische weiter. »Bist du noch immer nicht über ihn hinweg? Warum hast du ihn dann überhaupt aufgegeben?«

»Du wirst nie wieder einen Kerl finden, der dich will«, ruft eine andere und einige im Raum lachen.

Diese Universität ist eigentlich groß genug, dass niemand sich für Harper – oder mich – interessieren sollte, aber sie war mit einem King zusammen und ist mit einer ›Dole‹ befreundet. Damit ist sie berühmter als Ashley Cohen, der Filmstar.

»Hat deine Freundin deinen Verlobten nicht sogar gefickt, während du nichts davon wusstest?«, ruft ihr jemand höhnisch zu. »Nicht mal, um dir treu zu bleiben, bist du gut genug.«

»Lass sie reden«, murmle ich ihr zu, doch Harper reagiert nicht mehr.

Ihre Finger zittern immer mehr, und als sie zu mir aufsieht, scheint es, als müsste sie sich übergeben. »Ich kann nicht mit Romeo zur Gala gehen«, sagt sie tonlos. »Das wäre mein gesellschaftlicher Killout.«

»Aber warum ...«, beginne ich fragend.

»Ich halte das nicht aus«, wispert sie mir verzweifelt zu, als die mobbenden Zurufe lauter werden. »Sie haben recht. Niemand will mich mehr. Ich werde kein Date für die Gala finden, verzeih mir, ja?«

»Ignorier doch einfach diese Idioten!«, erwidere ich, langsam wütend und zeige einer Studentin, die Harper eine Grimasse schneidet, den Mittelfinger. Sie sieht mich daraufhin total schockiert an.

»Ich ... ich kann nicht.« Harper blickt sich panisch um, packt hektisch ihre Sachen zusammen und stürmt mit einem flehentlichen Ausdruck in den Augen zur Tür. Ein paar Jungs werfen ihr ihre leeren Coffee-to-go-Becher hinterher, die sie am Hinterkopf treffen.

»Ach, ihr seid so verdammt armselig!«, fahre ich die Gruppe an, stehe ebenfalls auf und gehe auf ihren Tisch zu. Sie werfen einen weiteren Becher nach mir und grinsen mich dämlich an. Mich packt unverhohlene Wut, und ich stemme den Tisch nach oben, sodass ihre Getränke und ihre Snacks umkippen und sich über ihre Hosen ausbreiten. »Wichser«, zische ich, mache auf dem Absatz kehrt und verlasse das Café.

Ein paar der Typen sind aufgesprungen und mir nachgelaufen, aber Sylvian stellt sich ihnen draußen entgegen. Er muss nicht ein Wort sagen, damit sie sofort innehalten. Sie trauen sich nicht einmal mehr, mir etwas nachzurufen. Mit ihren bekleckerten Hosen verschwinden sie zurück ins Innere des Cafés.

»Sie haben ... echt Angst vor dir«, murmle ich.

»Ich sagte doch«, das Grün seiner Augen fängt mich intensiv ein, »dass sie Angst davor haben, was wir tun *werden*. Sobald wir Mitglied im Zirkel sind. Was ist eben mit Harper passiert?«

»Sie musste sich dummes Zeug anhören. Von wegen, dass sie niemand mehr will.«

Sylvian runzelt die Stirn. »Deswegen würde Harper nicht aufgelöst davonlaufen.«

»Vielleicht schon? Du hast sie da drinnen *schon wieder* vorgeführt und sorgst dafür, dass sie jeder hasst.«

»Nicht mit Absicht«, entgegnet er nur.

Ich weiß nicht, ob ich ihm das glauben soll. »Worüber wolltest du mit mir sprechen?«

»Nicht hier«, raunt er und blickt bedeutungsschwanger zurück zum Café. Es ist eines der wenigen Gebäude, die mitten im Kingston-Park angesiedelt sind. Um uns herum gibt es nur Wiese, Zierhecken und Schatten spendende Eichen.

Sylvian legt seinen Helm auf dem Motorrad ab und nickt zu einem der vielen Steinwege, die sich durch den Park Richtung Hauptgebäude schlängeln. »Wie viel Zeit hast du?«

»Wie lange wird es denn dauern?«, frage ich nervös. Etwas zwischen uns ist anders als bei unserer letzten Begegnung. Dass ich mit Jaxon zusammen bin, ist ein neuartiges Gefühl. Ich bekomme allein deshalb ein schlechtes Gewissen, weil ich mit Sylvian ohne Jaxons Wissen rede. »Ich bin jetzt mit Jaxon zusammen. Weiß er davon, dass du mit mir sprechen willst? Wenn nicht, werde ich ihn anrufen.«

»Ernsthaft?«, fragt er herablassend. »Nicht einmal reden dürfen wir mehr? Ist das seine Regel oder deine?«

»Wenn es seine Regel wäre, wüsstest du es, oder?«

Sylvian hebt die Schultern. »Ich glaube nicht, dass er dich jemals fragen wird, ob er mit einer Frau sprechen darf, die er schon mal gefickt hat.«

Dass Sylvian unsere Verbindung herunterspielt, versetzt mir einen Stich in der Brust. Aber dann denke ich daran, wie es wäre, wenn ich Jaxon dabei beobachten würde, wie er mit einem anderen Mädchen im Park spaziert, und der Stich wird um einiges schmerzhafter.

»Ich kann nichts von ihm erwarten, das ich selbst nicht erfülle«, nuschle ich und hole mein Handy hervor. Meine Hände werden sofort schwitzig, weil ich gleich mit Jaxon telefonieren werde. Wir sprechen das fucking erste Mal, seitdem er mich nach Hause gebracht hat.

»Du rufst ihn wirklich an?«, fragt Sylvian ungläubig.

Als ich nichts erwidere, schüttelt er fassungslos den Kopf und zündet sich eine Zigarette an.

»Belle«, sagt Jaxon zur Begrüßung. Er klingt abwesend und beschäftigt. Und ich frage mich unwillkürlich, ob es sich so anfühlen wird, wenn ich ihn bei der Arbeit anrufe. Werde ich jemals in die Bedrängnis kommen? Wie lange will er diese halb gare Beziehungsnummer durchziehen?

Ich wende mich von Sylvian ab, der mich mit zerklüfteter Miene beobachtet, die Ärmel seiner Lederjacke wie immer hochgeschoben.

»Ich wollte dich fragen, ob es in Ordnung ist, wenn ich mit Sylvian ... im Kingston-Park spazieren gehe. Er möchte mit mir sprechen.«

Jaxon unterbricht mich lachend. »Was sollte mich daran stören, Belle? Rufst du mich deswegen an?«

Seine Worte erzeugen ein Gefühl der Abweisung in meiner Brust. »Sorry, dass ich dich gestört habe.«

»Es sei dir verziehen.« Jaxon legt auf, bevor ich etwas erwidern kann. Mein Mund öffnet sich und vielleicht schießen so etwas wie Tränen in meine Augen. Ich blinzle, damit niemand sie bemerkt. Schon gar nicht Sylvian.

»Und?«, fragt dieser zynisch. »Hat er dir die Erlaubnis erteilt?«

»Lass mich einfach in Ruhe«, murmle ich, schließe meine Jacke und laufe frustriert neben ihm her. »Also, was gibt es?«

Er schweigt für eine Weile. Ich frage mich, was für Gerüchte entstehen werden, weil wir beide miteinander durch den Park spazieren, als wären wir Freunde. Sollte es nicht Jaxon sein, mit dem mich die Leute zusammen sehen?

Ja, sollte es.

»Vielleicht sollte Harper mich zur Gala begleiten.«

»Was?«, frage ich ihn verwirrt. »Harper? Ist dir eigentlich klar, wie sehr du Harper *vor aller Augen* verletzt hast? Eben gerade? Und an Spring Break? Warum sollte sie dir das jemals verzeihen?«

»Würde es dich stören, wenn sie es tut?« Sylvian bleibt stehen, zieht an seiner Zigarette und betrachtet mich intensiv.

Mein Herz krampft sich bei Sylvians Frage zusammen. *Ich habe mich für Jaxon entschieden. Sylvian ist die*

Wahl, die ich aufgeben musste. »Nein. Nein, sie liebt dich. Wenn du wirklich gut zu ihr bist …«

Sylvian unterbricht mich mit einem Lachen. »Sie liebt mich nicht. Sie liebt nur die Idee davon, was ich für sie sein könnte. Was ich nicht sein *will*. Keine Sorge.«

Ich atme etwas zu erleichtert auf.

Das lässt ihn schmunzeln. »Doch die falsche Wahl getroffen?«

»Nein«, schießt es heftig aus mir hervor. Etwas zu heftig.

Sylvian neigt den Kopf. »Ich dachte, ich tue damit euch beiden einen Gefallen. Wenn ich mit Harper gehe, wird ihr Vater denken, wir hätten uns versöhnt, und sie für eine Weile in Ruhe lassen. Und wenn ich mit ihr gehe, wird an dem Abend deine Freundin ebenfalls dort sein. Außerdem kann ich Harper schnell verklickern, dass ich kein Interesse habe. Bei einem richtigen Date wird das schon schwieriger.«

»Hast du denn … eins in Aussicht?«, frage ich vorsichtig.

»Ein Mädchen?« Sylvian zieht an seiner Zigarette, während das Grün in seinen Augen aufblitzt.

»Ein Date. Mit einer Studentin. Genau.«

»Wenn ich es hätte, möchtest du dann wirklich mit mir darüber sprechen? Du zuckst schon bei dem Gedanken zusammen, ich könne mit Harper auf ein Date gehen. Und sie ist immerhin deine Freundin. Ich weiß nicht, Mable. Warum hast du dich überhaupt entschieden?«

»Für wen sonst? Für dich sicherlich nicht, darum hast

du mich sogar inständig gebeten, und für Reece, der irgendwie Zayn ist und dann doch nicht, auch nicht, oder?«
Ich frage mich, warum ich Sylvian überhaupt gefolgt bin. Mich in seiner Nähe aufzuhalten, lässt mich an den Sex am Strand zurückdenken. Nachdem ich mich für Jaxon entschieden habe, hat es sich für einen Moment danach angefühlt, als hätte ich mich für sie *alle* entschieden. Es war so fucking heiß, was wir getan haben ... Wie soll ich jemals lernen, die anderen Kings nur noch als Freunde zu sehen? Können wir überhaupt so etwas wie Freunde sein?

»Es geht mir nicht um Jaxon«, erklärt er und geht weiter. Er biegt in einen Teil des Parks ab, in dem sich normalerweise nie jemand aufhält, weil der geschlungene Weg zwar an einem hübschen Teich entlang, aber einzig zur Kapelle führt. »Es geht mir darum, dass du dich überhaupt entschieden hast. Niemand von uns verdient deine Zuneigung.«

Ich verschränke schützend die Arme vor der Brust. »Ich dachte, damit würde es enden«, gestehe ich ihm zögernd. »Dass es endlich ... klar ist.«

»Was sollte klar sein? Jaxon will *nichts* Gutes für dich. Er sieht nur sich und sein Ego, das du mit deiner verfickten Entscheidung dermaßen gestreichelt hast, dass er in nächster Zeit vor allem sein Spiegelbild fickt statt dich.«

»Das ist nicht wahr«, murmle ich, auch wenn meine Überzeugung sofort bröckelt. *Sylvian manipuliert dich nur. Er manipuliert dich!*

»Nein? Du glaubst also, du kennst ihn besser als ich?«

»Wolltest du mit mir sprechen, um über Jaxon zu

streiten? Weil das wirklich albern ist. Ich hasse mich dafür, dass ich überhaupt mit dir gekommen bin.«

»Aber das ist nun mal, was du tust, oder?« Für einen winzigen Moment blitzt Genugtuung in seinem Blick auf. »Du folgst mir. Immer. Egal, was ich sage, egal, was ich tue. Jaxon wird niemals die Macht über dich haben, wie ich es tue. Was mich nicht berauscht, aber es ist die Wahrheit. Und es ist krank, dass du dich mit etwas Schlechterem zufriedengibst, wenn du weißt, dass du auch *mehr* haben kannst.«

»Mehr? Du meinst *dich* mit ›mehr‹?«

»Ich meine gottverdammt irgendeinen Kerl außerhalb Kingstons, der all die Gefühle in dir erzeugt und nicht unfassbar toxisch mit dir umgeht«, knurrt er hart. »Wie wenig deines Selbstwerts ist noch übrig, dass du dich ausgerechnet auf *Jaxon* einlässt?«

Mein Mund öffnet sich und fast wären all die Worte hervorgestolpert, die Jaxon verteidigen. Er mag ein Arschloch sein. Aber ich liebe ihn dafür. Er verhält sich toxisch, vertritt eine völlig andere Meinung als ich und lässt mich wieder und wieder zweifeln. Aber in ihm steckt ein Kern. Ein Kern, an den ich glaube. Der wahre Jaxon Tyrell. Die ungeschönte Form. Von ihr will ich mehr. Sie ist eine Herausforderung. Ohne je in Erfahrung gebracht zu haben, ob mir dieser innere Kern nicht unendlich guttun würde, kann ich Jaxon nicht aufgeben.

»Du weißt keine Antwort?«, fragt Sylvian zynisch.

»Warum ist er denn dein Freund, hm? Irgendetwas Gutes muss er ja in sich haben, dass er überhaupt Freunde hat. Und ihr seid nicht *irgendwer*. Ihr müsstet euch nicht mit ihm abgeben, wenn ihr nicht wolltet.«

Ich scheine einen Punkt getroffen zu haben, den Sylvian nicht hören will. Er schnippt seine Zigarette in den nächsten Mülleimer und bleibt wieder stehen. »Trotzdem gibt es doch tausend bessere Optionen für dich, Mable.«

Allmählich regt er mich auf. »Tja, falls du eifersüchtig bist, ein kleiner Tipp an dich: Verlob dich das nächste Mal nicht mit Harper.« Ich zucke die Achseln und trete einen Schritt zurück.

»Ich bin das absolute Gegenteil von eifersüchtig«, knurrt Sylvian. »Ich sehe es vielmehr als Bestätigung an, dass mein Plan *fast* funktioniert hätte. Du warst so verdammt kurz davor, dich einfach gar nicht zu entscheiden. Niemals. Aber Crescent hat es verbockt. Wäre er nicht so ein Vollidiot, hättest du dich nicht zwischen Reece und Jaxon entscheiden können.«

»Mit Crescent meinst du wohl Zayn, der vorgetäuscht hat, er wäre sein Bruder?«

Sylvian reagiert nicht. Sie werden die Zwillinge nicht verraten. Und ich muss das akzeptieren.

»Und wenn ich mich nicht entschieden hätte?«, frage ich weiter. »Was hätte das wirklich verändert?«

»Niemand von ihnen hätte gewonnen. *Das* hätte es verändert.«

»Was gewonnen? Mich? Oder die ›Wer bekommt Mable‹-Spielrunde?«

»Dich«, entgegnet er.

»Schön. Das war also dein Plan? Warum? Willst du, dass ich unglücklich bin?«

Er lacht so kalt, dass ich nicht einmal mehr die wärmenden Sonnenstrahlen spüre. »Du glaubst doch nicht wirklich, dass Jaxon dich *glücklich* machen wird? Macht er dich jetzt gerade glücklich, ja? Gibt er dir das Gefühl, dich zu lieben? Oder ist seit dem Moment der Entscheidung alles in sich zusammengefallen, was er vorher wie ein Luftschloss für dich aufgebaut hat?«

»Was willst du von mir, Sylvian!«, rufe ich gedämpft, aber verzweifelt. Soll ich ausgerechnet vor Sylvian zugeben, wie schrecklich es sich mittlerweile anfühlt, Jaxons Namen am Strand gesagt zu haben? »Was geht dich das alles an? Du kannst mich doch einfach in Ruhe lassen! Lass mich in Ruhe und mach nicht mit mir einen ›romantischen Spaziergang‹, um über eigentlich nichts Wichtiges zu sprechen!«

»Leise«, raunt er und lässt den Blick über die Büsche schweifen, als würden sich darin Paparazzi verstecken. Möglich ist alles.

Auf seine Worte hin senke ich die Stimme. »Ich habe mich für Jaxon entschieden, und wenn er sich als Arschloch entpuppt, habe ich nichts verloren, weil ihr anderen auch alle welche seid! Niemand zwingt mich dazu, mit ihm zusammen zu sein! Das war keine endgültige Entscheidung bis zu meinem Lebensende. Es sollte alles einfacher machen, hat es nicht. Okay. Ich werde lernen, damit umzugehen. Aber das ist einfach nichts, was dich noch etwas angeht.«

Sylvian fährt sich mit der beringten Hand durchs schwarze Haar und blickt für einen Moment Richtung Teich. Auf diesem schwimmen hübsche Seerosen, die bereits anfangen zu blühen. »Ich wollte nicht mit dir sprechen, um etwas schlimmer zu machen, als es sowieso schon ist«, erklärt er sanft. »Dass du den Abend im Poolhaus abgebrochen hast, hat mir Hoffnung gegeben. Ich hatte gehofft, du hättest es dir vielleicht endlich anders überlegt und würdest Abstand halten. Aber dann gehst du einfach auf ein Date mit Crescent.«

»Und?«

»Reece scheint die ehrwürdigsten Absichten von uns allen zu verfolgen, aber ihm geht es noch einmal mehr darum, dich für sich zu gewinnen, als Jaxon. Um Jaxon eins auszuwischen. Wenn das überhaupt möglich ist.«

»Wenn du meinst«, entgegne ich kühl.

»Ich habe nichts dagegen, wenn du mit ihm Zeit verbringst …«

»Aber Zayn ist tabu?« Ich versuche in Sylvian Blick zu lesen, aber er seufzt nur.

»Zayn *wollte* dich in Jaxons Arme treiben. Ihm geht es darum, dass du dich nicht zwischen ihn und seinen Bruder stellst. Und er wusste, dass er am besten dafür sorgen kann, wenn du Jaxon wählst.«

Mir wird bitterkalt. Was, wenn das wirklich Zayns Plan gewesen ist? Es würde zu Zayn passen. Er hat mich im Namen seines Bruders angelogen, damit ich Reece aufgebe. Vermutlich, weil er sich nicht vorstellen konnte, dass ich *ihn* mag. Zayn. Was ja auch sehr verrückt ist und ich verstehe, dass er es nicht glauben wollte, bis ich es ihm gesagt habe.

Sylvian tritt auf mich zu und streicht überraschend eine Strähne aus meiner Stirn, wodurch mein Gesicht vor Hitze zu brennen beginnt. Gerade ist all die Dunkelheit fort, die normalerweise seine Miene bevölkert. »Bei all den Lügen, die ich dir schon erzählt habe, wünschte ich, meine Worte von eben wären auch welche. Was hast du geglaubt, wovor ich dich beschützen wollte? Vor dem Scheiß, der am Ende des letzten Semesters lief? Nein. Das war nichts im Vergleich zu dem, was Jaxon, Zayn und Romeo bereit sind zu tun, um dich aus Kingston zu vertreiben. *Immer noch.*«

»Und was soll das genau sein?«, frage ich verbittert.

Sylvian hebt entschuldigend eine Schulter. »Sie sprechen nicht offen mit mir darüber. Und selbst wenn ich es wüsste, könnte ich sie nicht einfach verraten. Spätestens seitdem wir im Wald das erste Mal zusammen waren, hätte ich dir jeden verschissenen Tag sagen können, was ich dir an Spring Break gesagt habe. Dass ich dich liebe. Aber diese Liebe zerreißt mich auch. Zwischen meinen Freunden und dir.«

Ich schlucke hart. »Wenn das alles stimmt, wieso hast du dann mit deiner Liebeserklärung gewartet, bis wir uns in einem stinkenden Klo befinden?«

Sylvian senkt lächelnd die Lider. »Ich wünschte, ich hätte damit gewartet, bis wir an einem Ort wie diesem hier sind.«

»Steckt doch ein Romantiker in dir?«, frage ich zynisch.

Er verzieht einen Mundwinkel. »Vielleicht verstehst du besser, dass du mir glauben musst, wenn du etwas über Harper und mich weißt.«

Allein das Erwähnen ihres Namens löst in meinem Magen ein Gefühl aus, als würde jemand ihn schraubstockartig zusammendrehen. Auch wenn ich Sylvian aus so vielen Gründen hassen sollte, kann ich nicht anders, als eifersüchtig zu sein, wenn ich daran denke, dass sie zusammen waren.

Sylvian nickt zum Weg und wir gehen weiter. Da ich es gerne eine Weile hinauszögere, bevor ich noch mehr über Harper und ihn erfahre, sage ich wie er kein Wort, bis wir die Kapelle erreichen.

Als er direkt darauf zusteuert und mir schließlich die Tür mit einem Schlüssel öffnet, den er bei sich trägt, erinnere ich mich wieder daran, wie ich die Kings im ersten Semester dabei beobachtet habe, Harper in der Kapelle auszufragen. Und zwar nicht *einfach so* auszufragen, sondern auf ziemlich freakige Weise. Die Kings *sind* Freaks. Und ich fürchte, in genau diese halbkriminelle Art habe ich mich verliebt.

Die Kapelle selbst ist schummrig. Es gibt ein paar hölzerne Sitzbänke, ein Klavier in der einen Ecke, ein Krug mit Weihwasser in der anderen. Ich überlege, einem inneren Impuls zu folgen und mich zu bekreuzigen. Ich schätze, ich werde noch viele, viele Sünden begehen, und ein wenig Reue im Voraus wäre angebracht.

Sylvian hat die Tür hinter uns verschlossen und tritt von hinten dicht an mich heran, sodass unsere Körper sich berühren. Ich drehe mich um, weiche nicht zurück, auch nicht, als er eine Hand an meinen Hals legt, wie um die folgenden Worte damit zu unterstreichen. »Ich ertrage es keinen Tag länger, dass du glaubst, ausgerechnet Jaxon würde dir guttun. Niemand von uns wird das. Schon gar nicht ich.« Es scheint, als könne er erst jetzt frei sprechen. »Was ich dir jetzt sagen werde, wird vielleicht dazu führen, dass du mich weniger hasst. Und ich habe Angst davor, dass du das tust. Du darfst nicht an deiner Entscheidung *für* Jaxon zweifeln. Nur daran, dass du dich überhaupt entschieden hast. Aber ich sage es dir trotzdem, weil mir wichtig ist, dass du begreifst, wie viel du mir bedeutest. Damit du *verstehst*, dass ich meine Warnungen ernst meine. Dass ich sie wirklich nur deshalb ausgesprochen habe, um dich zu beschützen.«

Ich atme scharf die Luft ein.

»Bereit?«, fragt er.

Am liebsten hätte ich den Kopf geschüttelt. Werde ich jemals für *die Wahrheit* bereit sein?

Sylvian legt auch seine zweite Hand an meine Wange und streichelt sanft mit einem Daumen über meine Haut, während er mich fest ansieht. »Ich habe niemals mit Harper geschlafen.«

Lachen befreit sich aus meiner Kehle und ich hasse es, dass er mich weiter berührt. »Aha?«, frage ich nur, merke, wie mir kalt und heiß gleichermaßen wird. Eine Kälte, die von innen durch jede meiner Zellen fährt, und Hitze, die meine Wut im Kopf befeuert. »Das willst du mir sagen?«

»Ich habe keine andere Frau angerührt, seitdem wir im Wald waren.« Seine Miene ist vollkommen ernst und seine Augen in der Dunkelheit schwarz wie Kohlestücke.

Ich stoße ihn von mir. »Wovon zur Hölle redest du da?«

»Ich habe Harper benutzt. Alles, was wir dich glauben ließen, habe ich benutzt, um dich auf Abstand zu halten.«

In meinen Augen brennen Tränen. »Das weiß ich! Aber wieso behauptest du, du hättest nie mit ihr geschlafen?«

»Ich habe jedes Mal gelogen, um dich glauben zu lassen, es wäre anders. Jedes verfickte einzelne Mal. Jedes an dich gerichtete kalte Wort war eine Lüge, um dich von mir fernzuhalten. Jede Äußerung, die dazu geführt hat, dass du mir glaubst, du wärest mir egal, war gelogen.«

Verzweifelt schüttle ich den Kopf. »Du bist wirklich ein Psychopath! Schließ sofort wieder die Tür auf!« Ich sollte laufen. Weit weglaufen.

»Mable!«, ruft er, hechtet zu mir und hält mich am Handgelenk fest.

»Lass mich los!«, schreie ich ihn an, wehre mich mit Händen und Füßen gegen ihn. »Ich habe euch beim Sex gehört! Du wirst mich nicht manipulieren! Alles, aber das nicht!«

»Harper hatte die *ganze Zeit* eine verdammte Affäre!«, ruft er, als ich es gerade geschafft habe, mich von ihm loszureißen und zurück zur Tür zu stürmen.

Ich halte inne, drehe mich um.

»Deswegen war es ihr auch egal! Hättest du sie wirklich betrogen und würde ich ihr wirklich etwas bedeuten, wäre sie niemals darüber hinweggekommen! Harpers und meine Verlobung war von Anfang an ein großer Fake. Eine Show. Auf die wir uns beide geeinigt haben.«

Meine Brust hebt und senkt sich hektisch. »Warum sollte ich dir glauben?«

Er sieht mich düster an. »Scheiße, warum sollte ich das erfinden?«

»Vielleicht weil du einfach nicht willst, dass ich mit Jaxon glücklich bin?!«

»Du bist doch überhaupt nicht glücklich mit fucking Jaxon!«, flucht er.

Ich presse die Lippen aufeinander. »Du sagst so etwas und … hast nicht einmal einen Beweis? Ich hasse dich, Sylvian! Ich hasse es so sehr, dass du mich für zu dumm hältst, um zu erkennen, wie du wirklich bist!«

»Ich brauche keinen Beweis«, entgegnet er leise. Die Hände in seinem schwarzen Haar vergraben, wirkt er, wie ich mich fühle. Als würde nur ein Windhauch ausreichen, um ihn umzustoßen. »Ich hatte nie vor, dir die Wahrheit zu sagen.«

»Warum tust du es dann jetzt?«, frage ich mit einem unangenehmen Gefühl in der Brust, das mir mehr und mehr das Atmen erschwert. »Was soll das alles?«

»Immer dann, wenn ich gut zu dir war, wollte ich es sein. Im Gegensatz zu Jaxons und Reece' Annäherungen war es keine Intrige. Es ging mir nicht um ein Spiel. Mir waren die Kings egal. Und immer, wenn ich schlecht zu dir war, wollte ich dich damit daran erinnern, wer wir sind. Ich wollte, dass du verschwindest. Dass du dich fernhältst. Meine Warnungen haben nichts genützt. Nicht im Crowns, nicht an Thanksgiving. Egal, was ich dir auch gesagt habe, am Ende lagst du zwischen uns und hast dich von jedem Einzelnen ficken lassen, als wären wir Playboys. Also bin ich nach Miami geflogen. Es war das Einzige, was mir einfiel.« Sein Gesicht ist mittlerweile zerfurcht von abgründigen Gefühlen. »Mich mit Harper zu verloben, schien die Rettung zu sein, dir auf harmlose Weise beizubringen, dass ich zu allen Mitteln greifen würde, um dich zu verletzen. Dabei habe ich jede einzelne Sekunde mit dir gelitten. Mehr noch als du selbst vermutlich.«

»*Harmlos?!*«, rufe ich.

»Jaxon und die anderen bedeuten mein Leben.« Seine Stimme bricht und er steht vor mir, als wäre er nur noch die Hälfte von dem, was ihn eigentlich ausmacht. »Sie sind Gift und Heilung zugleich. Ich würde mich in letzter Konsequenz *immer* für sie entscheiden. Jedenfalls dachte ich das, bis ich dich traf. Du hast ... eine Menge verändert.«

Ich antworte nicht. Mein Kopf ist noch dabei, seine Worte zu decodieren.

»Ich dachte, ich könne dich stark machen. Ich dachte, ich könne dir beibringen, wie du dir nur nimmst, was du brauchst, aber nichts zurückgibst. Stattdessen sehe ich, wie du dich mehr und mehr verliebst. Obwohl du weißt ... dass es ein Spiel ist. Es ist alles nur ein verdammtes Spiel.«

»Wovon sprichst du?«, wispere ich.

»Es war von Anfang an klar, dass es nicht aufhören wird, selbst wenn du dich entscheidest. Die anderen sind nicht in der Lage, *dich* zu sehen, sie sehen nur ihre Ziele. Reece hat unser Schachspiel noch nie gewonnen. Jaxon auch nicht. Sie kämpfen um den Sieg, das ist es, worum es hierbei wirklich geht. Verstehst du das nicht? Als du letztes Semester aus dem Hörsaal geflüchtet bist, hat Jaxon die ›zweite Runde‹ eingeläutet. Auf der Party im Strandhaus hat er allen erklärt, worum es wirklich geht. *Du sollst dich entscheiden. Und es wird immer die falsche Wahl sein.* Wenn du mit ihm auf die Gala gehst, wird er gewinnen. Er wird die letzte Runde des Spiels gewinnen. Gegen Reece und mich.« Seine Augen werden matt, als würde ihn alles davon langweilen, was er mir erzählt. »Sogar gegen Zayn. Romeo wird immer nur das tun, was dich so lange am Leben hält, bis die anderen ihren Spaß an dir verlieren. *Niemand von ihnen stellt dich über seine Ziele.*«

Es fühlt sich an, als würden seine Worte mein Skelett angreifen. Als würden sie mich nicht nur aushöhlen, sondern direkt an meine Substanz gehen. Mich verkrüppeln. In meinen absoluten Grundfesten schwächen. *Reece und Jaxon spielen noch immer ihr Spiel? Wieso habe ich jemals daran gezweifelt?* »Ich glaube dir nicht. Alles, was du von dir gibst, ist gelogen. Reece lügt. Zayn lügt. Und du. Ihr seid die miesesten Lügner überhaupt. Ich habe Harper im Januar gehört, jede einzelne Nacht. Das habe ich mir nicht eingebildet.«

»Sie war nicht mit mir in ihrem Zimmer in Catskill.«

»Mit wem dann?!«, fahre ich ihn an.

Sylvians Oberkörper verkrampft sich. »Mit dem besten Freund ihres Vaters.«

Ich lache ihn aus.

»Ich weiß«, sagt er rau.

»Du meinst, ich glaube dir, dass sie, obwohl sie letztes Semester so verschossen in dich war, irgendeinen alten Kerl vögeln würde statt dich? Niemals.«

Wieder fährt Sylvian sich durchs Haar. Ich hasse es, wie gut er selbst hier im trüben Licht der Kapelle aussieht. Wie seine Tattoos schimmern, seine muskulöse Brust den Stoff seines Shirts spannt. »Ich werde dir alles von Anfang an erzählen, wenn du mir versprichst, bis zum Ende zuzuhören.«

»Habe ich eine Wahl?«, frage ich.

»Harper ist jemand, der rebelliert. In ihrem ersten Studienjahr hat sie sich auf jeder Party bis in den Exzess zugedröhnt. Sie war *das* Flittchen der Universität. Ihr

Vater hat ihr irgendwann ein Ultimatum gestellt. Entweder sie benimmt sich oder er wird sie enterben.«

»Und dann?«

»Jaxon bekam Wind davon und erzählte es mir. Ich hielt sie daraufhin für eine gute Partie. Sie brauchte jemanden, der sie kontrollierte, und ich war mit einem Schwiegervater im obersten Gerichtshof nicht schlecht beraten. Ja, sie verfiel mir sofort. Ja, wir führten eine Beziehung. Und ja, sie scheiterte. Harper begann mich wie ihr Eigentum zu betrachten, fing gleichzeitig an, sich regelrecht vor mir zu prostituieren für mehr Drogen. Es war abartig und schwach und ich hielt ihre Nähe nicht mehr aus. Ich glaubte, sie wäre über mich hinweggekommen, aber Clarisse sagte mir letzten Sommer, dass sie noch immer von mir spricht. Dass sie noch immer leidet. Das war mir egal. Erst, als sie sich um dich gekümmert hat, geriet sie erneut in meinen Fokus. Die Harper, die ich kannte, hätte sich *niemals* mit einer Stipendiatin abgegeben. Warum also hat sie ausgerechnet dich als Freundin auserkoren? Sie war ... verändert. Auch wenn ich nicht vergessen konnte, wie sie früher einmal war, entwickelte ich eine gewisse Wertschätzung ihr gegenüber. Sie half dir. Und das war das Wichtige. Als du ihr geschrieben hast, dass du die Nacht bei mir im Zimmer im Verbindungshaus verbringen wirst, schrieb sie auch sofort mir. Sie sagte, sie habe einen riesigen Fehler gemacht und dass sie mir für immer etwas schulden würde, wenn ich ihr half. Ich flog nach Florida. Eigentlich rechnete ich damit, dass sie mir gestehen würde, weshalb sie so verändert war. Was der Grund ist, dass sie sich um dich bemüht. Stattdessen offenbarte sie mir, dass sie mit dem besten Freund ihres Dads einen One-Night-Stand hatte. Vermutlich aus Frust, weil sie erkannt hat, dass ich mich besser um dich sorge, als ich mich jemals um sie gesorgt habe.«

»An diesem Morgen.« Meine Stimme ist tonlos. »Nach der Nacht im Verbindungshaus. Du warst so kühl und abweisend zu mir. Warum? Ich dachte, du wärst zu Harper geflogen, um mich zu verletzen.«

Sylvian lacht verzweifelt, senkt die Lider. »Das wollte ich dich glauben lassen, ja. Warum willst du die Tatsache, dass ich der Freund von Jaxon und den anderen bin, einfach ignorieren? Du weißt, was wir tun. Mir war schon an diesem Morgen *klar*, was wir tun *werden*. Ich hatte dich beschützen wollen und ich hatte es nicht geschafft. Ich war nicht auf *dich* sauer. Ich war auf *mich* sauer. Darauf, dass ich den einzigen Menschen, den ich noch nie verletzen wollte, mitten hineingezerrt hatte in unseren Kreis aus verdorbenen Psychospielchen. Und das ... Schlimme war, ich habe jede Sekunde davon genossen. Ich habe es genossen, zu sehen, wie du dich zwischen uns hingibst. Es war wie Gift für mich. Eine Droge, von der ich wusste, dass ich nicht genug bekommen würde, bis nicht restlos alles zerstört wäre. Das waren einige meiner dunklen Gedanken an diesem Morgen. Ich habe dich gehasst dafür, dass ich dich liebe. Von Anfang an.«

Mir wird noch kälter, obwohl draußen die Sonne scheint.

»Harper bat mich in Florida, für sie zu lügen. Ich sollte ihren Eltern weismachen, dass ich in der Nacht bei ihr gewesen war. Sie glaubten mir. Weil ich geschäftlich einiges in Miami klären konnte, blieb ich für ein paar Tage. Harper begann währenddessen eine – vollkommen widersinnige – Affäre mit ausgerechnet diesem Kerl, der ihr Vater sein könnte. Typisch sie. Sie stürzte sich hinein, behauptete, sich verliebt zu haben. Und wieder sollte ich sie decken. Dann fiel mir ein, wie ich mit einem Schlag mich selbst davon abhalten konnte, mich dir wieder zu nähern. Dass ich Harper nur zu überzeugen brauchte, ihrer Familie eine Verlobung vorzuspielen, um dir zu zeigen, dass ich der letzte Mensch bin, für den du etwas empfinden darfst. Ich manipulierte sie, redete ihr ein, dass es besser für dich wäre, wenn du Kingston verlässt. Sie glaubte mir und spielte mit. Wir trieben es so weit, dass wir sogar die Kings selbst anlogen. Sie schlief bei mir im Verbindungshaus und stöhnte irgendeinen Scheiß in der Nacht, damit die anderen denken, dass wir ficken. Ich wollte mehr noch als Jaxon selbst, dass du verschwindest. Dass du Kingston verlässt. Denn dann hätte ich es vielleicht geschafft, dich für immer in Frieden zu lassen.«

»Du hast sogar Jaxon etwas vorgemacht?«, frage ich stimmlos.

»Auch Harper wollte nicht, dass irgendjemand dahinterkam, dass wir nicht wirklich zusammen waren. Niemand darf es erfahren, dass sie ausgerechnet Goldmans Bruder fickt.«

»Goldmans Bruder?!« Meine Ohren klingeln. *Ihr Vater war der Trauzeuge meines Bruders.* Das hat Goldman mir gesagt, oder? Oh mein Gott. »Sie hat etwas mit Goldmans *Bruder* am Laufen?«

»Wenn das herauskäme, wäre das ihr gesellschaftlicher Tod. Einer der größten Skandale überhaupt.«

»Und trotzdem erzählst du es mir?«

»Sie hat es sich offensichtlich nicht getraut.«

Ich denke an vorhin zurück. Jetzt verstehe ich Harpers Reaktion im Café besser. »Und diese Affäre zwischen Harper und dem besten Freund ihres Vaters ging sogar bis über die Winterferien?«

»Harper bat mich schon Weihnachten, dass wir unbedingt nach Catskill reisen sollten. Weil *er* auch dort sein würde. Ich sollte mitkommen und sie wieder decken. Erst hatte ich keinerlei Interesse, aber dann schlug ich ihr vor, dich auch einzuladen. Wieder musste ich sie täuschen. Sie fraß mir aus der Hand, als ich beteuerte, du hättest niemals etwas für mich empfunden. Und es eine tolle Möglichkeit wäre, dir zu zeigen, dass nicht nur sie, sondern auch ich im neuen Semester für dich da wären. Harper ist ... nicht mehr in mich verliebt, aber ich könnte ihr erzählen, dass der Mond eine Scheibe Käse ist und sie würde mir glauben. Sie war das perfekte Spielzeug, um es gegen dich einzusetzen. Und als ihr das klar wurde, als ihr klar wurde, wie sehr ich sie betrogen habe, weil ich dich sogar in Catskill gefickt habe. Und in der Umkleide. Da ist sie ausgerastet und hat sich vor allen Leuten blamiert. Es ging nicht darum, dass ich mit dir geschlafen habe. Sondern darum, dass sie sich bis zu diesem Moment sicher gewesen war, es würde dich nicht verletzen, dass wir offiziell verlobt sind. Sie dachte die ganze Zeit, dein einziges Problem damit wäre das, was ich dir im Semester zuvor angetan habe. Sie hat *mir* geglaubt. Nicht ihrer Intuition. Ich bringe die meisten Menschen dazu, genau das zu denken und zu fühlen, was ich will. Selbst wenn es das absolute Gegenteil von dem ist, was sie *eigentlich* fühlen und *eigentlich* denken.«

»Und warum das alles, Sylvian? Warum jetzt? Warum erzählst du mir ausgerechnet jetzt davon? Was ist passiert?«

»Jaxon hat einen bescheuerten Spruch fallen lassen.« Sylvian schüttelt schief lächelnd den Kopf. »In dem Moment wurde mir klar, dass ich dich mit meinem Verhalten erst noch in seine Arme getrieben habe. Er weiß nichts von Harper und mir. Aber er weiß, warum ich vor dir so tun wollte, als wäre ich mit ihr zusammen gewesen.«

»Was hat Jaxon genau gesagt?«

Sylvian betrachtet mich mit ausdrucksloser Miene. »Nichts von Bedeutung. Jedenfalls nicht für dich. Er redet nicht über dich, falls du das hoffst.«

Ich lache verzweifelt. »Was zur Hölle soll das heißen?«

»Er hat gewonnen. Warum soll er noch groß einen Gedanken an dich verschwenden?«

Sylvians Worte tun so weh, dass ich am liebsten aufschluchzen würde. Hat er recht? Oder manipuliert er mich nur? »Ganz gleich, was Jaxon tut. *Du* hast mich absichtlich in dem Glauben gelassen, du würdest meine Freundin vögeln. So viele Monate lang! Du bist extra mit nach Catskill gefahren, um mich zu quälen! Wie kann ein Mensch so ... bösartig sein ...«

Als sich seine Mundwinkel jetzt verziehen, ist sein Lächeln diabolisch. Kurz, sehr kurz erhasche ich einen Blick auf seinen dunkelsten Kern. »Ich wollte dich bestrafen.«

»Was?«

»Alles, was ich tat, diente dem Verlangen in mir, dich dafür zu bestrafen, nicht auf mich gehört zu haben. Dich nicht ferngehalten zu haben. Mich ... zu mögen. Mich anzusehen, als würdest du es tun. Ich tat es, weil ich dich bestrafen muss.«

»Sadismus also.«

»Schlimmer. Ich weiß, dass ich niemals damit aufhören kann. Jetzt, jetzt gerade geht es, weil Jaxons Vergehen schwerer wiegen als deine. Mein Beschützerinstinkt besiegt alles andere. Aber solltest du dich von ihm abwenden und mir zu ...«

»Und warum? Warum ... ›darf‹ niemand dich mögen? Ganz abgesehen davon, dass es sowieso verdammt schwierig ist.«

Sein Körper verspannt. So böse, wie er eben noch war, so gebrochen wirkt er jetzt.

»Vor was hast du wirklich Angst?«, frage ich wispernd. »Du stößt mich von dir, um mich zu beschützen, nicht wahr? Und dadurch verletzt du mich mehr, als es dein Schatten vermutlich jemals könnte.«

»Das ist nicht wahr!«, ruft er wütend, weicht aber gleichzeitig an die Steinwand der Kapelle zurück. Die Hände nach hinten flach auf den Stein gedrückt, steht er mit dem Kopf nach hinten geneigt da, als würde er sich selbst Ketten anlegen, die ihn davon abhalten, mir näher zu kommen. »Ich habe das Richtige getan! Ich *tue* das Richtige. Ich verletze dich, weil ich es tun muss. Damit dir nichts Schlimmeres widerfährt.«

Sein ewiges Davonlaufen macht mich langsam wahnsinnig. »Ist das das Monster in dir?«

»Nein«, knurrt er, richtet seinen Blick auf mich, wird kalt und hart, und ich merke, dass ich einfach nicht weichen kann, obwohl er es so sehr will. Ich kann ihn nicht aufgeben. Ich will für irgendetwas in uns kämpfen. Das ist verrückt. Aber es ist wahr. »Das Monster in mir quält Menschen ohne Befriedigung, Mable. Es ist die Kälte, die mir anerzogen wurde. Die mich morden lassen könnte. Es ist das, was ich mit Harper tue. Wenn ich absolut *nichts* dabei empfinde außer einem lästigen Gefühl. Etwas, das ich abschütteln muss und will. Das ich notfalls ... ausschalten würde, damit es mich nicht mehr nervt. Das ... ist das Monster, Mable. Du, du hast es noch nie in mir geweckt. Denn in mir lebt alles, wenn ich bei dir bin oder an dich denke. So wenig das zu dem Mensch passt, der ich eigentlich bin. Aber ich weiß, was passiert, wenn du mir doch einmal egal wirst. Wenn du mir doch einmal im Weg bist.« Seine Worte verlieren sich in der drückenden Stille der Kapelle und zeigen mir erst das Ausmaß seiner Grausamkeit. »Niemand sollte mehr in mir sehen als das, was die Leere in mir auslöst.«

»Warum?«, frage ich zurück. Seit Minuten rinnen mir Tränen über die Wangen. »Warum willst du mich dafür bestrafen, dass ich mich in dich verlieben könnte?«

Sylvians intensiver Blick geht mir durch alles. »Hast du das wirklich?«

»Und wenn schon! Was ändert es?! Ich wünschte, ich würde dich nicht kennen! Ich wünschte, ich könnte dich aus meinem Gedächtnis radieren und all den Schmerz, den du dort hineingebrannt hast! Ja, all deine Warnungen waren berechtigt. Und ja, ich bin eine von vielen, die sich nicht von dir fernhalten können. Aber wenigstens kann ich kontrollieren, was in Zukunft passiert. Und ich will einfach nur, dass du mich in Ruhe lässt. *Für immer.*«

»Ich versuche es.«

Ich schluchze. »Okay, gut.« Obwohl ich mich zur Tür wenden sollte, bleiben meine Füße einfach stehen.

»Baby …« Sylvian kommt auf mich zu.

»Nenn mich nicht so. Du bist nicht stark genug und wolltest *mich* dafür bestrafen. *Du* kannst dich nicht von mir fernhalten, aber *ich* muss darunter leiden. Was, wenn du mir niemals nähergekommen wärst? Dann wäre nichts hiervon passiert! Ich hätte niemals mit dir schlafen *können*, weil du es gar nicht erst zugelassen hättest! Du bist *schwach*, aber *ich* werde für meine Schwäche bestraft?«

Er schluckt merklich.

»So kaputt, wie du bist, wirkt selbst Jaxon neben dir wie ein Engel!«

»Bullshit!«, zischt er.

»Romeo! Reece! Zayn! Sie alle!«

»Romeo«, wiederholt er spöttisch.

»Er hat mir noch *nie* etwas getan!«

»Tu etwas, das Jaxon nicht gefällt. Dann wird Romeo dir zeigen, wie sehr du ihn unterschätzt.«

»Wie du meinst!«

Sylvian fährt sich verzweifelt durch das schwarze Haar. »Was glaubst du, was er getan hat, als er dieses Semester deine Nähe gesucht hat? Jede Sekunde, die er dir gewidmet hat, jedes Wort, jeder elegant gewählte fucking Satz und jedes ›Weaver‹, waren einzig und allein dafür gedacht, dass du Jaxon und Reece wieder vertraust. Dass du sogar *mir* vertraust. Damit das Spiel weitergeht. Romeo ist der verdammte *Joker* gewesen, den die beiden wissentlich auf dich gehetzt haben. Du hast Jaxon wieder an dich herangelassen wegen Romeo. Du hast Reece wieder an dich herangelassen wegen Romeo. Nichts, absolut *nichts*, was dieser Typ dir gegenüber gezeigt hat, war sein wahrer Kern. Er tut *alles* für Jaxon, selbst wenn es ihn zu Tode langweilt. Und du langweilst ihn, Mable.«

»Das ist alles nicht wahr«, wispere ich. Allmählich bleibt mir die Stimme weg. Welche brutalen Lügen will Sylvian mir noch erzählen? Warum geht er davon aus, ich würde ihm irgendetwas davon glauben?

»Warum zur Hölle sollte ich das erfinden? Ich weiß doch eigentlich am besten, dass alles Schlechte, was ich dir über uns erzähle, dich noch mehr fasziniert.«

Ich schüttle vehement den Kopf. Dass er es nicht zurücknimmt, seine Lügen, sein Geständnis, lässt mich durchdrehen. All der Schmerz kommt über mich und drückt jedes frohe Lebensgefühl in mir nieder.

»Mable«, raunt er leise und umfasst meine feuchten Wangen. Ich bin zu schwach, um zurückzuweichen. Eigentlich kann ich kaum noch stehen. »Bitte hör auf, meinetwegen zu weinen.«

»Wie denn!«, flüstere ich verzweifelt. »Du hast mir so wehgetan, Sylvian. Ich habe es die ganze Zeit geschafft, nicht zu viel über Harper und dich nachzudenken. Aber zu wissen, dass du sogar die Chance verpasst hast, mir die Wahrheit zu sagen, die mich hätte besser fühlen lassen ... Hättest du vor ein paar Wochen gesagt, dass da nie etwas zwischen euch lief, wäre mir so viel Liebeskummer erspart –«

»Es tut mir leid«, unterbricht er mich gequält, sein Griff um meinen Hals wird fester. Seine Augen sind von einem tiefen Grün gefüllt, aber ich kann seine Miene nicht deuten. Es scheint, als hätte er ein ganzes Buch voll Worte im Kopf, doch nichts davon verlässt seine Lippen. Schließlich löst sich die Härte aus seinem Gesicht und etwas wie tiefste Trauer erfüllt seine Züge. »Ich habe noch nie jemanden so sehr geliebt wie dich.«

Mein Herzschlag dröhnt mir bis in den Kopf. Wie sehr habe ich mich nach diesen Worten gesehnt? Und jetzt sind *sie* es, die mir am meisten wehtun?

»Ich habe dir wehgetan, weil ich wusste, dass dieser Schmerz nichts ist im Vergleich zu dem, was ich meinem Umfeld normalerweise antue«, erklärt er gedämpft. »Ich habe ... *Angst* davor, was ich bereit bin zu tun, um die Quelle alles Guten in meinem Leben zu zerstören, zu der du geworden bist. Es gibt nur die Kings, die mich zuvor überlebt haben. Die sich gegen mich zu behaupten wissen und mir dabei helfen, wenigstens etwas Normalität zu leben. Für die Kings tue ich alles. Weil sie alles für mich tun. Aber seitdem ich dich das erste Mal gesehen habe, befinde ich mich in einem unendlichen Zwiespalt zwischen meinen besten, allerbesten *Freunden* und dir. Denn wenn ich wirklich dem Licht in mir folgen würde, würde ich es keinen einzigen Tag mehr bei ihnen aushalten. Aber ich schaffe es nicht, mich für dich und gegen sie zu entscheiden. Allein dafür solltest du mich hassen.«

»Sie sind nicht nur schlecht, Sylvian«, versuche ich tränenüberströmt dagegenzuhalten. »Sie haben genauso viel Gutes in sich wie du, und deshalb habe ich mich auch in Jaxon verliebt.«

Er schüttelt den Kopf, als könnte er meine Worte nicht glauben. »Fuck, Baby, ich will nicht, dass du wie Harper wirst. Dass du Jaxon oder mir alles und wieder alles verzeihst, dass du alles tust, was er oder ich verlange, auch wenn wir gar nicht die Befugnis haben, über dich zu bestimmen.«

»Ich verzeihe euch nicht. Ich versuche zu verstehen.«

»Noch schlimmer.« Er lächelt gequält. »Nur Jaxon hält es aus, dass ich am liebsten alles um mich herum zerstöre, das mir näherkommt, als ich es gewohnt bin. Ich will doch nur, dass du dich fernhältst, Mable.«

»Okay.«

»Von uns allen. Vor allem von Jaxon.«

»Zu spät.«

»Du weißt nicht, was seine wahren Beweggründe sind. Nicht einmal mit mir spricht er darüber. Aber sei dir sicher, sie sind nicht *gut*. Hätte ich nicht gelogen, sondern dir von Anfang an gesagt, dass die Verlobung mit Harper nur Show ist, um *sie* und ihre *dämliche Affäre* zu schützen, hättest du dich für mich entschieden. Nicht wahr?«

Diese Frage reißt meine Standfestigkeit endgültig ein. »Vielleicht!«, rufe ich. »Aber so war es eben nicht!«

»Aber jetzt, da du es weißt, weißt du auch, dass Jaxon nicht *wirklich* deine Wahl ist.«

»Aber ich habe mich nun einmal entschieden!«

»Sicher?«

Er stellt diese Frage und so vieles bricht in mir in diesem Moment. Es ist, als hätte sich ein Panzer aus

Schmerz um meine Brust gelegt und würde jetzt zerfallen. Ich sehe Sylvian von unten herauf an, meine Lippen beben, und wir stehen für eine Ewigkeit da.

Tun nichts anderes, als den anderen zu betrachten.

Seine langen schwarzen Wimpern. Das hochkantige, gefährlich wirkende Gesicht. Die grünen Abgründe seiner Augen.

Die Erkenntnis, dass er nicht mit Harper geschlafen hat, macht mich für einen Moment fast glücklich.

Wie leicht könnte mein Leben sein, wenn Sylvian endlich aufhören würde, sich selbst vor mir zu verschließen? Wenn er aufhören würde, mich von sich zu stoßen, weil er Angst davor hat, etwas zu fühlen?

Ich weiß nicht, ob es eine Art Stockholmsyndrom ist, als ich mich in diesem Moment allein deshalb geliebt fühle, weil er sich selbst so sehr hasst.

Und die Sehnsucht, von dieser toxischen, tiefen, allumfassenden Liebe mehr zu bekommen, lässt mich auf ihn zugehen. Zart streifen meine Lippen die seinen, doch er weicht zurück.

»Bitte vergib mir nicht«, raunt er. »Nicht so schnell. Am besten gar nicht.«

»Ich kann nicht anders.«

»Du *musst* es lernen.«

»Ich weiß nicht wie!«

Er atmet scharf ein, fasst grob in mein Haar und zieht mich wieder vor sich. »Ich auch nicht, Baby.« Unser Kuss ist mehr ein gegenseitiges Verschlingen. Ausgehungert und verloren suche ich nach seiner Zunge und lasse meine von ihr umspielen.

Sylvian packt mich, zerrt mich an sich und schiebt

mich vor sich her. Tränen rinnen über mein Gesicht. Ich weiß, dass ich ihn unbedingt fühlen muss, und hasse mich im selben Moment dafür.

Vermutlich ist alles über Jaxon wahr, was Sylvian mir erzählt hat. Ich brauche kein schlechtes Gewissen zu haben. Doch genauso wie Sylvian liebe ich auch ihn. Allein der Gedanke schmerzt, dass ich nur einen von ihnen haben kann.

Vielleicht bin ich überhaupt nicht in der Lage, mich von Sylvian fernzuhalten. Oder von Jaxon. Nicht einmal von Reece oder Zayn. Vielleicht ist das einfach mein grausames Schicksal.

Dieses Spiel besteht aus vier Königen und einer Dame und wird niemals enden.

Als würde ich nichts wiegen, hebt Sylvian mich plötzlich hoch und setzt mich auf dem Altar ab. Seine Küsse glühen und wir bleiben ewig da. Sind nur für uns.

In dieser einen Sekunde des Friedens.

Seine Zunge durchforscht mich, seine Lippen sind sanft.

Es sollte Jaxon sein, den ich küsse.

Stattdessen ist es Sylvian. Sylvian, der mich mehr zu lieben scheint, als ich jemals begreifen werde. Und der größere Opfer in seinem Leben gebracht haben muss, als mir jemals bewusst werden wird.

Der Altar ist hoch genug, dass wir uns auf Augenhöhe befinden, als er vor mir stehen bleibt. Er legt seine Stirn an meine und wir atmen. Und dann sehe ich es. Ein Schimmer an seiner Wange, der nicht von mir stammt. Ich strecke meine Hand aus und wische die

Träne auf, die seine langen, geschlossenen Wimpern verlassen hat.

Worte könnten diesen Moment zwischen uns erklären und wären doch nie genug Ausdruck dafür. Ich verstehe, dass alles von zuvor der Wahrheit entsprach. Er ist zerrissen. Zwischen der guten Seite in sich und der, die ihn zu grausamen Handlungen treibt. Zwischen Jaxon, den Kings und mir. Zwischen seiner Vergangenheit, über die er nicht zu sprechen scheint, und seiner Zukunft.

Zwischen seiner Liebe zu mir und seinem Hass auf sich selbst.

Sylvian lässt mein Haar los, öffnet mit beiden Händen seinen Gürtel und blickt mich dabei tief an. Ich wünschte, ich könnte mich dazu bringen, es nicht zuzulassen. Aber stattdessen weite ich meine Beine und hebe meinen Po an. Er zieht mich aus und holt mich vor seine Hüfte.

Als er in mich eindringt, bleibt unser Blickkontakt bestehen. Ein zarter Stoß, dann ist er in mir und knurrt. Ich stütze mich haltsuchend an seinen Schultern ab, als er mich auf dem Altar zu ficken beginnt. Sünde. Es ist pure Sünde. Eine Hand an meiner Hüfte, die andere an meinem Hals, um mich zu fixieren. Sein Kopf findet an meine Halsbeuge und er atmet schwer und laut.

So sehr ich es auch genieße, ich kann dabei nicht vergessen, was ich Jaxon versprochen habe. Es ist, als würde ich mich selbst bestrafen wollen. Als würde ich mich selbst quälen, indem ich Sylvian an mich heranlasse.

Oder ist es doch einfach nur Liebe?

Liebe ich beide Männer gleichermaßen? Werde ich mich niemals entscheiden *können*?

So schnell wie der Sex begonnen hat, erreicht er auch seinen Höhepunkt. Sylvians Schwanz füllt mich bis zum Anschlag aus, als er sich mit gezielten Stößen gegen meine Klit bewegt.

Und dann komme ich.

Leise. Und irgendwie ungewollt. Mit all dem schlechten Gewissen und all der unendlichen Lust.

Wäre Sylvian ehrlich gewesen. Sein Name wäre schon auf der Party vor dem Einsturz der Wasservilla gefallen. Ich hätte *niemals* gezögert.

Sylvian pumpt sich stöhnend in mich und packt mich dafür noch etwas fester, sodass ich Angst habe, seine Griffe würden an meiner Haut zu sehen sein, wenn er mich loslässt.

Wir enden ineinander verschlungen, atemlos und stumm, und ich will nicht, dass er sich jemals wieder löst.

»Entschuldige, dass ich so schwach bin, Baby«, raunt er und schließt mich fest in seinen Arm, während seine Lippen über meinen erhitzten Hals wandern. »Du solltest zu Jaxon gehen. Frag ihn, was er für die Gala plant. Zwing ihn dazu, dir die Wahrheit zu erzählen. Vielleicht ... vielleicht empfindet er wirklich dasselbe für dich wie ich. Dann wird er es dir sagen, sollte er sonst Gefahr laufen, dich zu verlieren.« Er nimmt schließlich Abstand, reißt einfach eine Seite der Bibel heraus und wickelt das Kondom darin ein, bevor er seinen Gürtel schließt. Als er mich jetzt ansieht, ist er ernst, aber die Dunkelheit ist verschwunden. »Keine Sorge, Gott hat diese Kapelle schon vor einer Ewigkeit verlassen.«

Ich muss schmunzeln und dann umschlinge ich seinen Hals wieder. Ihm nah zu sein ist das, was ich jetzt brauche. »War es die falsche Wahl, Sylvian?«

»Es ist immer die falsche Wahl, Baby«, antwortet er leise.

EINUNDZWANZIG

SYLVIAN

Ich wünschte, ich hätte aus meiner Vergangenheit gelernt. Stattdessen bin ich ein Wrack, das sich mehr oder weniger brillant durchs Leben schleppt. Wie eine leere Hülle, die nur funktioniert, und gleichzeitig ein Psychopath, der sein Außen für all den Schmerz in seinem Inneren bestrafen will.

Noch nie habe ich meine Verbindung zu den Kings mehr infrage gestellt als jetzt gerade. Was haben sie davon, jemanden wie mich zwischen sich aufzunehmen? Sie sind nicht weniger kaputt als ich.

Glaube ich, wenn ich mich mit noch mehr Unmenschlichkeit umgebe, wäre meine eigene Unzulänglichkeit erträglich?

Nachdem Mable sich von mir gelöst und darum gebeten hat, allein nach Hause zu gehen, bin ich zurück zu der Ducati gegangen. Jetzt fahre ich in Höchstgeschwindigkeit die Küstenlinie auf und ab und versuche meine Gedanken zu sortieren.

Und ich versuche zu vergessen, wie nah du dich angefühlt hast, Baby. Ich versuche zu verdrängen, wie sehr ich dich brauche und dass ich letztendlich doch eifersüchtig bin. Etwas in mir wäre zutiefst befriedigt worden, hättest du am Strand meinen Namen gesagt. Und es wäre nicht das Monster gewesen. Sondern das Gute. Das Gute in mir wünscht sich, du hättest mich gewählt.

Fuck it.

Es ist nicht einmal Reue, die ich empfinde, wenn ich daran denke, was ich Mable angetan habe. Was ich jetzt noch bereit wäre zu tun, um sie von mir fernzuhalten. Es ist keine Reue, es ist panische Angst.

Wieso kann ich zu diesem Mädchen nicht einfach *ganz und gar* abscheulich sein? Warum bricht mein Schauspiel immer wieder vor ihr zusammen? Warum überkommt mich in ihrem Beisein diese Schwäche, ihr meine wahren Beweggründe offenbaren zu müssen, als würde ich mehr in uns sehen als ein Täter und sein Opfer?

Halte ich Mable für masochistisch?

Hätte sie nicht genügend andere Auswahl, um sich geliebt und wertgeschätzt zu fühlen?

Warum hält sie ausgerechnet an mir fest?

Wieso kann ausgerechnet ich sie überhaupt verletzen?

Zum Weinen bringen?

Ist das etwas, das ich selbst beeinflusse? Bin ich schon so weit, dass ich gar nicht mehr *mitbekomme*, wenn ich jemanden manipuliere, und es ganz automatisch tue?

Scheiße, wie kann ich das Band zwischen uns trennen, das dich immer nur verletzen wird, und warum bin ich bereit, alles dafür zu tun, damit es nicht zerreißt?

Ich bin derjenige, der Jaxons jämmerliches Spiel um die Stipendiaten erst vorangetrieben hat. Ich bin es, der mit Genuss zusieht, wenn andere leiden. Zugesehen hat.

Früher.

Früher einmal.

Als ich auf einer Landzunge nahe der Brücke halte, von der aus man die Küstenlinie von Ocean City erreichen und die Sterne der Stadt vor sich hin funkeln sehen kann, weiß ich, dass ich gegen ein weiteres tiefes Gefühl ankämpfe, das mich noch mehr fickt als die Angst, mich nicht kontrollieren zu können.

Einsamkeit.

Ich bin so einsam, dass ich in diesem einen Moment darüber nachdenke, was passieren würde, wenn ich in den Atlantik hinausschwimme und irgendwann von den Wellen verschlungen werde. Wer würde jemals mehr in mir sehen können als den Mann, der bereit war, Frauen bis zu ihrer Selbstaufgabe psychisch zu zerstümmeln?

Jaxon?

Er kann nur sich selbst sehen.

Reece?

Ist genauso wenig er selbst wie sein Bruder. Die beiden teilen sich nicht nur eine Identität, sie sind schon das, was sie konstruiert haben. Und damit nie wirklich eine Person, die man ernst nehmen könnte.

Romeo ist noch schlimmer als ich. Auf sein Verständnis brauche ich nicht zu hoffen.

Wow.

Das sind deine verfickten Freunde, herzlichen Glückwunsch, Sylvian! Du bist absolut gar nicht nach deiner fucking gewalttätigen Familie gekommen, überhaupt nicht!

Ich schalte den Motor des Motorrads aus und lasse die entstehende Stille meinen Kopf füllen. Um mich herum gibt es nichts als Wald. Ein paar Schritte hinter den Büschen liegt die wenig befahrende Straße. Niemand ist hier. Und dennoch ... Solche Typen wie ich denken nicht über Selbstmord nach. Dafür ist ihr Leben viel zu einfach. Vermutlich kann ich mit dem, was ich tue, für immer so weitermachen. Vor allem, wenn mich der Zirkel in seine Reihen aufnehmen wird.

Worüber entscheide ich dann? Über das Leben Tausender Kinder in Krisenregionen statt über das von ein paar Stipendiaten? Werde ich den Job genauso gefühllos verrichten wie alles Bisherige auch?

Ein Knacken hinter mir im Wald und ich halte in der Bewegung inne. Ich öffne das Visier meines Helms und drehe den Kopf.

Ein Tier? Hier draußen am Strand?

Vermutlich.

Ich will mich vorbeugen, um den Motor wieder anzuschalten, als es passiert.

Im nächsten Moment werde ich zu Boden gerissen. Etwas landet auf mir, zwei Typen, Faustschläge in meinen Bauch, in meinen Schritt. Ich sehe Nebel, spüre Schmerz, es ist, als würde ich von Wölfen befallen. Im ersten Moment drückt mich der Schock nieder. Die Schläge folgen zu schnell. Hart, hart aufeinander, sodass ich mich zusammenkrümmen muss.

Scheiße, was zur Hölle passiert hier?

Der Helm erschwert meine Sicht, meine Beweglichkeit. Die Typen gehen mit brutaler Härte gegen mich vor und der Kies unter mir drückt sich unnachgiebig in mein Shirt.

Scheiße.

Es sind nur Sekunden, aber sie fühlen sich wie eine Ewigkeit an. Ich könnte einfach liegen bleiben. Es ist das, was ich verdiene. All das Leid und den Schmerz.

Wer auch immer die Typen sind – vielleicht nur irgendwelche Spinner, die das Motorrad klauen wollen –, sie trauen sich, gegen mich vorzugehen. Etwas, das sich niemand sonst traut.

Sollte ich diese Gelegenheit also annehmen? Mich einfach malträtieren lassen, um ein bisschen das zurückzuerhalten, was ich ausgeteilt habe?

Aber dann denke ich an Mable. Wenn ich nicht mehr bin, kann sie niemand aus der Ferne beschützen. Und allein darum geht es. Sie ist das einzig Gute an mir, das ich kenne.

Mable ist mein Licht.

Das hier ist nicht mein Ende.

Und wer auch immer diese Affen sind, die mich niederdrücken, sie sind auch nicht Mables Rächer. Das, was ich ihr angetan habe, lässt sich nicht durch physischen Schmerz wiedergutmachen.

Es reicht die Entscheidung dafür, dass ich kämpfen werde. Wenn es sein muss, werde ich mein Leben lang gegen das verschissene Monster in mir ankämpfen.

Ich befreie meine Arme, reiße den Helm von meinem Kopf und schleudere ihn gezielt gegen den des einen Kerls. Er lässt locker. Das war fast zu leicht.

Der zweite hockt auf mir. Sein Gesicht habe ich noch

nie gesehen, aber ich weiß, dass er nicht aus Kingston ist. Warum nehmen die Typen dann nicht einfach die Karre und verschwinden?

Egal. Ein harter, unerbittlicher, aber schneller Kampf entbrannt zwischen uns. Ich lasse meine Instinkte bestimmen, während die anderen diese Taktik nicht zu kennen scheinen. Am Ende liegen sie da. K.o. und wie halbe Leichen, und ich richte mich langsam wieder auf.

Blut klebt an ihren Gesichtern und an meinen Fäusten. Mein Onkel hat mich zu hart trainiert, als dass zwei Typen gegen mich eine Chance hätten.

Mich beschleicht die Ahnung, dass sie nicht alleine hier sind.

Wachsam sehe ich mich um. Die Brücke, das Wasser, die reglosen Körper vor mir. Rauschendes Meer. Der Wald.

Da.

Ein Schatten.

»Komm raus!«, rufe ich.

Äste knacken im Wind.

»Fuck«, murmle ich und sprinte los. Plötzlich will ich Rache für diese Art von Überfall. Was glauben die Typen, wer sie sind? Ich laufe in den Wald, folge den Bewegungen, die ich im Augenwinkel wahrnehme, hole schließlich eine Person ein und reiße sie zu Boden.

Ein lauter Schrei.

Der einer Frau, und ich halte ihr sofort eine Hand an die Kehle.

»Irene«, keuche ich und starre sie an.

Eleanores Schwester starrt zurück. Todesangst in ihren Augen. Ich sehe noch, wie ihre Pupillen sich weiten, dann blitzt eine helle Schneide auf, sie schiebt ihre Hand unter meinen Körper und sticht zu.

Im ersten Moment bleibt keine Zeit für den Schmerz. Ich stürze von der anderen Seite über sie und ringe mit ihr um das scharfe Messer. Als sie es von sich wegwirft, ziehe ich einfach mein eigenes, zerre sie an mich und halte es ihr unter die Kehle.

Dann spüre ich die Verletzung in meinem Bauch. Krümme mich zusammen, aber noch kann ich Irene bändigen.

Eigentlich habe ich nicht vor, ausgerechnet Irene abzustechen.

»Was zur Hölle tust du hier?!«, knurre ich in ihr Ohr. »Habt ihr mir im Dunkeln aufgelauert? Warum?«

»Es war Zufall!«, ruft sie verzweifelt. »Sie wollten dein Bike klauen und ich konnte sie nicht davon abhalten! Bitte töte mich nicht!«

»Verarsch mich nicht!« Schnell taste ich sie ab. Sie trägt keine weiteren Waffen bei sich. »Was hattet ihr verdammt noch mal vor?!«

»Wir suchen Eleanore«, gesteht sie mir unter Tränen. Ihr gesamter Körper zittert, sodass es mir schwerfällt, sie nicht aus Versehen zu schneiden. *Ja, gerade will ich kein Blut sehen.* »Wir glauben, dass du weißt, wo sie ist. Und als du die Küste die ganze Zeit hoch und runter gefahren bist, hat dich Ruben bemerkt und wir haben dich verfolgt. Wir dachten, dass du sie vielleicht suchst, weil sie abgehauen ist.«

Das klingt logisch. »Eleanore ist *tot*«, raune ich, obwohl es eine Lüge ist. Noch können wir sie nicht töten, solange uns der Zirkel nicht aufgenommen hat. Der

Zirkel nimmt nur Mitglieder, die sich nichts zuschulden kommen ließen. Aber sie wird sterben. Es ist unausweichlich. Sie weiß einfach zu viel. »Sie hat die Strandvilla gesprengt, und ihr anderen könnt froh sein, dass das FBI nicht weiter nach euch sucht. Aber sie hätte so oder so die Todesstrafe bekommen. Sei nicht dumm und versuch jemanden zu rächen, der seine Rache längst verübt hat.«

»Hast du sie getötet?«, fragt sie unter Tränen.

»Nein.« Meine Seite schmerzt mit jedem Atemzug mehr und mein fester Griff erschlafft. *Wir haben Eleanore sicher verwahrt, Baby. Aber was soll ich Irene die Wahrheit über ihre Schwester sagen? Es wäre dumm, ihr Hoffnungen zu machen.* »Ich weiß, dass du mich hasst, Irene«, murmle ich und nehme das Messer zurück, um zu signalisieren, dass ich nicht ihr Feind bin. »Aber du musst nach vorn sehen. Du kannst dich nicht an mir rächen. An niemandem. Es wird immer dazu führen, dass du am Ende auch tot bist.«

»Du bist so ein Arschloch!«, schreit sie mich an, stemmt sich gegen mich und schafft es, sich zu befreien.

Der Kampf, die Wunde, alles macht mich schwach. Anstatt abzuhauen, scheint sie zu bemerken, dass ich mich nicht mehr wehren kann. Sie hebt etwas auf, das neben mir zu Boden gefallen ist.

Mein Handy.

»Nein, verdammt«, stöhne ich schmerzverzerrt.

Irene scheint sich unsicher, ob sie wirklich tun sollte, was sie tut. Im Gegensatz zu Eleanore ist sie ein vernünftiger Mensch, der das Risiko einschätzen kann. »Du verdienst es, dass du hier verrottest, Sylvian«, stößt sie aus und dann läuft sie.

Sie läuft und lässt mich zurück.

Ja, ich verdiene es.

Jemand wie ich verdient es, zu bluten.

Ende Band 4

PERSONENVERZEICHNIS

DIE KINGS

JAXON TYRELL

Erbe der Kingston-Linie (mütterlicherseits)

Sein Vater hat die Stiftung gegründet, die die Stipendien finanziert

SYLVIAN SILVANO

Finanziert sein Studium durch den Verkauf von Drogen

REECE CRESCENT

Milliardenerbe einer Textilkette, Halbschwede

ZAYN

?

ROMEO PORTCHARLES

Jaxons ›Schatten‹

DER CAMPUS

AMABELLE WEAVER

Wird von (fast) allen Mable genannt, hat ein Stipendium in Kingston erhalten, wohnt mit ihrer Mutter und ihrer jüngeren Schwester Olive in einem Trailerpark

HARPER MITCHELL

Mables Freundin; Tochter von Robert Mitchell, Richter am Obersten Gerichtshof

CLARISSE CUNNINGHAM

Reiches It-Girl und Jaxons ehemalige On-off-Freundin, früher Harpers beste Freundin

VANCE BUCHANAN

Erfolgreicher Football-Spieler und ›Handlanger‹ für die Kings, ebenfalls Stipendiat aus dem ersten Jahr (war Zayns ›Bauer‹ im Schachspiel)

PROFESSOR GOLDMAN

Professor für Philosophie

HILBREDGE

Versuchte Mable zu nötigen und wurde von Jaxon aufgehalten

DAS CROWNS

Studentenbar auf dem Campus, geführt von der Verbindung der Kings

ALPHA REX

Verbindung der Kings

ALPHA REGINA

Verbindung von Clarisse

WEITERE STIPENDIATINNEN:

Lien, Rachel (ausgeschieden), Brittany, Kady (ausgeschieden)

OFF-CAMPUS

ELEANORE

Ehemalige Stipendiatin und Sylvians ›Dame‹, die im Schachspiel verloren hat

IRENE

Eleanors Schwester, die auf Rache schwört

DAS SCHACHSPIEL

Die Kings spielen mit den Stipendiaten Schach. Die fünf Frauen und fünf Männer werden zu ›Damen‹ und ›Bauern‹ ernannt. Jeder King erhält eine ›Dame‹ und einen ›Bauern‹. Derjenige, dessen Dame bis zuletzt am Campus studiert (und nicht von den anderen ›geschlagen‹ wird), gewinnt.

Das Schachspiel wurde in Mables Jahr zu einer offenen ›Arena‹ verändert und ist seit Mables zweitem Semester ausgesetzt.

DIE KINGSTON UNIVERSITY-REIHE GEHT WEITER:

VERY BAD KINGS
Erstes Semester

- o Wunschliste
- o Schon im Regal

VERY BAD ELITE
Zweites Semester

- o Wunschliste
- o Schon im Regal

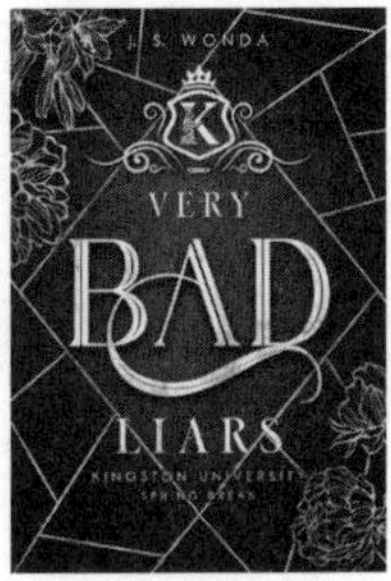

VERY BAD LIARS
Sprnig Break

- o Wunschliste
- o Schon im Regal

VERY BAD CHOICE
Die Entscheidung

- o Wunschliste
- o Schon im Regal

VERY BAD TRUTH
Graduation Gala

- o Wunschliste
- o Schon im Regal

VERY BAD BASTARDS
Drittes Semester

- o Wunschliste
- o Schon im Regal

VERY BAD DEVILS
Der Widerstand

- o Wunschliste
- o Schon im Regal

VERY BAD SINNERS
Winter Break

- o Wunschliste
- o Schon im Regal

VERY BAD REVENGE
Viertes Semester

- o Wunschliste
- o Schon im Regal

MEHR BÜCHER VON J. S. WONDA:

BASTARDS

- o Wunschliste
- o Schon im Regal

SISTERS
Fortsetzung

- o Wunschliste
- o Schon im Regal

CATCH THE BILLIONS, BABY!

- o Wunschliste
- o Schon im Regal

FALLEN
Band 1

- o Wunschliste
- o Schon im Regal

FALLEN DEEPER
Band 2

- o Wunschliste
- o Schon im Regal

FALLEN HEART
Band 3

- o Wunschliste
- o Schon im Regal

LIAM HARSEN
be my fire

- o Wunschliste
- o Schon im Regal

LIAM HARSEN
feel my love

- o Wunschliste
- o Schon im Regal

LIAM HARSEN
only you

- o Wunschliste
- o Schon im Regal

CATCHING BEAUTY
du gehörst mir

- o Wunschliste
- o Schon im Regal

CATCHING BEAUTY
du entkommst mir nicht

- o Wunschliste
- o Schon im Regal

CATCHING BEAUTY
du bedeutest meinen Tod

- o Wunschliste
- o Schon im Regal

HUNTING ANGEL
ich werde dich jagen

- o Wunschliste
- o Schon im Regal

HUNTING ANGEL
du wirst mir verfallen

- o Wunschliste
- o Schon im Regal

HUNTING ANGEL
fürchte dich vor mir

- o Wunschliste
- o Schon im Regal

TAKEN PRINCESS
du bist mein

- o Wunschliste
- o Schon im Regal

TAKEN PRINCESS
mein Herz ist dein

- o Wunschliste
- o Schon im Regal

TAKEN PRINCESS
das Ende ist unser

- o Wunschliste
- o Schon im Regal

SMMOKE
Du bist sein Besitz

- o Wunschliste
- o Schon im Regal

BLAZE
Er ist dein Feuer

- o Wunschliste
- o Schon im Regal

CINDER
Sie ist dein Tod

- o Wunschliste
- o Schon im Regal

WINTER
Sie bringen dein Ende

- o Wunschliste
- o Schon im Regal

UND TÄGLICH
ohne dich

- o Wunschliste
- o Schon im Regal

UND TÄGLICH
mit dir

- o Wunschliste
- o Schon im Regal

MIT DIR UND
doch ohne dich

- o Wunschliste
- o Schon im Regal

NIEMAL WIEDER
ohne dich

- o Wunschliste
- o Schon im Regal

TIMELESS
Liebe gegen die Zeit

- o Wunschliste
- o Schon im Regal

DARK PRINCE
Gefährliches Spiel

- o Wunschliste
- o Schon im Regal

DARK DESIRE
Vebotenes Verlangen

- o Wunschliste
- o Schon im Regal

DARK ROYALTY
Königliches Begehren

- o Wunschliste
- o Schon im Regal

DARK DUTY
Dunkle Pflicht

- o Wunschliste
- o Schon im Regal

DARK PRINCESS
Dunkles Geheimnis

- o Wunschliste
- o Schon im Regal

DARK KING
Königliche Liebe

- o Wunschliste
- o Schon im Regal

BAD PRINCE
Royales Spiel

- o Wunschliste
- o Schon im Regal

BAD PRINCE
Royale Flucht

- o Wunschliste
- o Schon im Regal